São Paulo
2021

UNIVERSO DOS LIVROS

Tales of courage and kindness

Copyright © 2021 by Disney Enterprises, Inc. All rights reserved.

© 2021 by Universo dos Livros

Todos os direitos reservados e protegidos pela Lei 9.610 de 19/02/1998. Nenhuma parte deste livro, sem autorização prévia por escrito da editora, poderá ser reproduzida ou transmitida sejam quais forem os meios empregados: eletrônicos, mecânicos, fotográficos, gravação ou quaisquer outros.

Diretor editorial: Luis Matos
Gerente editorial: Marcia Batista
Assistentes editoriais: Letícia Nakamura e Raquel F. Abranches
Tradução: Jacqueline Valpassos, Marcia Men e Victor Martins
Preparação: Guilherme Summa
Revisão: Nilce Xavier e Tássia Carvalho
Adaptação de arte e capa: Renato Klisman

Dados Internacionais de Catalogação na Publicação (CIP)
Angélica Ilacqua CRB-8/7057

C781 Contos sobre coragem e gentileza / Aubre Andrus...[et al] ; ilustrações de Nabi H. Ali...[et al]. -- São Paulo : Universo dos Livros, 2021.
288 p. ; il. color.

ISBN 978-65-5609-147-1
Título original: *Tales of courage and kindness*

1. Literatura infantojuvenil 2. Disney I. Andrus, Aubre

21-3634   CDD 028.5

Universo dos Livros Editora Ltda.
Avenida Ordem e Progresso, 157 - 8º andar - Conj. 803
CEP 01141-030 - Barra Funda - São Paulo/SP
Telefone/Fax: (11) 3392-3336
www.universodoslivros.com.br
e-mail: editor@universodoslivros.com.br
Siga-nos no Twitter: @univdoslivros

Contos sobre Coragem & Gentileza

ESCRITO POR
Aubre Andrus
Sudipta Bardhan-Quallen
Marie Chow
Erin Falligant
Suzanne Francis
Eric Geron
Kalikolehua Hurley
Kelly Starling Lyons
Kathy McCullough
Kitty Richards
Elizabeth Rudnick

ILUSTRADO POR
Nabi H. Ali
Nicoletta Baldari
Liam Brazier
Alina Chau
Nathanna Érica
Sara Kipin
Ann Marcellino
Tara N. Whitaker
Alice X. Zhang
Studio IBOIX

CAPA DE
Kate Forrester

SUMÁRIO

TIANA
08

A VARANDA DO PAPAI
Escrito por Kelly Starling Lyons
Ilustrado por Tara N. Whitaker

CINDERELA
86

UM SALÃO INESQUECÍVEL
Escrito por Aubre Andrus
Ilustrado por Alina Chau

BELA
26

NOVOS AMIGOS
Escrito por Kathy McCullough
Ilustrado por Ann Marcellino

MERIDA
108

IRMÃOS ANIMAIS
Escrito por Sudipta Bardhan-Quallen
Ilustrado por Sara Kipin

MOANA
46

OS GUARDIÕES DO OCEANO
Escrito por Kalikolehua Hurley
Ilustrado por Liam Brazier

BRANCA DE NEVE
128

DEPOIS DA TEMPESTADE
Escrito por Erin Falligant
Ilustrado por Nathanna Érica

MULAN
66

A HEROÍNA DA ALDEIA
Escrito por Marie Chow
Ilustrado por Alice X. Zhang
e Studio IBOIX

RAPUNZEL
148

VENDO ESTRELAS DE FELICIDADE
Escrito por Kathy McCullough
Ilustrado por Nicoletta Baldari

POCAHONTAS
166 — As três irmãs
Escrito por Elizabeth Rudnick
Ilustrado por Alice X. Zhang
e Studio IBOIX

AURORA
208 — As varinhas perdidas
Escrito por Erin Falligant
Ilustrado por Liam Brazier

JASMINE
188 — Polo das princesas
Escrito por Kitty Richards
Ilustrado por Nabi H. Ali

ARIEL
228 — Esplendor do mar
Escrito por Eric Geron
Ilustrado por Nicoletta Baldari

FROZEN
HISTÓRIAS BÔNUS

ELSA
250 — A floresta infeliz
Escrito por Suzanne Francis
Ilustrado por Nathanna Érica

ANNA
268 — Amoras para uma rainha
Escrito por Suzanne Francis
Ilustrado por Alina Chau

Tiana é uma visionária que aprendeu com o pai a alegria de compartilhar uma boa comida com os outros. Ela acredita que a única maneira de conseguir o que se deseja neste mundo é trabalhando. Ela é focada e motivada para atingir seus objetivos, mas, quando foi acidentalmente transformada em uma rã, Tiana aprendeu que o amor é tão importante quanto o trabalho. Agora, como princesa, Tiana vive com seu esposo, o Príncipe Naveen, e administra seu próprio restaurante, o Palácio de Tiana.

A VARANDA DO PAPAI
ESCRITO POR KELLY STARLING LYONS
ILUSTRADO POR TARA N. WHITAKER

A **Princesa Tiana** caminhou até o terraço de seu restaurante e olhou para Evangeline, a Estrela da Noite, brilhando no céu de cetim. Quando era pequena, seu pai lhe disse para acreditar no poder dos desejos, mas sempre se lembrar de se esforçar para tornar o sonho realidade.

– Ela não é linda? – Tiana disse enquanto seu marido, o Príncipe Naveen, juntava-se a ela.

– Sim – disse ele, olhando nos olhos de Tiana. – Ela é linda.

Tiana sorriu para Naveen. E desejou que o pai pudesse tê-lo conhecido. Ele falecera antes de tantas coisas incríveis acontecerem em sua vida. Ela ainda não conseguia acreditar que tinha se transformado em rã, casado com Naveen e se tornado uma princesa. E, além disso tudo, também abrira o próprio restaurante em homenagem ao pai. Sempre foi o sonho dele que um dia pudessem abrir um restaurante juntos.

Transformar um engenho de açúcar em ruínas em um lugar de boa comida e boa companhia foi uma visão que passou do coração do pai para o da filha. Naveen a ajudou a transformar aquele prédio caindo aos pedaços no Palácio de Tiana, conhecido por todos num raio de quilômetros. As pessoas faziam fila para provar o famoso gumbo, receita de seu pai, e os *beignets* de dar água na boca. Ele teria ficado tão orgulhoso!

Tiana vinha pensando muito em seu pai, como acontecia todos os anos por volta da data de seu aniversário.

TIANA É...
AMBICIOSA
ESPERANÇOSA
SEGURA DE SI
FOCADA
RESILIENTE
TRABALHADORA

SONHO DE TIANA:
Abrir seu próprio restaurante

MOMENTO HEROICO:
Enfrentou o *bayou* para quebrar a maldição do Homem das Sombras

COMPANHEIRO DE AVENTURAS:
Ray

FRASE FAMOSA:
"A única forma de conseguir algo nesse mundo é trabalhando muito."

– Quero fazer algo ainda mais especial para homenagear o papai este ano – disse ela.

– *Ashidanza*! – Naveen respondeu em seu maldoniano nativo. – Essa é uma ótima ideia. Conte comigo para ajudar.

Mas o que ela deveria fazer?

Na manhã seguinte, Tiana estava em uma missão. Quando se propunha a fazer uma coisa, ninguém a segurava. O aniversário do pai seria dentro de apenas uma semana. Ela tinha que pensar em todos os detalhes.

Tiana sabia exatamente aonde ir primeiro – visitar a mãe, Eudora. Ao entrar na casa de sua infância, Tiana ficou maravilhada com o vestido rubi no qual sua mãe estava trabalhando. Em suas mãos, tule, renda e fitas eram mais poderosos do que uma varinha mágica. Ela era a melhor costureira de toda Nova Orleans.

– Mamãe – disse Tiana, beijando-a na bochecha –, você

se superou. A primeira-dama e a rainha da Maldônia ficariam com inveja.

– Ah, obrigada, querida – disse ela. – Mas você não veio até aqui para elogiar este vestido. No que está pensando?

Tiana pegou a foto de seu pai trajando o uniforme do Exército que estava na mesa de sua mãe, ao lado da Cruz de Serviço Distinto, medalha que ele recebera por atos de heroísmo durante a Primeira Guerra Mundial.

– O aniversário do papai está chegando. Quero fazer algo que mostre às pessoas quem ele era.

– Você honra a ele e a mim todos os dias – disse sua mãe –, apenas sendo você mesma.

– Eu sei, mamãe, mas eu *quero* fazer algo. Você se lembra de como o papai costumava dar presentes para *nós* no aniversário *dele*. E insistia em fazer gumbo e convidar todos para compartilhar. Comíamos na varanda e ríamos. Ele se dedicou aos outros sua vida toda. Merece um tributo à sua memória.

– Sim, seu pai... James... era um bom homem. Não vou tentar demovê-la de seu plano. Só Deus sabe como você é teimosa... puxou ao seu pai – disse Eudora, dando uma risadinha. – Você não vai parar até fazer acontecer.

Tiana provocou em sua mãe um sentimento agradável com a ideia, mas deixou-a tão insegura quanto si mesma sobre o que fazer. No caminho de volta para o restaurante, ela viu um homem e uma mulher que pediam dinheiro aos transeuntes para comprar o almoço. Seus rostos estavam pálidos, as roupas eram velhas e rasgadas. Doía-lhe testemunhar a fome que sentiam. Seu pai sempre lhe dissera que uma cumbuca de gumbo faz mais do que encher o estômago; ela enche o coração de amor.

– Eu sou Tiana – ela se apresentou. – Como se chamam?

– Eu sou Fleur – disse a mulher –, e este é meu marido, Jean. Passamos por tempos difíceis e precisamos de uma ajudinha para nos reerguermos.

– Venham até o Palácio – convidou Tiana –, e comam alguma coisa. Não se preocupem em pagar. A refeição é por minha conta.

Eles se entreolharam como se não tivessem certeza de que ela estava falando sério. Então, seguiram-na até o interior do restaurante. Seus olhos se arregalaram quando viram o teto abobadado e o magnífico lustre. Eles olharam para a claraboia e ficaram boquiabertos com os intrincados desenhos das grades de ferro forjado dos balcões. Admiraram as mesas cobertas com refinadas toalhas que pareciam folhas de lírio-d'água.

– Certifique-se de que Fleur e Jean sejam servidos com o que quiserem – Tiana pediu a Naveen, que dava as boas-vindas a todos que chegavam.

Ela deu uma piscadela para eles.

Desde que Tiana inaugurara seu restaurante, fazia questão de dar atenção às pessoas que não dispunham de tantos recursos quanto ela. Se alguém quisesse comer, ela aceitava o que a pessoa podia pagar e distribuía comida de graça para aqueles que não podiam.

– Titi! – chamou sua melhor amiga, Charlotte LaBouff, quando Tiana entrou na sala de jantar principal. – Titi, você não me ouviu?

– Desculpe, Lottie – disse ela, dando-lhe um abraço. – Acho que estava perdida em meus pensamentos. Quero fazer algo especial para homenagear o papai, mas não sei o quê.

Elas se sentaram juntas a uma mesa. Charlotte fitou encarando o nada, o olhar perdido, como se estivesse refletindo sobre opções.

– Já sei, já sei! – Lottie deu um gritinho e tomou as mãos de Tiana entre as suas. – Uma celebração! Paizão adora esse tipo de coisa. Essa seria uma ótima maneira de homenagear a

memória de seu pai. Vamos realizar um baile e batizá-lo com o nome de seu pai.

Enquanto Lottie tagarelava sobre vestidos de seda, danças e fina porcelana, Tiana pensava em seu pai. Ele adorava reunir as pessoas, mas não ligava para nada sofisticado. Ele gostava mais de coisas simples e sinceras do que de eventos grandiosos.

– Consegue imaginar, Titi? Titi?

Tiana notou um homem olhando pela janela da frente de seu restaurante. Algo nele parecia familiar. De onde ela o conhecia?

– Com licença, Lottie – disse ela, levantando-se e dirigindo-se para a porta. – Eu já volto.

– Com licença, senhor – ela chamou, já do lado de fora. – Eu conheço você?

– Você é a Srta. Tiana? – ele perguntou. – Ouvi dizer que a filha de James tinha aberto um restaurante. Eu tive que vir conferir pessoalmente.

– Você conheceu meu pai? – ela perguntou com os olhos arregalados.

– Claro que sim. Seu pai era um homem extraordinário – disse ele. – Servimos juntos na guerra. Ele sempre estava disposto a qualquer sacrifício para ajudar ao próximo e daria a própria vida para manter os outros seguros.

Quando os olhos do homem se encheram de lágrimas, Tiana sorriu. Seu pai era exatamente como ele descrevera. E ela se lembrou de quem era o estranho: tratava-se do Sr. Larkin, o amigo de seu pai que ela vira em tantas fotos.

– Não foi fácil – contou ele. – Tal como hoje, algumas pessoas só se importavam com a cor da nossa pele. Eles não nos enxergavam como heróis. Mas seu pai defendia qualquer um que precisasse.

Tiana refletiu sobre isso. Ela e Lottie eram melhores amigas, mas nem todo mundo via isso com bons olhos. Seu restaurante era um lugar mágico onde todas as pessoas podiam estar juntas, mas, na maioria dos lugares, negros e brancos tinham que ser separados. Assim ditava a lei. Tiana aguardava o dia em que a segregação e a injustiça acabariam. Ela queria que todos fossem tratados da mesma forma, não apenas em seu restaurante, mas em todos os lugares.

– Por que não entra? – ela disse. – Eu adoraria lhe mostrar o restaurante.

– Hoje não – disse ele. – Mas é muito bom ver você. James falava muito sobre sua esposa e a filhinha que tinha um talento que brilhava mais forte do que uma estrela. Sinto que já te conheço.

Enquanto voltava para dentro, Tiana pensou sobre o que o Sr. Larkin dissera.

– Quem era aquele, Titi? – Charlotte perguntou.

– Um amigo do meu pai.

– Que legal! Agora o que você acha do baile?

– Eu não sei, Lottie – disse Tiana, suspirando. – Papai era humilde. Não tenho certeza se isso combina com quem ele era.

Neste momento, Louis, a estrela da banda Firefly Five Plus Lou, apareceu.

– E aí, Tiana e Charlotte – cumprimentou ele, exibindo seu sorriso cheio de dentes. Os recém-chegados ao Palácio de Tiana sempre ficavam surpresos ao se depararem com um crocodilo tocando trompete. Mas, assim que ele começava o *swing*, todos se esqueciam disso, hipnotizados pela vontade de bater os pés e estalar os dedos. – Vocês querem ouvir no que estou trabalhando?

– É claro – Tiana disse.

Com o rabo balançando enquanto dançava ao ritmo do jazz, o amigo tocou um solo que deixaria Louis Armstrong no chinelo.

Lottie deu vivas e bateu palmas. Tiana se levantou e deu um abraço no imenso crocodilo.

– Incrível – elogiou. – Estou tentando pensar em algo especial para o aniversário do meu pai. Tem alguma ideia?

– Seu pai gostava de jazz, certo? – Louis disse. – Que tal uma *jam session* em seu nome? Os rapazes e eu poderíamos tocar algo especial.

– Alguém aí disse *"jam"*? – Naveen disse, enquanto se aproximava dedilhando um uquelele. – Não se esqueçam de mim.

Tiana sorriu. Seu pai adorava música. Ter Louis e Naveen tocando em sua homenagem seria especial. Talvez fosse essa a resposta.

– Obrigada – disse ela. – Eu preciso pensar nisso com carinho.

Ela deu um abraço de despedida em Lottie e se dirigiu para seu aconchegante escritório. Era lá que inventava novos pratos e fazia planos para o futuro. Ela olhou para o cartaz que seu pai havia criado para o restaurante que queria tanto abrir. Lembrou-se de quando o lugar era apenas um brilho de esperança nos olhos dele.

Ela anotou as ideias que seus amigos haviam sugerido para a festa de aniversário dele – um baile, uma apresentação musical. Essas coisas capturavam a personalidade de seu pai?

Antes que se desse conta, a noite caíra sobre o Bairro Francês como um cobertor. Era hora de se preparar para dormir. Em seu quarto, Tiana andava de um lado para o outro, sua mente ainda agitada. Ela precisava de um pouco de ar. Caminhou até o terraço e observou a cidade de Nova Orleans brilhando abaixo de si. Olhou novamente para Evangeline, brilhando como um farol. Ao lado de Evangeline, a estrela de seu querido amigo Ray. Tiana fechou os olhos e fez um pedido.

– Por favor, ajudem-me a pensar em algo especial para o aniversário do papai.

Tiana abriu os olhos e deu uma longa e última olhada nas estrelas cintilantes antes de retornar ao seu quarto e se deitar. Mal tinha adormecido quando viu uma luz bruxuleante.

– Naveen – ela chamou sonolenta. – Você deixou a luz acesa?

– Você tem uma luz própria dentro de você, querida – alguém disse. – Só precisa permitir que ela te guie.

Tiana sentou-se na cama. Ela conhecia aquela voz. Olhou em volta e viu Ray, seu amigo vaga-lume do *bayou*, circulando sua cabeça. Ela adorou ver seu rosto novamente.

– Evangeline e eu ouvimos o seu desejo. Mas você tem tudo de que precisa bem aí – ele disse, pousando perto do coração da princesa e brilhando intensamente.

Tiana pensou no pai dizendo que a boa comida une as pessoas. Que faz seus corações brilharem exatamente como Ray estava lhe mostrando. Ela quase podia ouvir a voz do pai lhe dizendo para nunca esquecer o mais importante.

Quando ela acordou na manhã seguinte, percebeu que Ray não a visitara realmente. Tudo havia sido um sonho. Mas um nome reluzia em sua cabeça como um letreiro luminoso: *A Varanda do Papai*. Aquele tinha sido um lugar cheio de amor e risos. Ela se lembrou de como uma panela de gumbo e um local para confraternização tinham sido capazes de reunir as pessoas em épocas boas ou ruins. Ninguém ficava sem comida quando seu pai estava por perto.

Ela tinha sua ideia. Daria muito trabalho. Precisaria da ajuda de todos, mas juntos podiam fazer isso. Tiana pulou da cama, pronta para o desafio. Já podia ver seu sonho tomando forma.

Além de ser a melhor costureira da região, Eudora era a gerente do Palácio de Tiana. Tiana mal podia esperar para lhe contar as novidades.

– Mamãe – disse ela ao vê-la –,

já sei como HONRAR o papai.

Sua mãe estendeu os braços e a envolveu em um abraço.

– Isso não me surpreende nem um pouco.

Tiana contou tudo para sua mãe e Naveen. Em seguida, pediu a Lottie, Louis e membros de sua equipe que participassem de uma reunião de planejamento no restaurante. Ela olhou para todos reunidos nas mesas e sorriu. Juntar as pessoas era o que seu pai sempre fazia. Ter a ajuda deles na homenagem iria celebrar quem James fora de verdade.

– Obrigada a todos por estarem aqui – começou Tiana. – Meu pai tinha um grande coração para ajudar quem precisava. Esse é o espírito que quero mostrar no aniversário dele. Vamos abrir nossas portas todas as semanas e convidar todo mundo para comer de graça. Vou chamar esse evento de A Varanda do Papai.

O Palácio de Tiana não tinha uma varanda frontal como a casa de sua infância, mas Tiana sabia como recriar o sentimento. As pessoas poderiam entrar direto, sem necessidade de reservas, sem conta a pagar. As risadas soariam em meio ao barulho de garfos e colheres. A amizade flutuaria no ar como *riffs* musicais. E A Varanda do Papai não se limitaria a oferecer comida; distribuiria esperança. Se alguém tivesse roupas ou alimentos de sobra, poderia compartilhar com outras pessoas.

Enquanto todos aplaudiam, a mãe de Tiana assentiu e enxugou uma lágrima. Tiana sabia como a mãe se sentia sem precisar dizer nada.

– Oh, Titi – Lottie exclamou. – Esta é a ideia mais especial que já ouvi. Conte comigo para a decoração.

– Comigo também – disse a mãe de Tiana.

– Você sabe que precisaremos de música – disse Louis, exibindo seu sorriso cheio de dentes e batendo a pata num ritmo animado.

– Sim – concordou Naveen. – Posso ajudar com isso.

– A comida é a parte mais importante – disse Tiana, olhando para seus *chefs*.

Eles prometeram que os pratos seriam os melhores que já haviam preparado. Tiana sorriu. Tudo estava se encaixando.

No grande dia, Tiana mal conseguia ficar parada. Corria de um lado para o outro do restaurante certificando-se de que tudo estava pronto. Sentia o mesmo frio na barriga que sentira no dia em que o Palácio de Tiana foi inaugurado. Ela se postou no centro do salão de baile e admirou a grande foto de seu pai que Lottie e sua mãe haviam montado perto do palco. Se ao menos ele pudesse estar ali para ver isso...

Tiana foi até a entrada e sorriu para o letreiro luminoso com os dizeres *A Varanda do Papai* exatamente como em seu sonho. Mas estava faltando alguma coisa. Tiana olhou atentamente. O que mais era necessário? Então se deu conta! Correu para a cozinha e pegou a panela de gumbo de seu pai. Forrou-a com papel e a colocou bem ao lado do letreiro. Assim as pessoas podiam deixar doações se quisessem ajudar outras pessoas necessitadas.

Finalmente, era chegada a hora de começar a comemoração. Tiana reuniu todos para agradecê-los por a ajudarem a transformar sua ideia em realidade. Naveen beijou sua bochecha.

– Tudo será perfeito – disse ele.

Tiana respirou fundo e abriu seu sorriso mais deslumbrante. Lottie mandou um beijo para ela.

– Ok, todo mundo – ela disse. – Está na hora.

Fleur e Jean foram os primeiros a entrar. Um fluxo de pessoas os seguiu. Velhos e jovens, negros e brancos, alguns nunca tinham estado em um lugar como aquele. As luzes iluminavam o salão como vaga-lumes. Depois de serem conduzidos até suas mesas, os convidados foram instruídos a pedir o que quisessem. Gumbo, *étouffée*, *beignets* – tudo por conta da casa.

Fleur se aproximou de Tiana.

– Você nos ajudou quando precisávamos – disse ela. – Agora olhe só para você brilhando para a cidade inteira. Conte conosco para ajudá-la da maneira que precisar. – Tiana a abraçou. Este momento era maior do que ela ou seu pai. Era o início de algo mágico para a comunidade.

Enquanto todos comiam e conversavam, Louis e Naveen começaram a botar os esqueletos para balançar. Jazz e alegria permeavam o salão. A mãe de Tiana nunca sorrira tanto.

Tiana sentiu alguém observando-a e se virou. Era o Sr. Larkin.

– Você voltou – disse ela, dando-lhe um abraço. – Obrigada.

– Você fez a coisa certa, Tiana – ele disse. – Eu sei que James está orgulhoso de você, e eu também.

Com os olhos cheios de lágrimas, Tiana caminhou até o palco e tentou encontrar as palavras para expressar o que estava em seu coração.

– Quero agradecer a presença de todos – começou. – Hoje, celebramos a vida de um homem que tenho a honra de chamar de meu pai. Ele estendeu a mão para todos que precisavam de ajuda. Vamos manter seu espírito vivo. A Varanda do Papai vai acontecer uma vez por semana, um dia em que ninguém paga para comer no Palácio de Tiana.

A multidão aplaudiu. Naveen sorriu para sua esposa. Tiana sentiu uma corrente elétrica percorrer seu coração. Mesmo que não pudesse vê-lo, ela sabia que seu pai estava lá.

Tiana esgueirou-se até seu quarto para tirar um momento para si mesma. Pela janela, viu Evangeline brilhando na noite de ébano e soube que tinha algo a fazer. Tiana saiu para o terraço para agradecer. Ao fazer isso, outra estrela se iluminou ao lado de Evangeline. Ela sabia que era Ray. Seu coração se encheu de amor.

– Obrigada, Evangeline e Ray – ela sussurrou, enquanto fechava os olhos.

– Tiana – disse Naveen, chegando por trás dela e pousando as mãos em seus ombros –, olhe!

Quando ela abriu os olhos, viu uma terceira estrela cintilando perto das outras duas. Sua intensidade a fez pensar em grandes sonhos e olhos brilhantes. Tiana quase podia ouvir uma risada estrondosa e uma voz grave lhe dizendo que ela se saíra muito bem. Ela enxugou a lágrima que rolou por sua bochecha e sorriu.

– Feliz aniversário, papai – disse Tiana, recostando a cabeça no ombro de Naveen.

Como você pode AJUDAR sua COMUNIDADE?

BELA

Bela adora ler.

Diferentes histórias a levam a novos lugares, apresentam a novas pessoas e permitem que ela contemple novos pontos de vista.

Ela se sente confiante e confortável sendo ela mesma. Na verdade, se tem uma coisa sobre a qual Bela se garante é seu intelecto, e ela não tem medo de compartilhar sua opinião com ninguém. Mas seu status de forasteira na cidade a ensinou a olhar além do que está na superfície e enxergar o melhor nas pessoas.

NOVOS AMIGOS
ESCRITO POR KATHY MCCULLOUGH
ILUSTRADO POR ANN MARCELLINO

Bela relaxava em um canto da biblioteca do castelo, relendo um de seus livros favoritos. O Príncipe havia lhe dado a biblioteca de presente quando ainda era a Fera, e ela passava o máximo de tempo que podia ali, geralmente com um livro no colo. Ela se admirava com a forma como os símbolos marcados com tinta em uma página podiam dar vida a toda uma história. Era mágico como as letras formavam palavras e palavras formavam frases que podiam transportá-la para outros lugares, ensiná-la coisas novas e apresentá-la a pessoas que pareciam tão reais que era como se estivessem ali com ela.

A porta da biblioteca se abriu e uma pessoa muito real irrompeu na sala.

– Bela! Seu pai voltou! – exclamou Monsieur Horloge, o mordomo do castelo.

Bela desceu correndo para o grande saguão.

– Bem-vindo ao castelo, papai! – disse, dando um abraço caloroso em Maurice.

– Apenas uma breve parada durante a noite, querida – respondeu Maurice –, antes de seguir para o norte. – O pai de Bela passou a primavera viajando a festivais e feiras para vender suas invenções. – Mas olhe o que tenho para você! – Ele entregou à filha três pacotes embrulhados. – Livros da Espanha, Portugal... e Marrocos!

BELA É...
INTELIGENTE
GENEROSA
UMA ÁVIDA E
ETERNA APRENDIZ
LEAL
APAIXONADA
AUTÊNTICA

SONHO DE BELA:
Nunca parar de aprender

MOMENTO HEROICO:
Sacrificou a própria liberdade para salvar seu pai

COMPANHEIRO DE AVENTURAS:
Lumière

FRASE FAMOSA:
"Quero viver num mundo bem mais amplo."

A biblioteca do castelo tinha muitos livros sobre a história e a geografia de outras nações além da França, onde Bela morava. Mas enquanto atlas e livros de história ofereciam fatos, Bela acreditava que os livros de contos podiam mostrar como as pessoas daquelas terras realmente eram – como viviam e quais eram suas esperanças e seus sonhos. Algumas coleções de contos de fadas e contos populares de todo o mundo pontuavam as prateleiras da biblioteca do castelo, mas Bela ansiava por novas histórias sobre esses lugares. Quando Maurice partiu em viagem no mês anterior, Bela lhe dera uma pilha de livros franceses para levar consigo, para oferecer aos viajantes estrangeiros que encontrasse em troca de livros de seus países.

Bela desembrulhou ansiosamente o pacote de cima e abriu o primeiro livro.

– Ah, não... – lamentou. Ela ergueu o livro para mostrar a Maurice. – Está em espanhol. Eu não entendo essa língua!

– Bela balançou a cabeça com uma risada. – Eu deveria ter adivinhado que os livros estariam nos idiomas de seus países. – Ela folheou um livro de Portugal – que era, é claro, em português. Então, abriu o primeiro livro marroquino. – Isso deve ser árabe! – comentou, maravilhada com as belas letras cursivas. – Há histórias maravilhosas nestas páginas, eu sei disso! – Ela correu os dedos pelos caracteres arábicos. – Mas estão ocultas para mim, embora as palavras estejam bem à mostra.

– Eu procurei em toda a biblioteca – Bela disse a Maurice e ao Príncipe durante o jantar naquela noite. – Duas vezes. Mas não temos *nenhum* dicionário de línguas estrangeiras.

– Existem dicionários que traduzem o francês para outras línguas? – perguntou o Príncipe.

– Tenho certeza que sim – assegurou Bela. – Mas eu nunca vi um. Dicionários desse tipo provavelmente são mantidos em lugares como bibliotecas universitárias.

– Oh! Lembrei! – Maurice vasculhou os vários bolsos do colete até encontrar um pequeno envelope. Entregou-o a Bela. – Recebi isto com os livros do Marrocos.

Bela abriu o envelope. Seus olhos se arregalaram enquanto lia o bilhete que havia em seu interior.

– Uma bibliotecária de uma universidade em Fez, no Marrocos, está vindo *para cá*! – O nome da bibliotecária era Fátima Baddou, e ela soubera do empenho de Bela para expandir a biblioteca do castelo através do comerciante marroquino que havia dado a Maurice os livros em árabe.

– Não recebemos hóspedes no castelo desde que eu era pequeno – disse o Príncipe, preocupado. – Eu não saberia o que fazer nem como me comportar.

– Ora, mas é claro que você teve uma convidada desde então – Bela o lembrou, gesticulando para si mesma. – E isso acabou muito bem. – Ela sorriu.

O Príncipe corou.

– Ah, mas aí foi diferente. Era... *você*.

Bela pegou a mão dele.

– Basta ser você mesmo – sugeriu. – Isto é, seu novo e amigável eu.

O Príncipe riu. Ele não era o único no castelo preocupado com a visita, no entanto.

– As visitas irão chegar dentro de uma semana? – Horloge exclamou ao ouvir a notícia. – Não, não, não. É muito pouco tempo! – O trabalho de Horloge era garantir que tudo no castelo funcionasse bem. Uma semana *praticamente* não seria tempo suficiente para deixar tudo pronto. – Como preparamos os quartos? – ele perguntou. – Elas preferem chá na hora de dormir ou leite morno? Acordam cedo ou gostam de dormir até tarde?

– *Exactement*! – interveio Lumière, o *maître* do castelo. – Não sabemos a que horas elas preferem jantar! As refeições são grandes ou pequenas? Elas gostam de diversão *durante* a refeição, ou depois... ou os dois?

Até Madame Samovar, a governanta, que geralmente era tão alegre, retorcia o avental nervosamente.

– Oh, meu Deus! Não sabemos de que tipo de frutas e vegetais elas gostam, ou quais são suas sobremesas favoritas – indagou-se. – Quero que se sintam em casa, mas não tenho ideia de por onde começar na escolha das receitas a preparar!

– Temos que aprender marroquino? – perguntou Zip, o filho mais novo de Madame Samovar.

– No Marrocos, eles falam árabe – explicou Bela a Zip. – *Mademoiselle* Baddou está trazendo uma intérprete consigo, junto de um cocheiro e um cozinheiro. A intérprete será capaz de traduzir do árabe para o francês para nós e vice-versa. – Bela sorriu para os demais. – Quanto às respostas para o restante de suas perguntas, eu sei exatamente onde procurar.

Bela convidou o grupo para ir à biblioteca e apanhou todos os livros que encontrou sobre o Marrocos.

– Se vocês ainda tiverem dúvidas, quando os hóspedes chegarem, basta perguntar a eles!

Quando as visitas chegaram, porém, as primeiras perguntas foram para Bela. Na sala de estar, enquanto Lina, a intérprete, traduzia tudo para o francês, Fátima perguntou a Bela sobre como foi ter crescido na aldeia e sobre como acabou se tornando uma princesa. Fátima ouviu, extasiada, enquanto Lina traduzia as respostas de Bela para o árabe. Depois que Bela terminou a história de suas aventuras no castelo, Fátima respondeu com uma voz cheia de admiração.

– É como algo saído de um conto de fadas! – Lina disse, traduzindo.

Bela sorriu concordando, embora achasse que a vida de Fátima parecia ainda mais mágica.

– Ser bibliotecária da biblioteca mais antiga do mundo! – exclamou. Bela havia pesquisado sobre a Universidade de al-Qarawiyyin, onde a biblioteca fora construída séculos antes.

– Fátima recebeu esse nome por causa de Fátima al-Fihri, a mulher que construiu a universidade – explicou Lina, traduzindo a fala da jovem. – Como seus pais escolheram esse nome, ela diz que seu destino foi crescer e ser bibliotecária lá. Felizmente, era o sonho dela também!

– É tão MARAVILHOSO conhecer alguém que AMA livros tanto quanto eu

– disse Bela. Fátima e ela trocaram sorrisos enquanto Lina repetia as palavras em árabe. Bela desejou que não precisassem esperar para que suas palavras fossem traduzidas. As duas tinham tanto o que conversar!

Fátima falou novamente.

– Fátima quer lhe perguntar mais sobre seu projeto de expansão da biblioteca com livros de outras culturas – disse Lina. – Isso é algo que tem sido feito na al-Qarawiyyin há muitos anos, e também a tradução de obras.

Antes que Bela pudesse responder, Madame Samovar e Zip entraram com um carrinho de chá.

– *Briouats* marroquinos de amêndoa – ofereceu Madame Samovar com orgulho, estendendo uma bandeja com pasteizinhos triangulares.

– *Briouat*! – Fátima disse com um sorriso. Ela e Lina pegaram cada qual um dos quitutes de massa folhada. Quando morderam, no entanto, ambas estremeceram e trocaram olhares.

– Oh, meu Deus – disse Madame Samovar. – O livro tinha apenas uma imagem, nenhuma receita. Então, tive que adivinhar o que havia nele.

Fátima falou com Lina em árabe.

– Nosso cozinheiro pode lhe ensinar a receita, se desejar – traduziu Lina a Madame Samovar.

– Isso seria maravilhoso! – Madame Samovar respondeu. Ela gesticulou para o carrinho de chá. – Enquanto isso, temos bastante pão e geleia.

– Geleia de amora! – anunciou Zip, levantando o pote. Ele não o segurou bem, no entanto, e o pote tombou, derramando a espessa geleia roxa no colo de Lina.

– Desculpe! – Zip mordeu o lábio, quase chorando.

– Está tudo perfeitamente bem – Lina o tranquilizou. – Tenho muitos sobrinhos e sobrinhas animados. Estou acostumada a um pouco de bagunça de vez em quando. Posso ir para o meu quarto e me trocar. – Ela se virou para Fátima e elas trocaram algumas palavras em árabe. Fátima sorriu e acenou com a cabeça em resposta, e Madame Samovar conduziu Lina aos aposentos de hóspedes.

Bela e Fátima foram deixadas a sós na sala de estar, e o silêncio entre elas foi se tornando embaraçoso. Os aposentos de hóspedes ficavam na extremidade oposta do castelo, por isso Bela esperava que levaria algum tempo antes que Lina retornasse. Sabendo que Fátima amava livros tanto quanto ela própria, Bela decidiu que ambas se sentiriam mais confortáveis cercadas por eles. Levantou-se e gesticulou para que Fátima a acompanhasse. Elas deixaram a sala de estar e caminharam pelos corredores do castelo, trocando sorrisos tímidos. Quando passaram por Horloge, Bela pediu a ele que informasse a Lina aonde elas tinham ido.

Por fim, as duas chegaram à biblioteca do castelo. Fátima deixou escapar uma exclamação de encantamento e disse algo em árabe. Embora Bela não entendesse as palavras, percebeu que se tratava de um elogio – então, lembrou-se de ter ouvido uma das palavras em árabe antes, durante a conversa anterior.

Bela puxou um livro de uma prateleira e o ergueu.

– *Kitab*...? – ela perguntou.

Fátima confirmou com a cabeça.
– *Kitab*!
Bela sorriu e entregou o livro a Fátima.
– Livro.
– Livro – repetiu Fátima. E então foi até as prateleiras. – *Kitab*, *kitab*, *kitab* – disse, batendo as pontas dos dedos nas lombadas dos livros. Depois gesticulou em direção a todas as prateleiras. – *Maktaba*!
– *Maktaba*... – Bela repetiu. Ela se lembrou de ter ouvido Fátima dizer essa palavra antes também.
– Al-Qarawiyyin – disse Fátima e apontou para si mesma. – *Maktabti*. – Ela gesticulou ao redor da sala novamente. – *Maktabat* Bela!
Bela sabia que al-Qarawiyyin era a biblioteca onde Fátima trabalhava. E agora elas estavam na *Maktabat* Bela...
– Biblioteca! – Bela concluiu.
– Biblioteca! – Fátima repetiu, batendo palmas de alegria. E gesticulou de si mesma para Bela, e então para os livros.
Bela tinha certeza de que entendera o gesto.
– Sim! – concordou. – Vamos encontrar mais palavras para aprender! – Bela reuniu vários livros com ilustrações, para ajudá-las a ensinarem uma à outra. Elas então folhearam os livros, compartilhando as palavras em francês e árabe para cada item.
– *Wardah* – mostrou Fátima, apontando para a pintura de uma rosa cor-de-rosa.
– *Wardah* – Bela repetiu. – Rosa.
– Rosa! – disse Fátima.
À medida que continuavam, Bela aprendeu que *qamar* significava "lua" em árabe e *fil* significava "elefante". Bela trouxe papel e penas para que pudessem fazer desenhos de itens que não conseguiam encontrar nos livros. Elas realizaram movimentos

como caminhar e sentar, compartilhando as palavras em cada idioma. Fizeram caretas para mostrar emoções.

– *Saeeda* – disse Fátima, com um sorriso alegre.

Bela repetiu a palavra em árabe enquanto Fátima acenava com a cabeça em aprovação.

– Feliz – foi a vez de Bela traduzir a palavra para o francês.

– Feliz – repetiu Fátima. As duas trocaram sorrisos calorosos.

No entanto, ficou mais difícil quando abordaram ideias mais complexas. Bela tentou perguntar a Fátima sobre sua viagem de Fez para o castelo, mas Fátima apenas balançou a cabeça, sem entender. Bela abriu um mapa e usou os dedos para imitar uma caminhada de Fez até Villeneuve. Fátima respondeu em árabe, gesticulando com as mãos enquanto falava, mas Bela não tinha certeza se entendia o que ela estava dizendo.

Bela tentou pensar em outra maneira de ensinarem uma à outra, que ainda não houvessem tentado. Seus olhos percorreram os títulos nas prateleiras em busca de um livro que pudesse ajudá-las e pousaram em uma coleção de contos populares. Pegou o livro e folheou até um conto do Marrocos. Ela o estendeu para Fátima.

Fátima pegou o livro e examinou as ilustrações nas diferentes páginas. Um sorriso apareceu em seu rosto também.

– "*Al-Tair Al-Azraq*"! – ela exclamou. Fátima voltou para a primeira página da história e apontou para o título, repetindo as palavras.

– "O Pássaro Azul!" – disse Bela. – Você conhece? – Bela pegou um papel e desenhou um pássaro azul. Ela o mostrou para Fátima, que assentiu alegremente.

Juntas, Bela e Fátima encenaram a história, sobre uma princesa que era visitada todas as noites por dois pássaros azuis. Os pássaros eram na verdade homens, que haviam sido enfeitiçados.

A princesa desenvolveu um afeto por um dos pássaros e, depois que o feitiço foi quebrado, ela e o homem se apaixonaram.

Bela e Fátima recitaram as palavras em sua própria língua à medida que avançavam. Elas então repetiram as passagens, com Bela se esforçando ao máximo para combinar as palavras em árabe com suas ações, e Fátima fazendo o mesmo com as palavras em francês. As representações das duas ficavam tolas às vezes, fazendo com que ambas caíssem na risada. Quando uma delas entendia algo errado, a outra balançava a cabeça negativamente e elas tentavam outra vez. Era como resolver um quebra-cabeça, cada nova palavra ou frase que elas aprendiam adicionando outra peça para ajudar a dar vida ao quadro maior.

Depois que chegaram ao final feliz da história, Fátima pegou um livro de imagens que elas tinham visto antes, sobre dois ursos que se encontram na floresta e se tornam amigos. Fátima o abriu na ilustração final, dos ursos de mãos dadas.

– *Asdiqaa* – disse ela. E apontou para si mesma e depois para Bela.

– *Asdiqaa* – Bela repetiu. Tinha certeza de ter entendido o que a palavra significava. – Amigas – traduziu.

– Amigas – Fátima repetiu no exato momento em que a porta da biblioteca se abriu e o Príncipe entrou.

Bela correu para ele e agarrou suas mãos.

– Fátima e eu estamos ensinando nossas línguas uma à outra! – Bela lhe contou. – Nem consigo acreditar no quanto aprendi!

– Estou feliz que tudo esteja indo bem por aqui – disse o Príncipe, com ar sombrio. – Temo que não seja o caso no restante do castelo.

– Por quê? – Bela perguntou. – O que aconteceu?

– É um desastre! – Horloge gritou enquanto corria atrás do Príncipe, abanando as mãos. Lumière e Madame Samovar entraram em seguida, suas falas se atropelando.

– Acalmem-se! – Bela pediu. – Digam-me o que aconteceu, um de cada vez.

Bela logo soube que as tentativas do Príncipe e dos demais de se comunicarem com seus hóspedes sem um intérprete não haviam corrido tão bem quanto com Bela e Fátima. O Príncipe tentara convidar o cocheiro para cavalgar pela floresta, mas ficou confuso quando o cocheiro apontou para si mesmo e depois para os cavalos enquanto respondia.

– Ele sorria enquanto falava – disse o Príncipe. – Mas, então, ele balançou a cabeça! Eu não tinha certeza se ele estava dizendo sim ou não.

O cozinheiro de Fátima juntou-se a Madame Samovar na cozinha, onde ela lhe mostrou a foto dos *briouats* de amêndoa. O cozinheiro indicou os ingredientes e os utensílios de medida para cada um, mas Madame Samovar não entendeu suas instruções e o resultado teve um gosto ainda pior do que sua primeira tentativa.

– E temo que seja *impossible* eu me apresentar esta noite! – Lumière declarou em desespero. Explicou que o cozinheiro e o cocheiro haviam passado pela sala onde ele praticava sua seleção musical noturna. Ele tinha acabado de terminar uma música de cabaré quando os dois disseram algo em árabe. Supondo que eles preferissem um tipo diferente de música, Lumière mudou para ópera, mas eles se pronunciaram novamente, usando as mesmas palavras. – Eu tentei muitos outros estilos musicais – Lumière disse a Bela. – Mas eles ficavam repetindo a mesma coisa. Não consegui descobrir qual era o seu tipo de música favorito. – Lumière suspirou tristemente. – Porque o entretenimento para os hóspedes deve ser o melhor ou *nada*... – Lumière baixou a cabeça. – Terá que ser nada.

Bela olhou para Fátima, que ouvia tudo com atenção. Talvez Fátima não houvesse entendido tudo o que fora dito, mas Bela

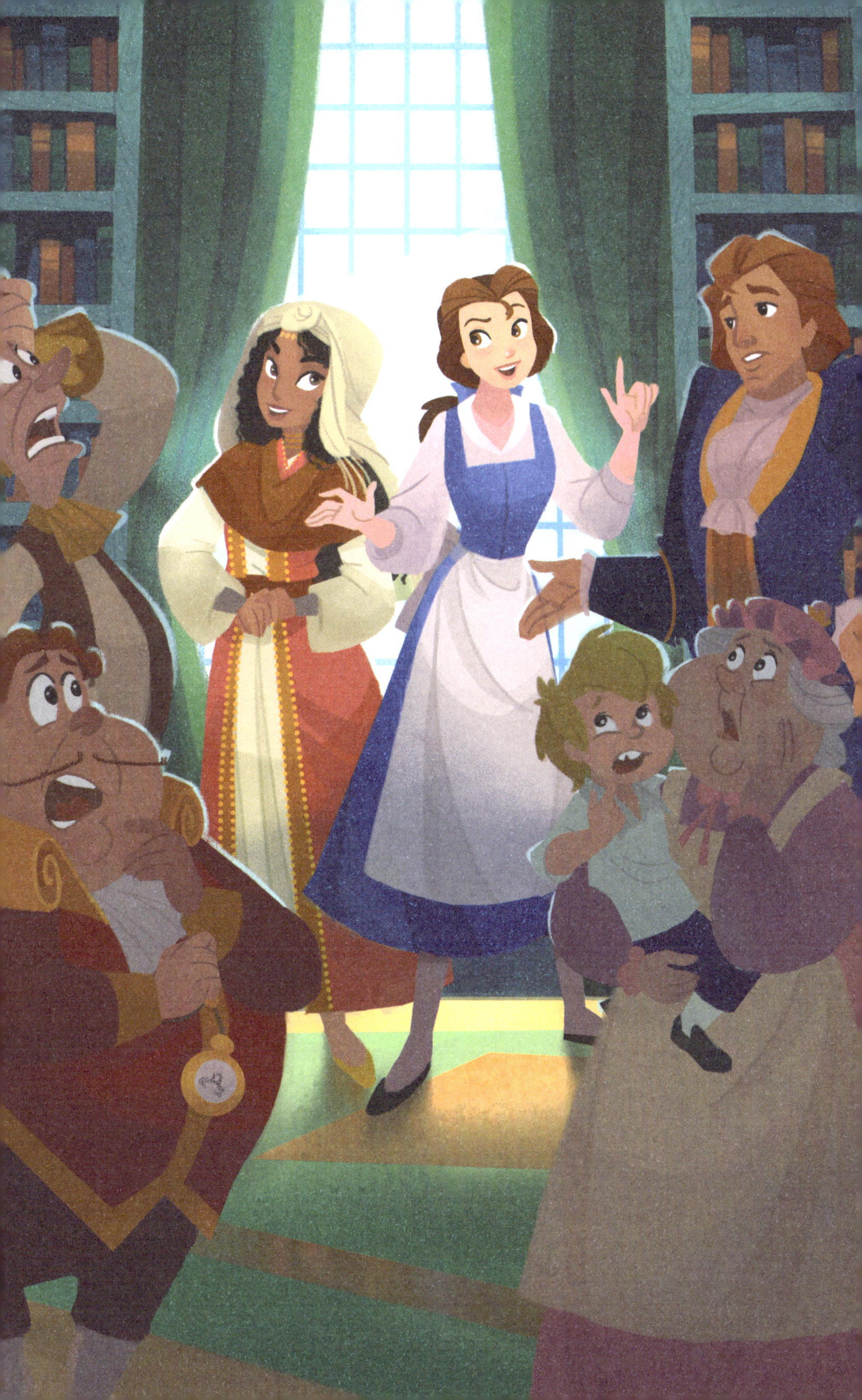

percebeu que a bibliotecária tinha deduzido que houvera alguns mal-entendidos entre os visitantes e os residentes do castelo. As duas novas amigas se entreolharam e uma mensagem foi transmitida entre elas: não precisavam de palavras nem mesmo de gestos para se entenderem. Fátima acenou com a cabeça e saiu da sala.

– Fátima vai buscar Lina – Bela explicou aos outros. – Tenho certeza de que resolveremos tudo isso e vocês poderão tentar novamente.

– Mas a intérprete não pode estar em todos os lugares ao mesmo tempo! – argumentou o Príncipe. – Estou preocupado em piorar ainda mais a estada de nossos convidados!

– Devo concordar – disse Horloge.

– Eu *não* concordo – disse Bela. – Fátima e eu encontramos um jeito de nos comunicar. Nem sempre foi fácil, mas não desistimos. E agora somos amigas! – Ela olhou para os outros. – Pode ser assustador conhecer novas pessoas, mas *todos* os amigos são pessoas que não conhecemos quando os encontramos pela primeira vez. – Então lançou um olhar significativo para o Príncipe: um dia eles também já haviam sido estranhos.

– Acho que *seria* mais agradável se nos tornássemos amigos de nossos visitantes – admitiu o Príncipe. Os outros concordaram.

Fátima retornou à biblioteca com Lina – agora com roupas limpas –, seguidas pelo cocheiro e pelo cozinheiro. Com a ajuda de Lina, residentes e convidados resolveram seus mal-entendidos.

– O cocheiro achou que você estava lhe ensinando como selar um cavalo – explicou Lina ao Príncipe. – Ele estava tentando dizer que já sabia fazer isso. – Ela sorriu e acrescentou: – Ele ficaria honrado em cavalgar com vossa alteza. – O Príncipe sorriu para o cocheiro, aliviado e satisfeito, e o cocheiro retribuiu o sorriso.

Lina virou-se para Madame Samovar.

– Nosso cozinheiro sabe como outros cozinheiros são ciumentos de suas cozinhas, mas, se você permitir, ele poderia lhe mostrar as etapas, e vocês dois poderiam preparar os *briouats* juntos.

– Oh, sim! Seria perfeito! – entusiasmou-se Madame Samovar, sorrindo para o cozinheiro.

Lina então explicou a Lumière que o cozinheiro e o cocheiro estavam perguntando se ele lhes ensinaria algumas de suas músicas.

– Em troca, eles adorariam compartilhar suas canções marroquinas favoritas com você.

– Seria um prazer! – Lumière respondeu, emocionado. – Estou sempre ansioso para aumentar o meu repertório musical.

Ao fim da estada, os visitantes e seus anfitriões já haviam se tornado amigos. O cozinheiro mostrara a Madame Samovar a verdadeira receita dos *briouats*, e ela lhe ensinara a fazer *croissants* de chocolate. O Príncipe e o cocheiro exploraram as terras ao redor do castelo e traduziram os nomes de diferentes raças de cavalos entre si, usando um livro ilustrado da biblioteca.

Após o último jantar juntos, Lumière apresentou-se para o grupo com uma seleção de suas canções favoritas, e também com as novas músicas marroquinas que havia aprendido. Os convidados acompanharam essas últimas canções, enchendo o castelo de música.

Na manhã seguinte, quando os visitantes se preparavam para partir, Fátima, com Lina, chamou Bela de lado. Fátima falou e Lina traduziu.

– Fátima adoraria que vocês se escrevessem e trabalhassem juntas em um plano para elaborarem mais dicionários de idiomas, para bibliotecas em todos os lugares.

– Sim! Com certeza! – Bela aprovou. – E eu irei visitar *você*. E conhecer a *sua* biblioteca.

Lina traduziu e Fátima assentiu com entusiasmo. A bibliotecária trocou sussurros com a intérprete e, então, falou:

– Sim, visite-me! – Fátima disse em francês. – Por favor, visite-me *em breve*!

– Você quer fazer uma viagem para o Marrocos? – perguntou o Príncipe depois que os visitantes partiram.

– Existe melhor maneira de aprender árabe? – Bela respondeu com um sorriso. – E, depois, podemos planejar nossas outras viagens!

– *Outras* viagens? – o Príncipe repetiu, parecendo intrigado.

Bela pegou suas mãos e sorriu para ele.

– Há tantas terras para visitar e pessoas para conhecer e idiomas para estudar! – ela disse. – Não é maravilhoso saber que nunca, *jamais,* ficaremos sem coisas novas para aprender?

Qual é sua HISTÓRIA mais INSPIRADORA?

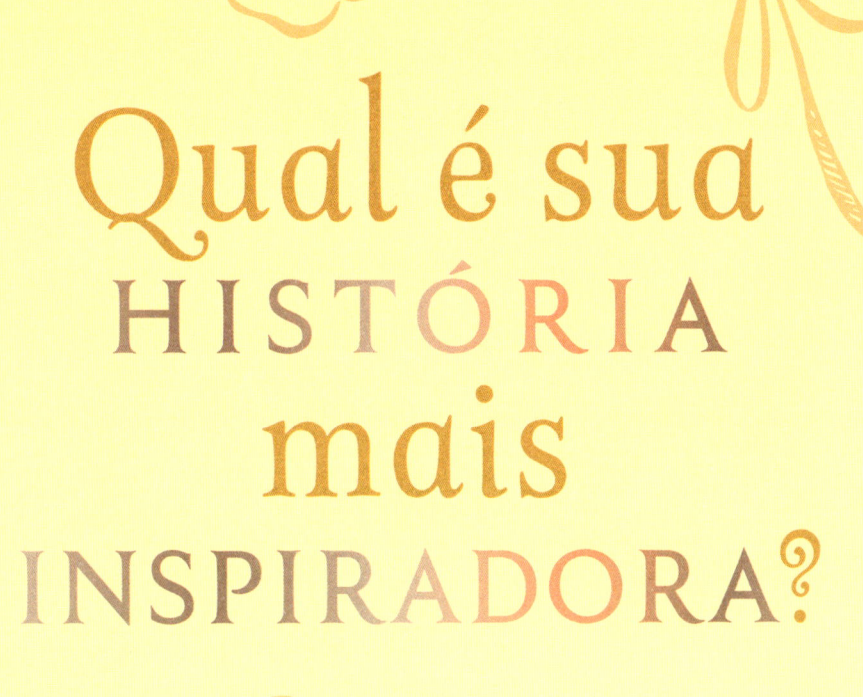

MOANA

Moana é uma garota determinada, que ama o mar. Embora tenha seus momentos de dúvida, sente muito orgulho de quem é e não foge de desafios. Ela aborda novas tarefas e experiências com toda a seriedade e se mantém firme na luta por aquilo a que dá valor, mesmo quando tudo parece perdido.

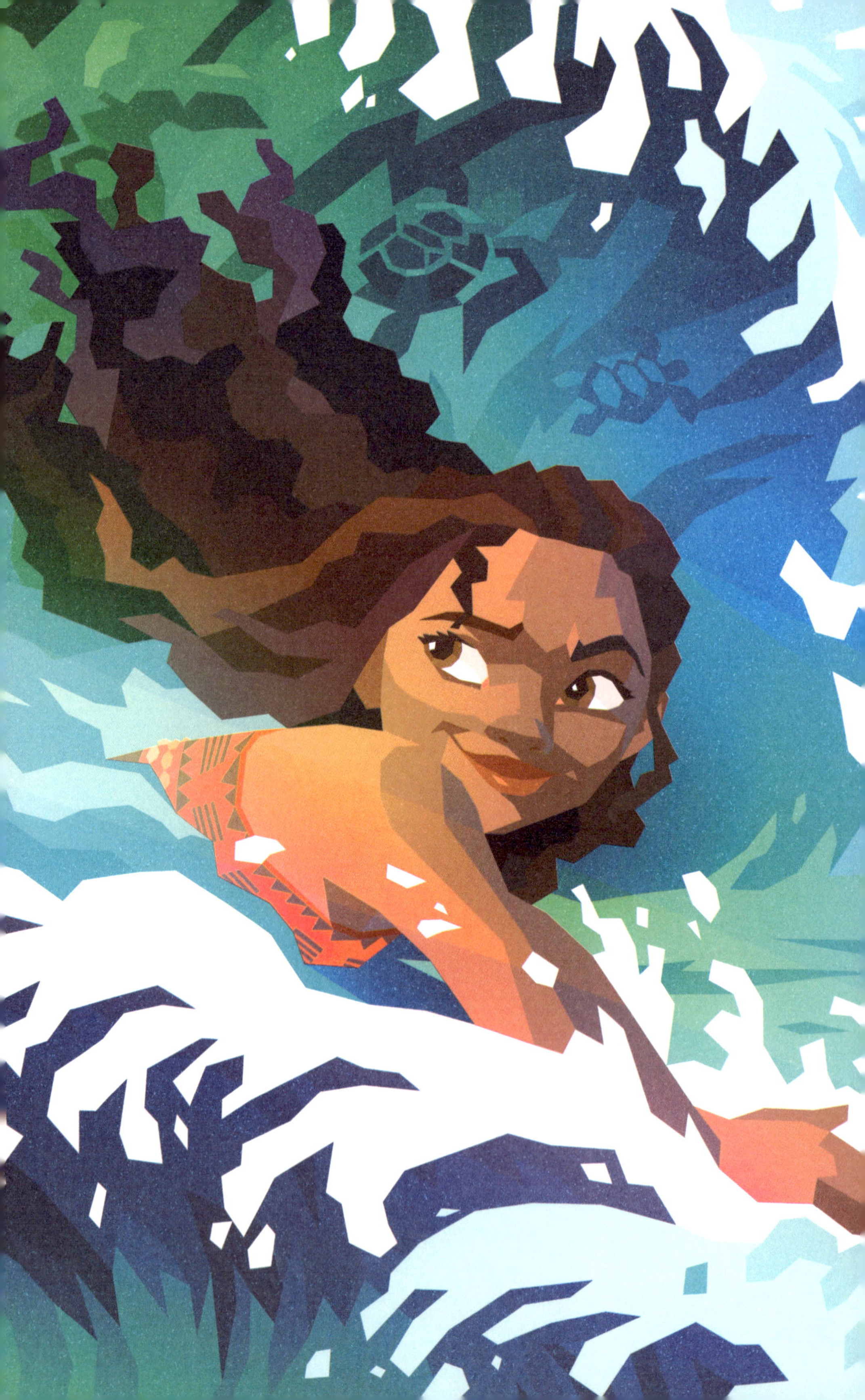

OS GUARDIÕES DO OCEANO

ESCRITO POR KALIKOLEHUA HURLEY
ILUSTRADO POR LIAM BRAZIER

A **pequena Moana,** de apenas oito anos, deslizava debaixo d'água no fundo do mar pintalgado de âmbar e dourado na praia de Motunui, admirando uma fieira de conchas cintilantes, quando subitamente se viu frente a frente com dois grandes olhos verde-escuros. Seu coração disparou: era Fonu, uma tartaruga-marinha que ela conhecia a vida toda. Muito tempo antes, quando as duas eram pequenas, Moana tinha salvado Fonu de alguns pássaros muito famintos segurando uma folha por cima da tartaruga enquanto ela corria pela areia e entrava no mar. Moana nunca soube se Fonu se lembrava daquele dia. No entanto, como descobriria em breve, a tartaruga nunca se esqueceu.

Fonu mergulhou mais fundo e Moana a seguiu. Ali, abaixo das ondas, a água ficava silenciosa e calma – um contraste bem-vindo à agitação e ao barulho da ilha Motunui, onde Moana um dia comandaria seu povo como líder. Mais do que tudo, Moana amava esses momentos com sua amiga especial.

Hora de tomar fôlego! Conforme Moana foi subindo à superfície, um som abafado ressoou em seus ouvidos.

– *Moana!* – Sua mãe, Sina, a chamava da praia. – *Moana, cadê você?*

Moana irrompeu na superfície da água.

– Bem aqui, mamãe!

MOANA É...
OUSADA
VIAJANTE
FORTE
LÍDER
AMANTE DA NATUREZA
ORGULHOSA

SONHO DE MOANA:
Ir além do recife

MOMENTO HEROICO:
Atravessou o oceano para devolver o coração de Te Fiti

COMPANHEIRO DE AVENTURAS:
Heihei

FRASE FAMOSA:
"Às vezes, nossa força está abaixo da superfície."

– Está quase na hora de entrar – disse Sina. Ela apontou para o horizonte. – Olhe para aquelas nuvens lá longe. O que elas estão te dizendo?

Moana flutuou enquanto as observava, exatamente como Sina havia lhe ensinado a fazer, e exatamente como seus ancestrais faziam há gerações. Sinais da natureza, como o céu, o vento e o mar, ajudavam seu povo a prever o clima que se aproximava.

– Aquelas nuvens estão baixas, escuras e espessas... e vindo na nossa direção.

– O que significa...

– Que um mar tempestuoso está vindo aí.

Sina sorriu, orgulhosa. Nesse momento, elas ouviram um *chirp!*

– Oi, Fonu – disse Sina, cumprimentando a tartaruga, que havia colocado a cabeça acima das ondas. – Não é de se espantar que você tenha ficado debaixo da água por tanto tempo, Moana – disse Sina, os olhos brilhando. – As tartarugas são criaturas tão especiais!

– Especialmente Fonu. – Moana abriu um sorriso amplo.

– Fico contente por ela ter você... e por *você* ter *Fonu* também – acrescentou Sina, suavemente.

Elas assistiram enquanto a tartaruga deslizava de novo para dentro do mar.

– Mais um mergulho com a Fonu, e aí a gente volta? – pediu Moana.

Sina ponderou. Esfregou os braços quando o vento começou a soprar.

– Tá bom – concordou. – Só mais um. Mas volte rapidinho.

– Vou voltar – prometeu Moana. Ela encheu os pulmões de ar e mergulhou outra vez.

Debaixo da água, grandes feixes de algas marinhas verde--jade balançavam animadamente no fundo do mar. A direção em que balançavam, no sentido do oceano, fez Moana hesitar. Ela podia ver que as plantas estavam sendo levadas para as profundezas por uma forte correnteza – uma correnteza que também poderia muito bem carregá-la para lá. Mas apenas se não tomasse cuidado.

Foi quando Fonu passou com tudo, chilreando alegremente enquanto mastigava bocados dos abundantes vegetais marinhos. Moana riu. Tartarugas podiam ser tão tontas! Por mais um tempinho, elas continuaram seu mergulho, explorando um recife rochoso próximo, fervilhando de vida marinha.

Quando chegou a hora de tomar fôlego, Moana acenou um adeus para Fonu. Em seguida, começou sua ascensão, estendendo os braços para o alto e puxando-os para trás ao mesmo tempo em que chutava vigorosamente. Apesar de seus esforços, não foi muito longe. *Isso é esquisito,* pensou ela. Então, tentou de novo, mas o resultado foi o mesmo. Devia ter ficado presa na correnteza! *Fique calma*, lembrou a si mesma. *Agora não é o momento de entrar em pânico.* Finalmente, aproximou-se da superfície, onde o som trovejante das ondas se quebrando estrondou em seus ouvidos. O coração de Moana bateu forte. Os sinais eram inegáveis. O mar tempestuoso havia chegado. Ela precisava chegar à praia, *agora mesmo.*

Moana alcançou a superfície e inspirou, ofegante. Boiando de pé no mesmo lugar, procurou pela praia – ali! Estava longe, a cerca de um coqueiro de distância dela. Enquanto a correnteza começava a puxá-la em direção ao mar, Moana considerava suas opções. Podia tentar fugir da corrente, nadando em paralelo à praia. Ou podia relaxar e deixar que a água a levasse para a parte mais funda, onde a libertaria. E aí daria a volta na correnteza a nado, retornando para a praia.

Uma onda grande tomou a decisão por ela. A onda a esmagou, jogando-a para baixo e empurrando tão fundo que os ouvidos de Moana doeram com a pressão. Ela deu braçadas e bateu os pés com força até atravessar a superfície da água outra vez. Seu sangue pareceu gelar quando viu que agora estava a dois coqueiros de distância da praia. Lá longe, viu Sina mergulhar na água.

– Mamãe! – gritou Moana, movendo os braços de um lado para o outro e cruzando-os acima da cabeça. – Aqui!

Mas era tarde demais. Uma onda grande feito uma montanha engoliu Moana. Antes que ela se desse conta, estava mais fundo debaixo d'água do que já tinha ido antes, e perdendo a energia para nadar. Conforme a água gelada espremia o ar para fora de seus pulmões, uma névoa escura e espessa começou a preencher sua visão.

De súbito, ouviu um chilreado conhecido e sentiu um puxão gentil em seu pulso. Era Fonu! Moana curvou as pontas dos dedos em torno da borda do casco da tartaruga e se segurou enquanto Fonu deslizava para o alto. Quando elas romperam a superfície, Moana respirou fundo várias vezes. Então, Fonu olhou para ela. A lembrança de Fonu bebê nadando em segurança para o fundo do mar, tantos anos atrás, inundou a mente de Moana.

– *Você se lembrou* – murmurou ela.

A tartaruga chilreou baixinho.

– Obrigada. – Moana segurou com mais força no casco de Fonu e prendeu a respiração enquanto a tartaruga tornava a mergulhar no oceano. Em seguida, Fonu disparou sob as ondas para devolver Moana a um local seguro: junto com a mãe, na parte rasa.

Em pouco tempo, Moana viu-se na areia, nos braços de Sina. Ela se curvou adiante e tossiu, cuspindo água.

Sina deu-lhe tapinhas leves nas costas.

– Você está bem?

Moana assentiu.

Sina pigarreou.

– Me desculpe, Moana. Eu nunca deveria ter deixado você dar aquele último mergulho. O mar mudou depressa demais. Eu pensei que a gente teria mais tempo.

– Eu também – respondeu Moana. – Agora sei que não é assim.

Elas se abraçaram apertado.

– Se eu te contar uma coisa – prosseguiu Moana –, você promete que acredita em mim?

– Eu *sempre* vou acreditar em você, Moana – assegurou Sina.

– *Fonu me salvou.*

– Eu sei – suspirou Sina. – Eu vi.

Moana sentiu uma lágrima quente rolar por seu rosto. Lá no fundo, sabia que sua mãe acreditaria nela, mas ter a prova a encheu de alívio.

Sina segurou as mãos de Moana.

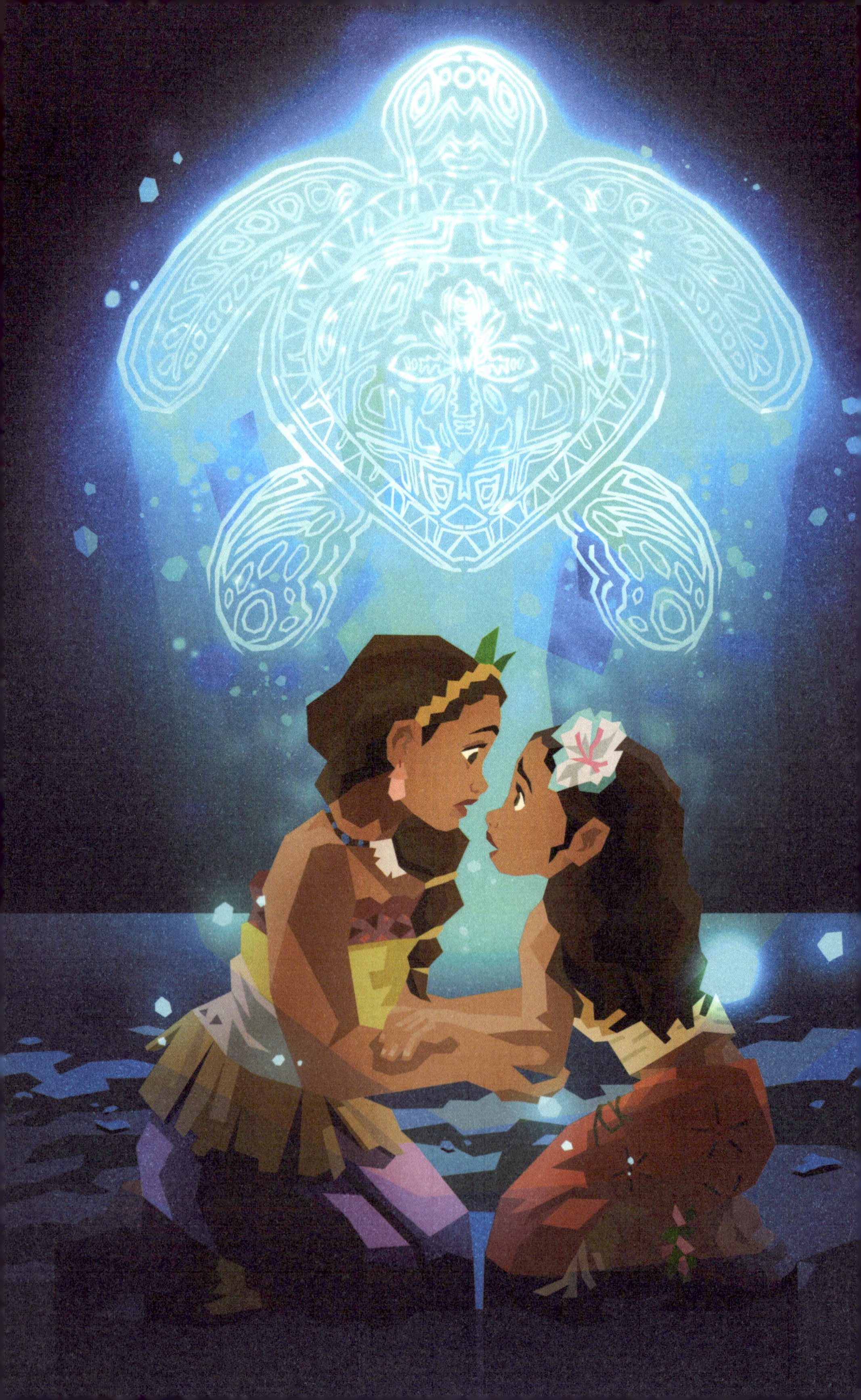

– Quando eu cheguei a uma certa idade, a sua idade mais ou menos, minha avó… sua bisavó… me ensinou que nossos ancestrais cuidam de nós por meio das tartarugas que chamam as águas ao redor de Motunui de lar.

Moana seguiu o olhar de Sina, que se voltou para o mar aberto. Juntas, observaram Fonu reerguer-se acima da água e depois desaparecer nas profundezas.

Sina virou-se para Moana.

– Minha avó dizia: *nós devemos sempre proteger nossos guardiões do oceano e, em troca, eles vão nos proteger.* Ela me fez prometer que cuidaria deles. Hoje, Fonu te protegeu. Agora, Moana, é a sua vez. Você vai proteger Fonu e todos os nossos guardiões do oceano comigo?

– Eu prometo que vou PROTEGER Fonu e TODOS os nossos guardiões do mar

– repetiu Moana, orgulhosa.

Os olhos de Sina cintilaram. Mas, então, sua expressão ficou grave.

– Agora, Moana – disse ela –, você também deve prometer que *nunca mais* vai entrar na água quando os sinais soarem o alerta de mar tempestuoso. A natureza não nos dá segundas chances.

– Eu prometo, mamãe – assegurou Moana.

Ela forçou um sorriso, mas, por dentro, o aviso de Sina a fez estremecer. Não, Moana jamais se esqueceria do poder do oceano. Assim como jamais se esqueceria da sensação de quase perder o ar na água fria e profunda. Então, por que ela se colocaria num perigo daqueles outra vez?

Aos dezesseis anos, Moana havia assumido muitos deveres em seu papel como futura líder. Ela acreditava que a liderança era um grande privilégio, e passava muitos de seus dias cuidando de seu povo e sua ilha. No entanto, a responsabilidade tinha um custo: mergulhar com Fonu se tornara uma oportunidade rara. No entanto, todo dia, não importando sua agenda, ela fazia uma visita à praia para dar uma olhada em sua amiga.

Certa manhã, do lado de fora da casa da família, uma cabana sem paredes e com telhado de palha chamada de *fale*, Moana notou um redemoinho de nuvens baixas, escuras e espessas se acumulando no horizonte, vindo em direção à ilha. Sugou o ar numa inspiração rápida. Esses eram sinais bastante familiares.

Sina aproximou-se dela por trás.

Moana apontou para o horizonte.

– Está vendo aquelas nuvens? São iguaizinhas às *daquele dia*. – Ela estava toda arrepiada, mas se esforçou ao máximo para ignorar o medo. Era mais velha, mais forte e mais sábia agora, e tinha a responsabilidade, como futura líder, de alertar seu povo sobre todos os perigos, inclusive um mar tempestuoso. Ela virou-se para encarar a mãe.

– Eu vou até a praia para garantir que ninguém bote nem um pé no mar.

– Minha menina corajosa – disse Sina, colocando as mãos nos ombros de Moana. – Só me prometa que você vai proteger a si mesma tanto quanto aos outros.

Moana assentiu firmemente.

– Então, tudo bem – respondeu Sina. – Estarei bem aqui, se você precisar de mim.

Moana beijou a mãe e correu para a praia.

Lá, as ondas trovejavam e arrebentavam, produzindo um som ensurdecedor que só podia ser comparado aos bramidos do vento que uivava. O mar já estava tempestuoso, bem como Moana previra. Ela protegeu os olhos da areia que açoitava seu rosto enquanto vasculhava o mar em busca de pessoas nadando.

Em uma ponta da praia, dois pescadores emergiram da rebentação violenta. Moana correu até eles, enquanto ambos ainda se arrastavam pela areia.

– Vocês estão bem?

– Estamos – afirmou um dos pescadores, respirando pesadamente –, mas perdemos *tudo*... nossa melhor rede... duas de nossas armadilhas. As ondas, elas eram feito *montanhas*. Vieram do nada.

– Vocês viram mais alguém por lá? – perguntou Moana.

– Não, só a gente – respondeu ele.

Moana soltou um suspiro discreto de alívio.

– Teremos que esperar esse tempo ruim passar para poder voltar e salvar nossa rede e as armadilhas.

Moana observou os pescadores irem embora devagar, depois voltou sua atenção para o mar. As cristas brancas e agitadas se chocavam, formando uma névoa de gotículas marinhas que fazia seus olhos arderem. *A pessoa tem que ser realmente intrépida para vir nadar no oceano num momento desses*, pensou consigo mesma.

Moana estava se virando para deixar a praia quando, bem naquele momento, uma visão incomum lhe chamou a atenção. Na superfície da água, flutuava um pontinho marrom. Parecia que algo tinha ficado preso em uma rede de pesca. Ela espremeu os olhos para enxergar melhor. E então, a tartaruga presa entrou em foco.

– FONU! – gritou.

Moana disparou para a linha da água. Seu coração batia como um tambor no peito. Prometera a Sina que nunca mais entraria em um mar tempestuoso. Afinal, da última vez, quase se afogou. Entretanto, também havia jurado proteger Fonu.

Lá foi ela para dentro da água! Ela nadou, descendo cada vez mais sob as ondas. Elas a chacoalhavam ferozmente de um lado para o outro e Moana lutava para prender o fôlego, mas nem mesmo o mar furioso a impediria de ajudar sua amiga.

Moana retornou à superfície perto de Fonu. A tartaruga chilreou e tentou bater as nadadeiras, mas a rede as prendia no lugar. Fonu estava encrencada! Enquanto Moana lutava com a corda escorregadia, uma série de ondas rugia, vindo na direção delas.

Pensando depressa, Moana enrolou a rede numa bola e a enfiou entre seu corpo e o de Fonu. Em seguida, agarrou as laterais do casco da tartaruga e virou no sentido da praia.

– A gente vai pra debaixo d'água! – exclamou. Ela ouviu a tartaruga soltar um sopro de ar. E então Moana mergulhou, indo para debaixo das ondas, segurando Fonu à sua frente e a rede entre as duas, batendo os pés com toda a força. Seus pulmões ardiam como se estivessem pegando fogo, e as pernas doloridas passaram do ponto da exaustão, mas ela continuou nadando.

Por fim, chegaram à praia. A mesma tartaruga que deslizava sem peso algum pela água agora pesava uma tonelada em terra firme. Moana enfiou as pernas na areia e gritou de aflição, puxando Fonu para fora do alcance da água.

Fonu chilreou debilmente.

– Não se preocupe, Fonu – arfou Moana. – Eu vou te ajudar.

Ela apanhou a rede e passou os dedos pela corda até encontrar onde estava o nó. Seu povo era mestre na fabricação de redes, e este nó era bem complicado. Ela precisaria de algo afiado para cortá-lo… e um pouquinho de ajuda extra.

– Eu já volto – ela disse a Fonu, correndo para o vilarejo.

Momentos depois, Moana irrompeu no *fale* da família. Para sua surpresa, não viu sinal algum da mãe.

– Aqui em cima – chamou Sina, pulando de um mastro. Ela enxugou o suor da testa e encarou o teto. – Esse vento está causando um estrago no nosso telhado. – Sina olhou de esguelha para Moana, depois encarou-a com mais firmeza.

– *Por que* você está toda molhada?

– Mamãe, não fique chateada… mas eu… eu preciso da sua ajuda. *Nós* precisamos da sua ajuda.

– *Nós* quem?

– Eu e Fonu. Ela está presa numa rede. Nós precisamos de algo para cortá-la. Eu tive que nadar até…

– Você *o quê?* – Sina jogou as mãos para o ar. – Moana, qual é o seu problema?

Moana conteve as lágrimas.

– *Eu* prometi para Fonu que a protegeria. *Você* prometeu para a minha bisavó que também protegeria tartarugas como ela. Me desculpe, mamãe, por ter te aborrecido. Mas Fonu precisa da nossa ajuda *agora*. E eu *não consigo* fazer isso sozinha. Você me ajuda?

Sina fez uma pausa. Em seguida, agarrou sua machadinha de pedra afiada.

– Isso corta qualquer coisa. Vamos lá.

De volta à areia, Moana encontrou Fonu ainda mais enroscada nas cordas. Seu estômago revirou quando notou que uma das nadadeiras da tartaruga estava estendida de um jeito anormal.

– Ela está tentando voltar para a água – percebeu Moana, com urgência na voz. – Precisamos ser rápidas!

Os olhos de Sina faiscaram. Ela caiu de joelhos e agarrou a corda. Moana segurou na outra ponta, onde estava o nó. Sina esfregou a machadinha de pedra para a frente e para trás por cima do nó, até a corda se dividir. Então, enrolou as pontas por cima, por baixo, ao redor e pelo meio para soltar a tartaruga presa. Uma vez livre, Fonu agitou as nadadeiras.

Moana ergueu os punhos em um gesto de vitória.

– Mamãe, você conseguiu! – comemorou. – Agora, vamos colocá-la de volta na água.

Cada uma segurou um lado do casco de Fonu. Como se guiassem uma canoa para o mar, elas cuidadosamente a empurraram de frente pela areia até que a tartaruga flutuasse na água. Mas a pobrezinha estava exausta demais para atravessar a arrebentação traiçoeira. Quando uma onda se quebrou sobre ela, Fonu rolou de volta para a praia.

Elas tentaram outra vez.

– Agora! – gritou Moana, entre as fileiras de espuma agitada.

Dessa vez, elas empurraram Fonu *com força*. A tartaruga escorregou sobre a superfície da água por causa do impulso. Quando uma onda se aproximou, ela agitou as nadadeiras... e passou por cima da onda!

Enquanto Fonu desaparecia por trás da onda, Moana colocou as mãos em volta da boca para ampliar o som e soltou um grito de alegria.

– Uhuuu!

Mas aí a água se nivelou, expondo a onda gigantesca que se lançava na direção de Fonu.

– Ah, não – gritou Sina, enquanto a onda sugava a tartaruga e a arremessava de volta à areia.

Uma dor disparou pelo peito de Moana. As palmas de suas mãos ficaram suadas, os joelhos enfraqueceram. *Fique calma,*

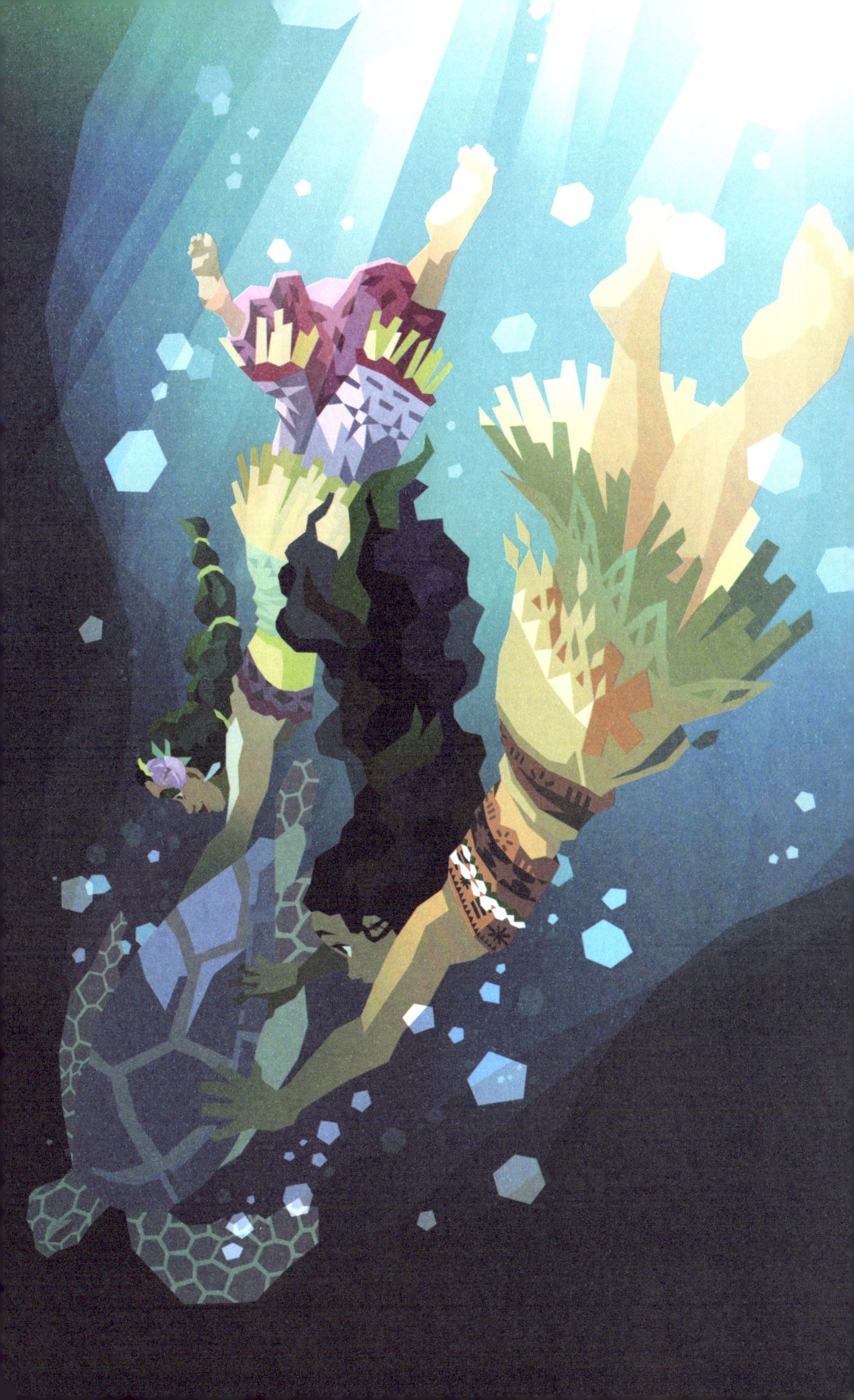

pensou. *Agora não é o momento de entrar em pânico.* Ela fechou os olhos e ouviu o oceano tempestuoso, pedindo um sinal.

Subitamente, o silêncio encheu seus ouvidos. Era um silêncio frio… o som das profundezas. O lugar, Moana deu-se conta, onde Fonu precisava estar. *Debaixo* das ondas. Ela abriu os olhos e fitou resolutamente o mar.

Nesse exato momento, como se a mãe tivesse lido sua mente, Moana sentiu os dedos de Sina se entrelaçarem aos seus.

– Eu confio em você – disse Sina.

Moana voltou-se para a mãe e apertou a mão dela.

– Faça tudo o que eu fizer.

As duas correram de volta para Fonu. Lá, mais uma vez, cada uma segurou um lado do casco e empurraram-na para a água. Só que, dessa vez…

– Um, dois, três! – gritou Moana, enquanto elas mergulhavam com a tartaruga.

Mãe e filha nadaram, descendo cada vez mais fundo, segurando Fonu à sua frente enquanto chutavam com toda a força, seguindo o leito do mar. A correnteza as empurrava em todas as direções, mas elas continuaram nadando.

Logo chegaram ao talude, o ponto limite, onde o leito marítimo descaía e as profundezas oceânicas começavam. Sina guiou a mão de Moana para o lado do casco que segurava e envolveu os dedos da filha nos seus. Moana assentiu para a mãe. Então, Sina abaixou as pernas, plantou os pés com firmeza no solo e deu um empurrão em Moana.

O empurrão a impulsionou para as águas frias e silenciosas onde Fonu havia salvado sua vida, anos antes. O lugar onde Moana sabia que a tartaruga estaria a salvo. De repente, ela começou a agitar as nadadeiras. E, com uma batida poderosa, Fonu desceu para as profundezas.

O júbilo percorreu Moana, mas a celebração teria que esperar – ela ainda tinha que nadar de volta para a praia!

Ela deu braçadas fortes e pensou em Fonu, sua querida amiga que a protegera por todos esses anos. Deu mais braçadas, pensando na mãe, que confiou nela e a ajudou a proteger sua amiga. E, com outra braçada, pensou em seus ancestrais que, como ela, protegeram as grandes tartarugas das profundezas e, em troca, foram protegidos por elas.

Na parte rasa, Sina passou os braços em torno de Moana e a retirou da água. Elas foram para terra firme aos tropeços e desabaram na areia sob a proteção de uma palmeira. Por um instante, ficaram em silêncio, processando a experiência que tinham acabado de compartilhar.

Em seguida, Sina virou-se para Moana.

– Minha menina, tão corajosa – disse, afagando o rosto de Moana. – Você salvou Fonu. E honrou o dever da nossa família de proteger nossos guardiões do oceano.

Moana colocou as mãos por cima das da mãe.

– Não, mamãe. *Nós* a salvamos. Fizemos isso *juntas*. Minha bisavó ficaria muito orgulhosa de nós!

Sina estava radiante.

– Tem razão, minha peixinha. Ficaria mesmo. Sei que eu estou.

Moana inclinou-se para junto da mãe e pressionou o nariz e a testa contra os dela. Sina retribuiu o gesto.

– Eu te amo, mamãe – disse Moana quando as duas terminaram seu *hongi*.

– E eu também te amo, Moana – respondeu Sina.

Nesse exato momento, a chuva começou a despencar do céu.

– *Acho* que a gente devia voltar para casa – disse Sina, rindo e estendendo a mão para Moana, que a usou para se levantar.

– Sabe, mamãe – disse Moana, com uma piscadinha –, o nosso povo diz que a chuva é uma bênção.

– Eu sei – disse Sina, empurrando Moana com o quadril, brincalhona. – Eu que te ensinei isso! Mas quer saber outra coisa?
– O quê? – perguntou Moana, oferecendo o braço para a mãe. Sina passou o braço pelo da filha.
– *Você* é a *minha* bênção – disse ela, dando um apertãozinho em Moana.

Juntas, elas caminharam de volta para casa, ensopadas e gratas uma pela outra e pelos guardiões do mar.

Como você demonstra GRATIDÃO a seus AMIGOS?

MULAN

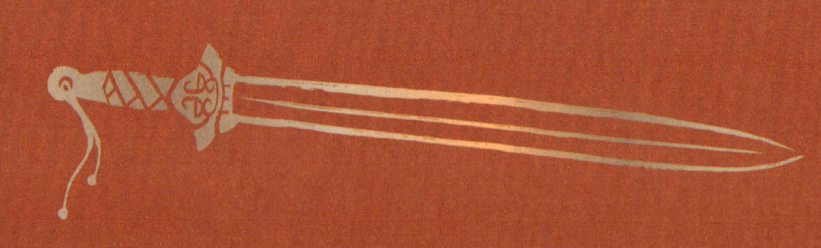

Mulan sempre lutou para se encaixar. Ela deseja honrar sua família, mas não tem certeza de como fazer isso e, ao mesmo tempo, permanecer fiel a si mesma. Quando seu pai é chamado para servir no exército Imperial, Mulan aproveita a oportunidade para fazer o que é certo por sua família. Disfarçando-se de homem, ela se junta ao exército no lugar de seu pai e demonstra uma bravura incrível na luta contra os hunos. Com coragem, paixão e determinação, Mulan prova que tudo é possível quando você acredita em si mesma.

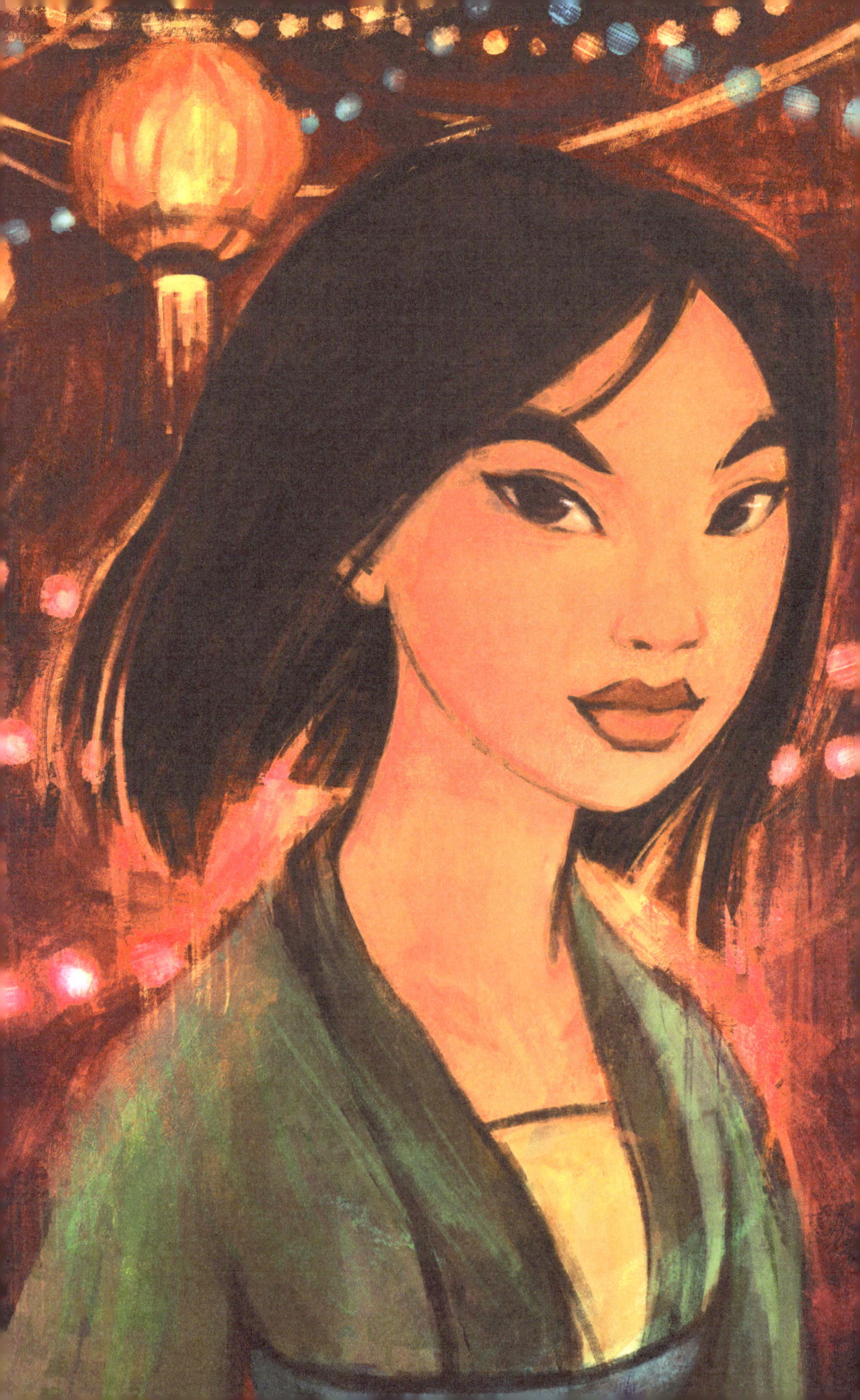

A HEROÍNA DA ALDEIA

ESCRITO POR MARIE CHOW
ILUSTRADO POR ALICE X. ZHANG E STUDIO IBOIX
Agradecimentos especiais aos consultores culturais David Lin, Flora Zhao e Bill Imada do IW Group

— **Mulan!** Sempre madrugadora! – disse Lingling com um largo sorriso. Mulan acenou para o cavalariço e desmontou de Khan. Ela acabara de voltar de um passeio na floresta, onde podia ficar sozinha com seus pensamentos.

– Você me conhece – ela respondeu com um modesto encolher de ombros. Ela tentou ajeitar os cabelos o melhor que pôde, envergonhada por encontrar pelo menos duas folhas e um pequeno galho entre os fios emaranhados.

Enquanto ela conduzia seu cavalo até a baia e fechava o portão, Tsai'er, o erudito da aldeia, se aproximou.

– Fez um bom passeio? – ele perguntou.

Mulan acenou com a cabeça educadamente e então conteve um suspiro. Ela não estava acostumada com toda a atenção que recebia por ser uma heroína de guerra. Os rapazes queriam ou treinar com Mulan ou desposá-la; já as moças, fazer amizade ou ser como ela. Era perturbador.

Enquanto caminhava para casa, mais vizinhos a saudavam com elogios e perguntas. Mulan gastou vários minutos assentindo e respondendo *aham* gentilmente até que afinal conseguiu escapar de seus entusiastas.

Ela dobrou a esquina em uma rua tranquila e quase trombou com sua vizinha Mei, que lutava para carregar três lanternas e uma sacola de tecido. Mei conseguiu fazer um malabarismo

MULAN É...
OBSTINADA
CORAJOSA
ENGENHOSA
DESTEMIDA
BOA PARA
TRABALHAR
EM EQUIPE
ATENCIOSA

SONHO DE MULAN:
Honrar sua família

MOMENTO HEROICO:
Salvou o imperador dos hunos

COMPANHEIRO DE AVENTURAS:
Mushu

FRASE FAMOSA:
"Meu nome é Mulan. Fiz isso pra salvar meu pai (...) era a única maneira."

com as lanternas sem deixar cair nenhuma, mas perdeu o controle sobre a sacola.

Mulan mergulhou para apanhá-la, quase tropeçando nos próprios pés antes de se endireitar com a sacola pendurada desajeitadamente em um braço.

– Tcha-ram? – brincou, embora timidamente.

Mei riu.

– Obrigada – respondeu a vizinha, fazendo uma careta de esforço enquanto tentava pegar a sacola de volta.

Mulan dispensou o gesto de Mei com um abanar de mão.

– Se você estiver indo para casa, é melhor eu carregá-la para você. Eu também estou indo para lá.

– Eu agradeceria – disse a garota mais velha, mudando de posição as três lanternas em seus braços. – As lanternas não são pesadas, nem mesmo tão grandes, mas são meio...

– Incômodas para carregar? – Mulan riu, feliz por ter uma conversa normal, para variar. Parecia que todas as outras pessoas que ela encontrava paravam o que estavam fazendo apenas para cumprimentá-la por sua saúde, pela aparência de Khan ou pela honra que trouxera para sua família.

Mulan olhou para as lanternas que Mei carregava.

– Você fez essas três lanternas para o festival desta semana? – perguntou. – Eu ainda não terminei a minha... e olha que estou decorando só uma!

Mei soltou uma risadinha.

– Não consigo evitar. Eu sei que a maioria das famílias cria uma lanterna com um *design* mais simples, mas eu sempre fui *san xin er yi* – três corações, uma mente. Jamais consigo me contentar com apenas uma ideia.

Mei sempre aguardava ansiosamente pelo Festival das Lanternas. Em aldeias e cidades por toda a China, as pessoas se reuniam nos templos locais para exibir suas lanternas feitas à mão e colocar velas em seu interior para marcar o início da primavera. A parte favorita da tradição para Mei era confeccionar as lanternas. Ano após ano, seus projetos se tornavam cada vez mais complexos e belos com a prática.

As meninas pararam de caminhar quando Mei estendeu as lanternas e Mulan examinou cada uma delas. Assim como as lanternas confeccionadas por outros moradores do vilarejo, as de Mei eram feitas de seda envolvendo uma armação de madeira, e tinham dois palmos de altura, mas as semelhanças terminavam aí.

– Você foi tão engenhosa com a decoração – elogiou Mulan, admirando os ideogramas chineses e os desenhos de árvores que Mei havia bordado em cada uma. – Por si só eles já são maravilhosos, mas, quando combinados, os símbolos formam a palavra "floresta"!

Mei baixou a cabeça, fazendo uma reverência.

– Sempre gostei de brincar com as palavras.

Mulan devolveu-lhe as lanternas e as garotas continuaram a caminhar.

– Quando as acendermos, tenho certeza de que todos irão apreciar o que você fez. – Seu rosto se iluminou enquanto ela prosseguia. – Adoro quando estamos todos reunidos e admirando o brilho das lanternas juntos. É uma das minhas tradições favoritas.

Mei se virou para Mulan, surpresa.

– Nunca me passou pela cabeça que você se importasse tanto com tradições.

– Por quê? Porque eu me vesti como homem e entrei para o exército disfarçada? – Mulan perguntou. –

Será que UMA GAROTA não pode QUEBRAR AS REGRAS e ainda assim RESPEITAR as TRADIÇÕES?

O tom de Mulan era brincalhão e, por isso, Mei riu em resposta. Mas seu rosto ficou vermelho.

– Desculpe, foi rude de minha parte? Só quis dizer que certamente não é o que a maioria das garotas teria feito.

Mulan balançou a cabeça.

– Não me senti ofendida. Na verdade, é bom *não* ser elogiada pelo menos uma vez.

Mei encarou Mulan com um olhar questionador.

– Parece ingratidão reclamar de elogios, e sei que todos têm boas intenções – Mulan começou a explicar, fitando os próprios pés. – Mas ainda sou a mesma garota que era antes da guerra. Ainda não sei costurar nem cozinhar. Não consigo bordar lanternas ou me lembrar das oito virtudes que a Casamenteira queria que eu aprendesse. Quando entrei para o exército, queria trazer honra à minha família, não...

– Atrair atenção permanente para si mesma? – Mei concluiu, terminando a frase de Mulan por ela.

Mulan ergueu os olhos para sua vizinha.

– Pelo jeito, acho que você notou.

Enquanto as garotas compartilhavam um momento de tácita compreensão, Mulan se perguntou por que as duas nunca haviam conversado antes. Mei era somente alguns anos mais velha do que ela e era sua vizinha há anos. Mulan percebeu que ela sempre presumira que ambas não tinham nada em comum. Mulan, afinal, não tinha muito em comum com a maioria das garotas.

Quando chegaram à casa de Mei, algumas das vizinhas mais novas vieram até elas, ansiosas por um momento com a estrela da aldeia. Mei pegou a sacola que Mulan estava carregando e, com um sorriso de despedida para a nova amiga, entrou silenciosamente em sua casa.

Em casa, Mei abriu a sacola e examinou as fibras de seda que comprara no mercado. Confeccionar colchas era uma arte que sua mãe lhe ensinara, e Mei se orgulhava de cada fase do processo. Havia algo de relaxante em combinar fibras para fazer linha, sobrepor os tecidos, costurar as peças e bordar os desenhos intrincados, sabendo que cada parte havia sido feita com amor e que cada criação era única.

Mei tinha o mesmo sentimento ao confeccionar as lanternas: criar belas obras de arte era seu jeito de trazer honra para sua família.

Seu pai saiu do quarto.

– Eu te vi conversando com Mulan lá fora – disse ele, sentando-se à mesa em frente a Mei. – Que bela filha ela acabou se tornando. Ela trouxe uma grande honra para a família Fa.

– Sim. E ela continua sendo humilde – Mei concordou. – Ela é diferente das outras garotas da nossa aldeia.

– Não lhe faria mal aprender com ela – disse o pai. – Isso é o que as casamenteiras querem hoje em dia. Uma garota como Mulan.

Mei baixou a cabeça numa reverência.

– Sim, Baba. Compreendo.

– Essa garota pode fazer qualquer coisa – ele continuou. – Ouvi dizer que ela cavalga melhor do que qualquer homem em nossa aldeia.

Como todos os outros aldeões, Mei admirava Mulan pelos seus feitos. Ela não conseguia imaginar-se disfarçada de soldado, reunindo coragem para se juntar ao exército, treinando entre guerreiros ou empunhando qualquer arma mais pesada do que uma faca de cozinha. Ela não saberia como lutar contra um inimigo, muito menos como vencer uma guerra inteira. Porém, acima de tudo, Mei não tinha certeza de que seria valente o bastante para fazer qualquer uma dessas coisas se lhe pedissem.

Mei piscou, despertando de seu devaneio, e se concentrou na colcha na qual estava trabalhando. Ela disse a si mesma que não importava se as outras pessoas notavam o cuidado que ela empregava em sua arte. Era suficiente para Mei ela própria ter consciência de que se tratava de um trabalho bem-feito. Embora

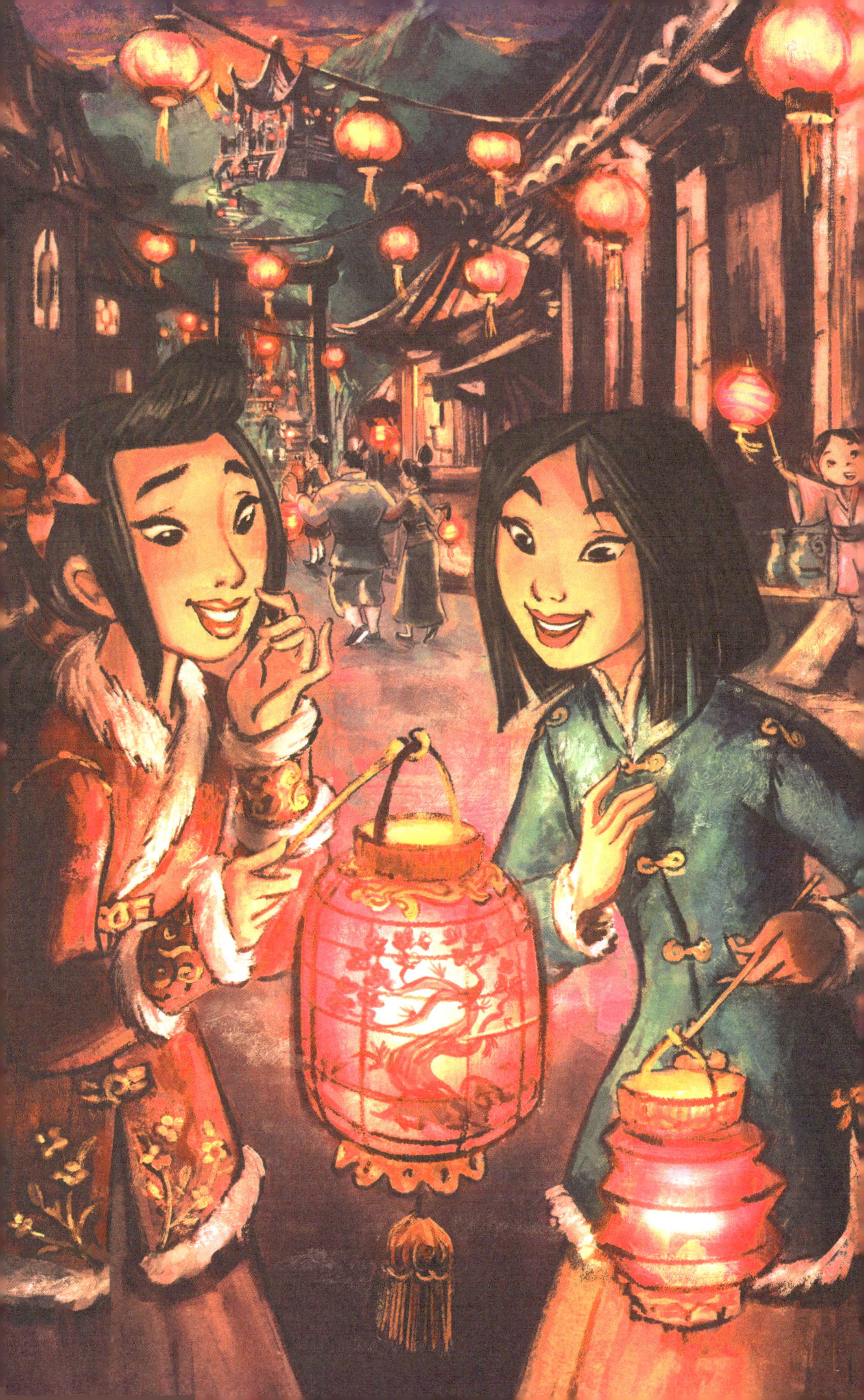

não pudesse controlar o quão parecida era, ou não, com Mulan, sabia que tinha suas próprias qualidades: era capaz de criar coisas bonitas com as mãos. Mei gostaria que seu pai pudesse se orgulhar dela e das habilidades que possuía. Mas ela também desejava ser corajosa, como Mulan, a heroína da aldeia.

Uma semana mais tarde, a celebração do Festival das Lanternas finalmente chegara. Toda a aldeia estava alvoroçada com as festividades da noite, quando todos subiriam a colina até o templo recém-construído e depositariam velas em suas lanternas, entoariam canções e proporiam charadas.

Mulan e Mei saíram de casa quase ao mesmo tempo, quando o sol estava se pondo, e começaram a percorrer juntas o trajeto. Mulan olhou para a lanterna que Mei carregava.

– Você não trouxe todas as três!

Mei deu de ombros.

– Eu nunca tive a intenção de trazer todas elas. Gosto apenas de ter uma de reserva e, você sabe, uma reserva para a reserva.

– Bem, qual você escolheu? – Mulan perguntou.

Mei virou a lanterna para que a vizinha pudesse ver o desenho.

Mulan afastou-se para a margem da estrada e colocou no chão sua própria lanterna antes de apanhar a criação de Mei, segurando-a contra o restinho de luz do sol que já desaparecia no horizonte.

– Estou encantada pela forma como você bordou as folhas – disse Mulan. – Quando colocar a vela dentro, a luz será filtrada em um padrão tão bonito!

Mei inclinou a cabeça em agradecimento, aceitando timidamente a lanterna das mãos de Mulan.

– Você a examinou com mais cuidado do que até mesmo meu pai.

– Tenho quase certeza de que o *meu* pai já se deu por satisfeito por eu ter terminado a minha a tempo. Ele sempre diz que devo reconhecer minhas qualidades... e ser sincera em relação aos meus defeitos. Bordar, costurar, cozinhar, nada disso em particular são talentos que possuo.

Mei suspirou.

– Considere-se com sorte – disse baixinho.

– O que você quer dizer? – Mulan perguntou.

Mei corou, quase desejando não ter dito nada. Mas ela não conseguia tirar da cabeça a decepção silenciosa estampada no semblante do pai, que parecia só ter olhos para os feitos de Mulan.

– Acho que o que eu quis dizer é que saber cozinhar e costurar não irá trazer honra para minha família. Basta perguntar ao meu pai.

Mulan bufou.

– Como é mesmo aquele antigo ditado? É mais fácil mudar uma dinastia do que a personalidade de alguém? As pessoas ainda valorizam as mesmas coisas do passado. Aguardo ansiosa pelo dia em que poderei voltar a ser a boa e velha Mulan, quando a única coisa que alguém me diria é que meu arroz-doce está sem gosto.

Mei riu.

– Arroz-doce é uma das minhas especialidades, na verdade. Eu poderia ensiná-la caso...

– Mulan! – Tsai'er, o erudito, gritou do outro lado da estrada, arrastando seu filho adulto atrás de si. – Meu filho Daqing queria dizer um olá à grande heroína da aldeia.

Daqing, que sempre fora tímido, encarou o chão e depois o pai, sentindo-se um tanto vulnerável.

– Oi, Mulan – cumprimentou, com o rosto vermelho como um tomate. Após uma pausa, o rapaz ergueu os olhos e disse, refletindo tardiamente: – Olá, Mei.

Tsai'er cutucou o filho e murmurou:

– Que lanterna adorável você fez, Mulan.

Daqing repetiu:

– Que lanterna adorável você fez, Mulan. – Ele pegou a lanterna de Mei, que Mulan ainda estava segurando.

– Na verdade, esta linda criação é de Mei – respondeu Mulan.

Constrangido, Daqing deixou cair a lanterna. Mulan e Mei tentaram pegá-la no ar, mas acabaram colidindo no processo. Tsai'er deu um passo para trás, a fim de evitar que as garotas se chocassem contra ele – e acidentalmente chutou a lanterna de Mei, que rolou colina abaixo antes que alguém pudesse agarrá-la.

Mei assistiu impotente enquanto Mulan perseguia a lanterna. Ela sabia que sua criação estava arruinada antes mesmo que Mulan a recolhesse, a seda já rasgada em vários pontos.

O grupo ficou em silêncio. As lágrimas lentamente se acumularam nos olhos de Mei.

Daqing foi o primeiro a se manifestar.

– Eu sinto muito. Não tive a intenção de...

– Está tudo bem – interrompeu-o Mei, com a voz firme.

Por um momento, todos os olhares se direcionaram para Mulan, que carregava a lanterna destruída colina acima. Ela passou a mão suavemente sobre a árvore bordada, que começava a se desfazer.

– Está tudo bem, sério mesmo – assegurou novamente Mei. Ela abriu a boca para dizer mais alguma coisa, mas sua respiração ficou presa na garganta. Seu olhar travou em algo à distância, atrás do grupo.

Sem mais palavras, Mei começou a correr de volta para a aldeia.

Daqing franziu a testa e olhou timidamente para Mulan.

– Eu tentei me desculpar...

– Eu sei que foi um acidente – disse Mulan, observando Mei partir. Foi quando ela finalmente percebeu o que chamara a atenção da amiga: uma nuvem de fumaça, inconfundível em sua cor e intensidade. Não se tratava de um fogo de alguém cozinhando – era muito escura e cinza para ser isso. Sem dizer nada, Mulan disparou atrás de Mei.

Enquanto corria, Mulan não conseguia identificar exatamente onde devia ser o incêndio, apenas que estava próximo aos fundos da aldeia. O estábulo dos cavalos? Ela esperava que não. Com o feno, seria impossível controlar o fogo e Khan e os outros cavalos ficariam presos. O antigo templo? Uma possibilidade, definitivamente. Mulan ouvira por acaso alguns dos aldeões comentando que ainda planejavam pendurar uma lanterna ali, embora o novo templo tivesse finalmente sido concluído.

Quando se aproximou, ela viu que de fato era o antigo templo que estava pegando fogo. Mulan cobriu a boca e o nariz com a manga e correu para a construção em chamas. Dentro do templo, seus olhos lacrimejaram em segundos com o pinicar da fumaça. Labaredas lambiam a parede do templo próxima à carcaça enegrecida de uma lanterna, que Mulan deduziu ser a origem do fogo.

Onde ela encontraria água suficiente para apagar as chamas? Sua casa ficava no fim da estrada, mas Mulan sabia que sua família já havia usado a maior parte da água que ela havia coletado do poço naquela manhã. O próprio poço ficava muito mais distante, quase no centro da aldeia, e para chegar ao rio, na direção oposta, demoraria ainda mais.

Enquanto Mulan pesava as várias opções, ela também parou por um momento para se perguntar onde estava Mei. Quando ela

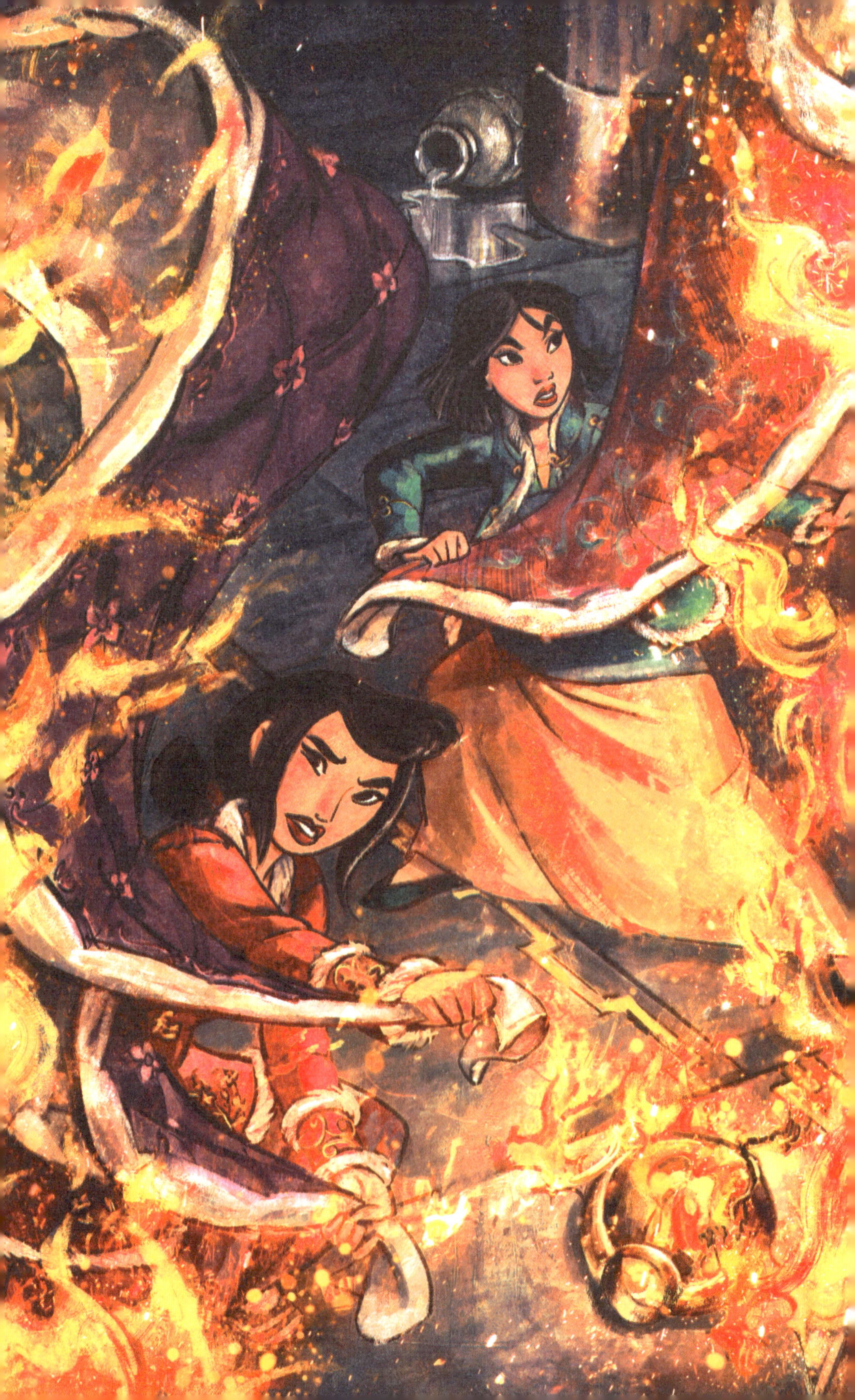

saiu correndo, Mulan presumiu que estivesse indo em direção ao fogo, mas, se fosse este o caso, onde estava?

Mulan começou a recuar para fora do templo. Dirigir-se para a aldeia pelo menos aumentaria suas chances de encontrar outra pessoa, de ser capaz de organizar ajuda. Ela quase colidiu com Mei, que estava entrando, lutando para carregar um jarro de água e uma pilha de colchas.

– Pegue isso – instruiu, colocando o jarro no chão e entregando uma colcha a Mulan. – Eu trouxe água também, mas não conseguiria carregar o suficiente para fazer a diferença. Espero que essas colchas ajudem.

Enquanto Mulan desenrolava a colcha em suas mãos, não pôde deixar de notar os bordados intrincados e o belo padrão. Não havia dúvida na cabeça de Mulan de que se tratava de uma criação da vizinha.

Mei desdobrou sua colcha e começou a abanar as chamas, tossindo enquanto a fumaça tomava a construção. Mulan fez o mesmo, agitando a bela colcha para o fogo. Mas não demorou para as garotas perceberem que seus esforços estavam apenas espalhando as chamas.

– O que fazemos agora? – Mulan perguntou para Mei.

As jovens olharam ao redor e uma para a outra, uma ideia surgindo em suas mentes ao mesmo tempo.

Mei começou:

– E se usarmos a água...

– ... para umedecer as mantas? – Mulan concluiu.

Por um breve momento, compartilharam um sorriso, sentindo uma centelha de verdadeira amizade entre elas.

– Você está pronta? – Mulan perguntou.

– Vamos fazer isso – disse Mei. Uma onda de adrenalina percorreu sua espinha.

Mei derramou nas duas colchas a água do jarro que trouxera. As garotas trabalharam juntas para abafar o fogo com as mantas umedecidas, que ficaram pesadas ao absorverem a água. Aos poucos, elas apagaram o grosso das labaredas, mas ainda havia focos menores e brasas brilhando à sua volta, qualquer uma delas podendo explodir em um novo inferno a qualquer momento.

Mulan continuou a lutar contra as chamas, seus olhos lacrimejando devido à fumaça. Mei começou a tossir com mais força, e Mulan se virou bem a tempo de ver a garota desmaiar.

Correu para o lado de Mei e rapidamente a envolveu em uma colcha chamuscada. Então, ergueu-a em seus braços, grata por todo o treinamento de força que recebera no exército, e a carregou para fora do templo em segurança.

A essa altura, uma grande multidão se reunira. Vários aldeões correram para dentro do templo carregando pequenas canecas de água para apagar as chamas remanescentes. Os outros se aglomeraram ao redor das garotas, recuando apenas quando Mulan pediu que dessem a Mei espaço e ar suficiente para se recuperar.

Em sua agitação, as vozes dos aldeões se sobrepunham umas às outras:

– Você apagou o fogo tão rápido!

– Como foi que fez isso?

– Mulan, você está ferida?

– Claro que ela não está ferida. Mulan salvou o dia novamente. A garota é invencível!

Enquanto os aldeões tagarelavam, Mulan concentrava-se em Mei, apoiando-a para que ela pudesse respirar. Por fim, Mei tossiu e lentamente abriu os olhos.

Os aldeões se calaram quando Mulan começou a explicar o que havia acontecido.

– Foi Mei quem primeiro notou o incêndio, e quem teve a presença de espírito para trazer essas colchas de casa. – Ela fez uma pausa, passando a ponta dos dedos sobre o lindo bordado, que agora estava chamuscado e arruinado. – Ela merece o crédito por controlar o fogo.

Mei negou, balançando a cabeça.

– Eu não conseguiria ter feito isso sozinha. Você foi tão corajosa, e eu só... – Mas voltou a ser acometida por um ataque de tosse.

Mulan tinha uma expressão muito séria.

– Você mostrou verdadeira coragem hoje, Mei.

– Bem, eu aprendi com a melhor – disse Mei, ruborizando.

Enquanto Mulan ajudava a amiga a se levantar, Tsai'er bateu palmas.

– Que aldeia afortunada a nossa! Por ter duas heroínas!

– Mei é a heroína hoje – corrigiu Mulan com firmeza.

O pai de Mei assentiu.

– Eu concordo – disse, sorrindo em aprovação. Ele olhou para a filha. – Você deixou sua família muito orgulhosa.

E, então, todos começaram a aplaudir.

Os olhos de Mei lacrimejaram – tanto por causa da fumaça quanto pelas palavras de seu pai.

Daqing entregou a Mulan e Mei canecas de água como um pedido de desculpas implícito pelo incidente anterior.

– Você que fez esta colcha? – ele perguntou a Mei, que confirmou com a cabeça.

– Então, talvez você possa costurar uma para nossa família – pediu Tsai'er. – Seria uma honra exibir uma colcha tão esplêndida confeccionada pela jovem que salvou o antigo templo.

Os demais aldeões assentiram e começaram a fazer suas próprias encomendas do trabalho manual de Mei, enquanto seu pai observava com orgulho.

Mulan riu.

– Parece que terei que aprender sobre lanternas *e* costura com você. Eu gostaria de ter tido você comigo no exército. Eu poderia ter usado a sua criativa solução de problemas enquanto estava tentando *não* incendiar o palácio!

Mei deu um sorriso astuto.

– Eu a ensinarei a tecer colchas... se você me ensinar a andar a cavalo!

– Está combinado – Mulan concordou. – Acho que formaremos uma equipe e tanto.

Qual foi o seu MOMENTO mais CORAJOSO?

CINDERELA

Cinderela é calorosa e sincera com todos que encontra. Seja o menor dos camundongos ou o próprio Rei, ela dedica a todos igual respeito. Apesar do tratamento rude que recebe de sua família postiça, Cinderela permanece uma garota gentil e amorosa. Embora aceite sua situação, ela continua a sonhar com uma vida melhor e acredita que existe bondade em todos.

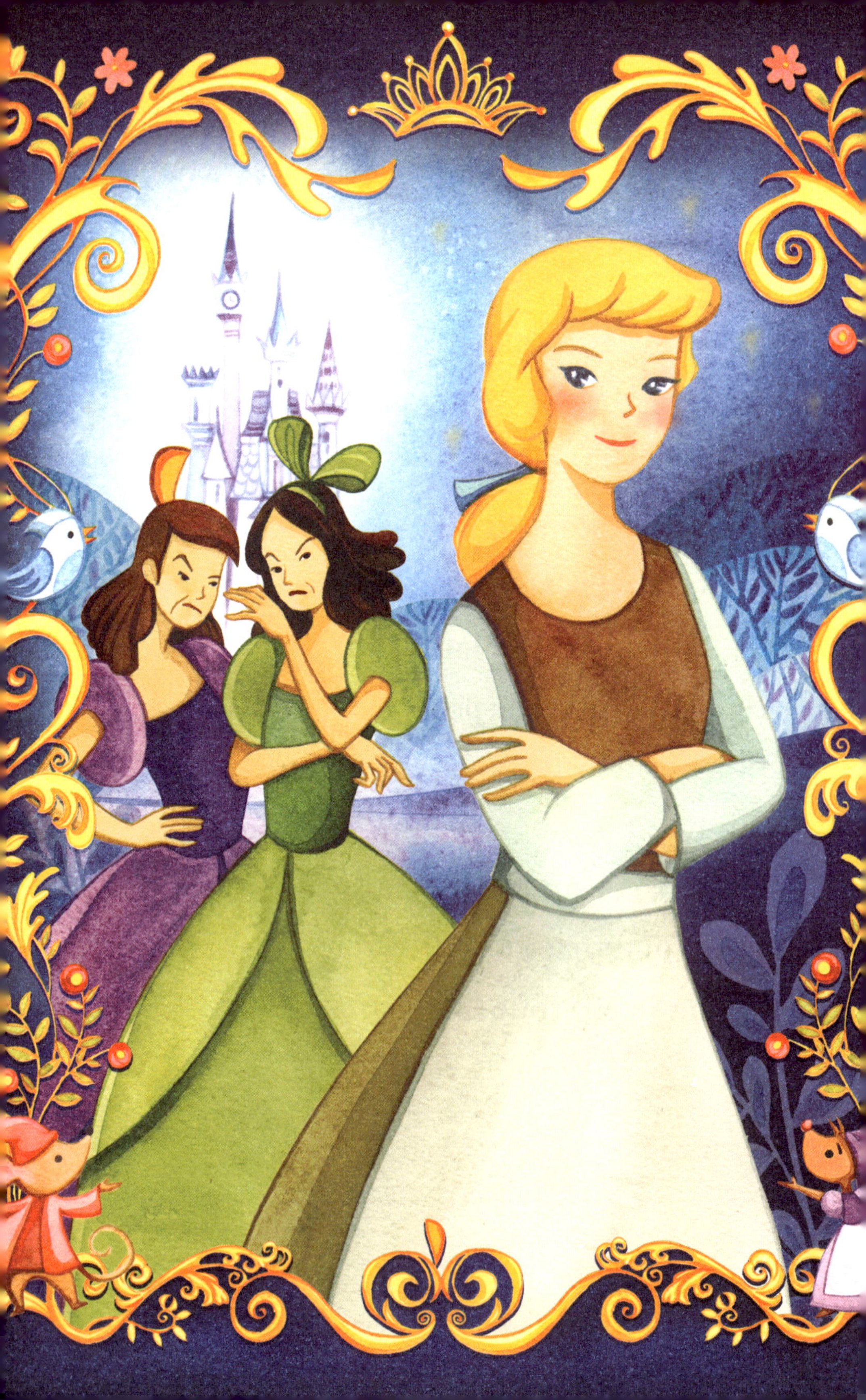

UM SALÃO INESQUECÍVEL

ESCRITO POR AUBRE ANDRUS
ILUSTRADO POR ALINA CHAU

Varrer o chão. Polir a prataria. Afofar os travesseiros. Fazer a bainha nos vestidos. A manhã da Cinderela foi repleta de tarefas, como de costume. Mas ela não conseguia parar de sorrir enquanto trabalhava. Sua madrasta, Lady Tremaine, seria a anfitriã de um salão de arte em sua casa naquela tarde. Um salão de arte era um evento especial no qual Lady Tremaine convidava mensalmente para o *château* as melhores artistas e escritoras do reino para compartilhar seus talentos. Cinderela adorava cantarolar baixinho junto com seus belos recitais musicais, perder o fôlego de emoção com suas leituras dramáticas e extasiar-se com a poesia declamada. Cinderela nem se importava em servir chá e sanduíches enquanto assistia a apresentações tão fascinantes!

Cinderela sentiu-se tão inspirada por essas mulheres talentosas que ela própria escreveu e memorizou um poema. Ela sonhava em um dia apresentá-lo em voz alta – com sorte, no salão daquela tarde. Durante toda a manhã, reuniu coragem suficiente para pedir permissão à madrasta. Estava apenas esperando a oportunidade certa.

Enquanto varria o chão do corredor, Cinderela começou a praticar seu poema.

– Luz das estrelas, luz do luar...

– Isso pede um duelo! – Drizella gritou da sala de música no corredor. Drizella e Anastácia eram meias-irmãs de Cinderela. Elas estavam ensaiando uma cena da peça que representariam

CINDERELA É...

OTIMISTA
RESPONSÁVEL
PERSPICAZ
AMÁVEL
SONHADORA
ATENCIOSA

SONHO DE CINDERELA:

Construir uma vida melhor

MOMENTO HEROICO:

Soube se impor para lutar por um futuro melhor

COMPANHEIROS DE AVENTURAS:

Jaq e Gus

FRASE FAMOSA:

"Um sonho é um desejo da alma."

---

no salão. A voz de Drizella soava rouca de tanto recitar suas falas.

– Não no meu turno – gritou Anastácia.

– Parem! Eu preciso de mais emoção, Anastácia – Lady Tremaine exigiu. – Como posso acreditar nessa cena se não consigo sentir o que seu personagem está sentindo? Faça de novo!

– Não consigo repetir a cena muitas vezes mais, mãe – reclamou Drizella. – Minha garganta está doendo!

Lady Tremaine revirou os olhos.

– Do início, meninas.

Drizella pigarreou.

– Isso pede... – Ela parou e colocou a mão em volta do pescoço. – Minha garganta! – foi tudo o que ela conseguiu dizer antes de ser acometida por um ataque de tosse.

– Eu disse do início, Drizella! – Lady Tremaine ordenou.

– Isso pede... – Drizella tentou mais uma vez antes de ter outro ataque de tosse.

Lady Tremaine jogou as mãos para o alto.

– Todas as mulheres estarão assistindo à sua performance e julgando vocês duas. Julgando *todas* nós! – ela disse para suas filhas. – Vão para os seus quartos e descansem. Espero um excelente desempenho de vocês esta tarde!

Drizella e Anastácia começaram a marchar para fora da sala de música justamente quando Cinderela passava por elas com uma expressão sonhadora. As irmãs adotivas trocaram olhares desconfiados. Por qual motivo Cinderela estava sorrindo? Elas saíram para o corredor e ficaram escutando escondido quando Cinderela se aproximou de Lady Tremaine.

– Madrasta? Escrevi um poema que gostaria de apresentar no salão hoje – disse Cinderela.

– Oh, não me diga, é mesmo? – Lady Tremaine perguntou.

– Tenho praticado muito e...

– Vamos ouvi-lo – disse Lady Tremaine.

– Luz das estrelas, luz do luar... – Cinderela recitou o poema perfeitamente para sua madrasta. Sua voz era clara e forte. Ela não esqueceu uma única palavra. E o poema era lindo.

Anastácia e Drizella bufaram, incrédulas. Elas não tinham ideia de que Cinderela fosse tão boa em recitar poesia – e não gostaram nem um pouco disso.

Lady Tremaine olhou com ar de superioridade para Cinderela.

– *Se* todas as suas tarefas estiverem concluídas, *se* o chá da tarde estiver completo e for bem servido e *se* houver tempo no fim, *pode ser* que eu permita que você leia um poema.

Cinderela ficou chocada – e suas irmãs de criação ainda mais. Antes que Cinderela pudesse vê-las ao sair da sala, Anastácia e Drizella dispararam pelo corredor em direção a seus quartos, surpresas que a mãe estivesse deixando Cinderela chamar atenção no salão daquela tarde.

– Oh, obrigada, Madrasta – agradeceu Cinderela, tentando mascarar sua empolgação.

– E certifique-se de estar apresentável hoje – acrescentou Lady Tremaine. – Nada de roupas sujas de trabalho. Coloque seu vestido formal de serviço e arrume seu cabelo muito bem.

– Claro, Madrasta. – Cinderela sorriu. – Eu não vou decepcioná-la.

Cinderela caminhou pelo corredor com um sorriso ainda mais largo. Estava esperançosa de que seu sonho se tornaria realidade naquela tarde. Mas, primeiro, ela tinha que terminar suas tarefas. E cuidar da dor de garganta de Drizella. Cinderela correu para a cozinha para buscar uma xícara de água quente com limão. Isso sempre fazia sua garganta melhorar. Suas meias-irmãs nem sempre eram amistosas, mas ela sabia quão importante essa apresentação era para Anastácia e Drizella. Com alguma sorte, a garganta dela sararia rapidamente com um pouco de descanso e uma bebida quente.

Drizella fazia beicinho, deitada sob as cobertas. Anastácia estava diante do espelho, escovando os cabelos sem parar enquanto praticava suas falas.

Cinderela bateu na porta antes de entrar.

– O que você quer? – Anastácia perguntou.

– Tome – ofereceu Cinderela enquanto caminhava em direção a Drizella. – Isso pode ajudar.

Drizella agarrou a xícara de chá das mãos de Cinderela e, em seguida, sorveu lentamente a água quente com limão.

– Espero que se sinta... – Cinderela começou a dizer.

– Você pode sair agora – cortou Anastácia, enquanto empurrava Cinderela porta afora. – Precisamos descansar nossas vozes para a apresentação desta tarde. Eu não posso fazer minha cena sem Drizella!

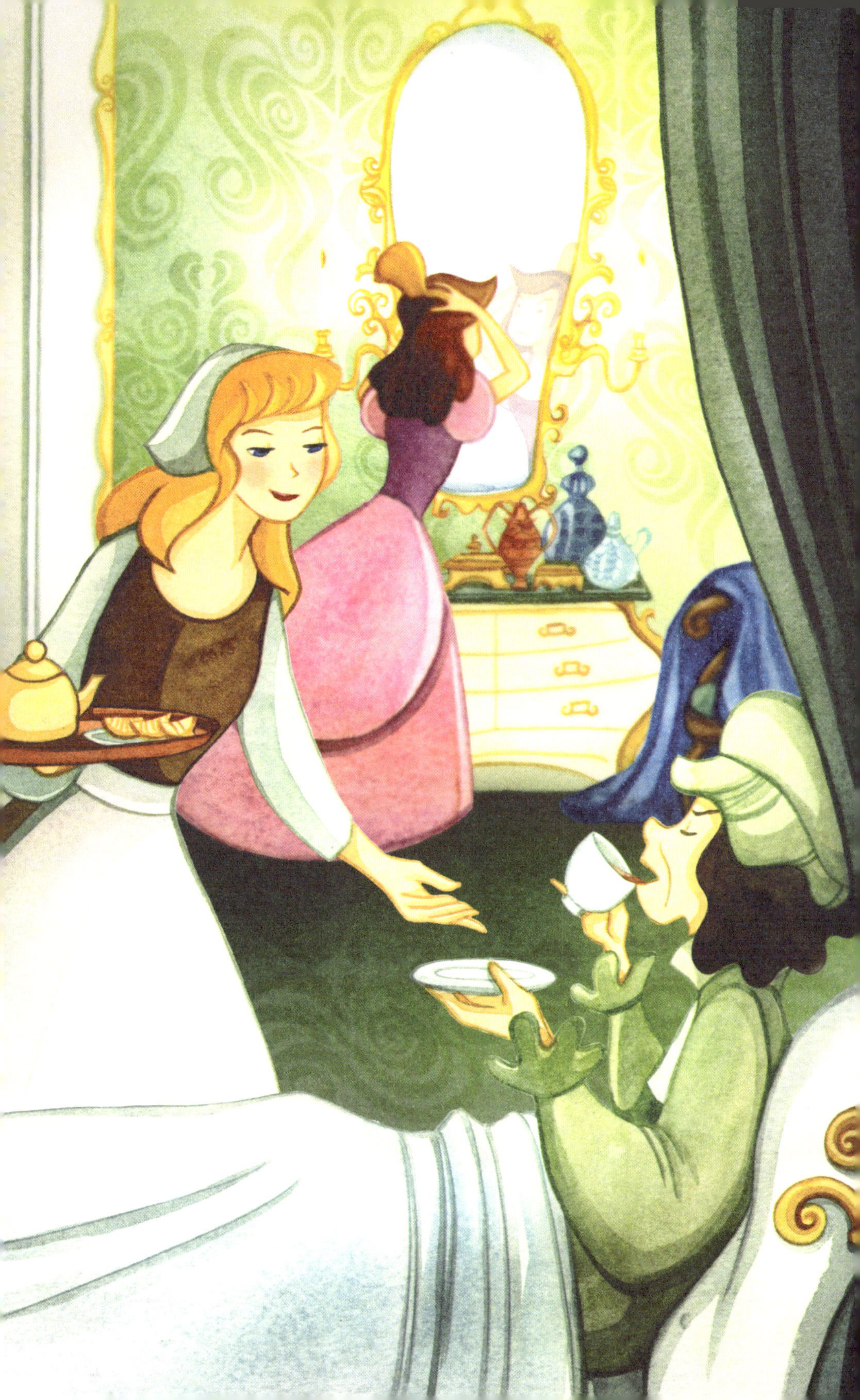

– Dá para acreditar nisso? – Anastácia reclamou com Drizella enquanto fechava a porta. Drizella estava muito ocupada para responder, bebendo sua xícara de chá. – E ela acha que pode declamar um poema no salão hoje, quando talvez nem mesmo *nós* possamos fazer a *nossa* cena. Não é justo!

Drizella abriu a boca para interromper. O que ela queria dizer era: "Claro que poderemos fazer nossa cena!". Mas o que saiu foi... nada. Ela pôs as mãos na garganta. Abriu a boca novamente e sussurrou:

– Minha voz! – E, então, começou a tossir novamente.

– Drizella, fale! – Anastácia estava em pânico. – Fale mais alto!

Drizella balançou a cabeça enquanto continuava a tossir.

– Eu não posso fazer minha cena sem você! Seria ridículo! – Anastácia começou a andar de um lado para o outro no quarto. – Devemos atuar hoje. Todo mundo está esperando por isso! Nós somos as donas desta casa!

Drizella ergueu a xícara de chá com uma careta no rosto. Ela fingiu estar servindo o chá e apontou para a porta que Cinderela acabara de atravessar.

Anastácia engasgou ao perceber o que Drizella estava tentando dizer a ela.

– Você acha mesmo? *Cinderela?!* O que ela colocou nesse chá?! – Ela correu em direção à porta, preparada para atacar Cinderela. Mas, então, deteve-se.

– Espere – disse Anastácia. – Ela só está com inveja de nós. Quer ter certeza de que terá tempo para seu poema estúpido. Se ela tentou arruinar nossa apresentação, então, nós simplesmente teremos que arruinar a dela.

Drizella sorriu maliciosamente em concordância.

Os amigos de Cinderela, Perla e Jaq, estavam tirando uma soneca depois do almoço após um arriscado encontro com Lúcifer, o terrível gato de Lady Tremaine. Os meigos camundongos haviam conseguido colher grãos de milho suficientes para alimentar todos os outros camundongos que viviam no *château*, mas agora estavam exaustos. Eles afundaram confortavelmente em uma cesta de retalhos macios no canto dos aposentos de Cinderela. Quando ela voltasse após terminar suas tarefas, eles lhe contariam tudo.

A porta rangeu. Perla abriu um olho. Mas não era Cinderela.

– Aí está! – Anastácia sussurrou. Ela estava ofegante depois de subir a longa escada que levava ao quarto de Cinderela.

Ela e Drizella se acotovelaram para entrar, as anáguas com armação de seus vestidos elegantes mal conseguindo passar pela porta. Anastácia rapidamente agarrou um vestido que estava pendurado no biombo: a roupa que Cinderela tinha decidido usar no salão. Drizella pegou dois outros vestidos que estavam dobrados em uma cesta bem ao lado de Jaq e Perla.

Perla acordou Jaq, cujos olhos se abriram de pronto. Perla cobriu rapidamente a boca do amigo para que ele não fizesse barulho. Jaq logo percebeu o que estava acontecendo. Ele viu, também, Drizella agarrar o único avental limpo de Cinderela.

– As roupas dela! As roupas dela! – Jaq conseguiu gritar, apesar dos esforços de Perla. Felizmente, Anastácia e Drizella já tinham virado as costas e estavam saindo. Enquanto elas repetiam as cotoveladas da entrada no caminho de saída, uma pluma roxa caiu do cabelo de Anastácia.

– O que elas estão fazendo? Para onde elas foram? – Jaq perguntou a Perla. – Elas roubaram as melhores roupas de Cindinha!

– O que nós faremos? – Perla perguntou.

– Eu fico aqui e espero. Conto para Cindinha assim que ela chegar – disse Jaq. – Você vai atrás delas.

– Ok! – Perla passou correndo através de uma fenda na parede enquanto Jaq apanhava a pluma de Anastácia. Ele se sentou e ficou olhando para a porta, desejando que Cinderela se apressasse. Por onde ela andava? Estava ficando tarde!

Pouco depois, Cinderela entrou correndo pela porta, fechando-a depressa atrás de si enquanto tirava o avental sujo.

– Estou atrasada! – Cinderela disse em voz alta para si mesma. – Agora, onde está o meu...

– Cindinha! Cindinha! – Jaq saltava para cima e para baixo e acenava com a pluma. – Elas roubaram o seu vestido! Elas levaram todas as suas roupas!

– Quem? – Cinderela abaixou-se e pegou Jaq na mão. Examinou a pluma roxa.

– Anastácia! Drizella!

– Ora bolas, por que elas fariam isso...? – Cinderela parou e colocou Jaq delicadamente sobre a sua penteadeira antes de se sentar. Olhou-se no espelho. Seu vestido estava sujo. Seus cabelos, desgrenhados. E dava para ouvir carruagens se aproximando do *château*. As convidadas já estavam chegando. Lady Tremaine não permitiria que Cinderela servisse suas convidadas com roupas de trabalho sujas. Como ela poderia ficar apresentável sem o vestido que Anastácia e Drizella tinham acabado de roubar? Ela não apenas decepcionaria Lady Tremaine, mas se não pudesse ir ao salão, então, definitivamente não poderia declamar o seu poema.

– Oh, Jaq... – lamentou Cinderela. – Eu estava tão ansiosa pelo salão. Esta seria a minha chance de falar e fazer minha voz ser ouvida. A mensagem neste poema é importante para mim.

Jaq ficou triste por Cinderela. Ela tinha se esforçado tanto na limpeza... Empenhara-se intensamente escrevendo e memorizando seu poema. Sempre trabalhara tão duro – e nunca foi recompensada. Antes que ele pudesse dizer qualquer coisa, no entanto, ouviu passos subindo a escada em espiral que conduzia ao quarto de Cinderela. A porta se abriu.

– Levante-se, garota! Por que ainda não está vestida? – Lady Tremaine sibilou. Anastácia e Drizella pairavam atrás da mãe, ansiosas para ver Cinderela se meter em problemas.

– Meu vestido formal de serviço sumiu, Madrasta – explicou Cinderela enquanto se levantava.

– Como você pôde perder um dos poucos vestidos que possui? – Lady Tremaine olhou ao redor do quarto enquanto Anastácia ria.

Cinderela limpou uma mancha em sua saia.

– Se você puder me dar só mais um tempinho, terei prazer em limpar o vestido que estou usando...

– Sem chance! – Anastácia zombou.

Lady Tremaine sorriu com desprezo e se voltou para as filhas.

– Vocês duas precisam recepcionar as convidadas enquanto eu cuido disso – orientou-lhes. – Repitam comigo: bem-vinda ao nosso *château*. Que prazer revê-la.

– Bem-vinda ao nosso *château* – Anastácia repetiu. Mas quando Drizella abriu a boca, apenas um débil sussurro saiu.

– Drizella, fale alto! – Lady Tremaine ralhou.

Drizella abriu a boca. Não saiu nada.

– Você perdeu a voz?! – Lady Tremaine jogou as mãos para o ar. – Por que você não me contou? – Olhou feio para Anastácia.

– Mãe, eu... – Anastácia começou a dizer.

Mas Lady Tremaine não estava ouvindo. Ela andava de um lado para o outro pelo quarto, olhando de Cinderela para Drizella e vice-versa.

– Drizella, tire o seu vestido. Entregue-o para Cinderela. E, Cinderela, dê seu vestido de trabalho para Drizella.

O queixo de Drizella caiu.

– Mas, mãe! – Anastácia gritou. – Você não pode esperar que Drizella vá ao salão vestindo aquele trapo velho!

– Sem voz, Drizella *não irá* ao salão de jeito nenhum. Drizella, você precisa descansar. Vá direto para o seu quarto depois de trocar de roupa. Anastácia, você vai representar os dois papéis em sua peça agora.

Anastácia e Drizella se entreolharam chocadas. O plano saíra pela culatra. Roubar as roupas de Cinderela não as ajudara em nada. Na verdade, tornara tudo pior. Muito pior. Anastácia não daria conta de interpretar os dois papéis. Ela mal conseguia dizer suas próprias falas. E agora Drizella nem ao menos poderia assistir! Enquanto isso, Cinderela usaria um lindo vestido e iria ao salão. E possivelmente até declamaria o seu poema!

– Mas, mãe, eu não posso fazer os dois papéis! – Anastácia choramingou.

– Você não tem escolha. Espero você e Cinderela no salão em cinco minutos – Lady Tremaine ordenou, indo em direção à porta. – E, Anastácia, arrume o seu cabelo.

Anastácia levou a mão à cabeça e percebeu que sua pluma estava faltando.

– Procurando por isso? – Cinderela disse, entregando-lhe a pluma roxa. – Veio parar no meu quarto de alguma forma.

Os olhos de Anastácia se arregalaram quando ela agarrou a pluma. Então, virou-se rapidamente e seguiu a mãe escada abaixo.

Drizella sorriu com desdém enquanto tirava o vestido e o entregava a Cinderela.

– Da próxima vez que você e Anastácia quiserem pegar emprestado os meus vestidos, é só me pedir – disse Cinderela a Drizella. Claro, ela sabia que as irmãs postiças não haviam realmente pegado emprestado os vestidos; elas os tinham roubado para prejudicá-la. – Mas espero que eles sejam devolvidos a mim depois do salão.

Drizella não conseguiu dizer nada, então vestiu a roupa de trabalho de Cinderela o mais rápido que pôde e desapareceu escada abaixo, bufando.

Cinderela olhou-se no espelho. Ela sempre admirara o vestido verde de Drizella, mas nunca sonhara que teria a chance de usá-lo. Mas não tinha tempo para pensar nisso. Escovou os cabelos rapidamente e os prendeu. Precisava descer para preparar o chá para as convidadas. Ela só teria condições de declamar o seu poema no salão se o servisse pontualmente.

– Boa sorte, Cindinha! – desejou Jaq. – Perla e eu encontraremos suas roupas perdidas. Eu vou ajudá-la agora!

– Obrigada, Jaq! Você é um bom amigo – disse Cinderela, enquanto fechava a porta e descia correndo as escadas.

As damas do reino já haviam se acomodado nas poltronas e nos confortáveis sofás dispostos ao redor na sala de música. Cinderela servia o chá cuidadosamente enquanto as convidadas se revezavam nas apresentações. Uma senhora tocou uma alegre melodia na flauta. Enquanto Cinderela oferecia os sanduíches, outra convidada leu um trecho de uma história de aventura que fez o coração de Cinderela palpitar. A dama seguinte cantou uma doce canção de ninar enquanto Cinderela recolhia os pratos. Enquanto reabastecia as xícaras de chá, entreouviu conversas fascinantes sobre literatura e novas invenções em lugares distantes. Havia tanto para ela aprender! Finalmente, quando começou a servir bolo e biscoitos, Lady Tremaine dirigiu-se à plateia.

– Obrigada a todas pela presença. Está ficando tarde. A última apresentação do dia será a da minha filha, Anastácia.

Cinderela observou com o coração pesado Anastácia correr para a frente da sala. A promessa de Lady Tremaine era a de que Cinderela poderia se apresentar *se e somente se* houvesse tempo. E, no fim das contas, não havia tempo suficiente. Hoje não seria o dia em que ela poderia recitar seu poema. Pelo menos, conseguira ir ao salão. Mas este era um pequeno consolo, considerando o tanto que se esforçara.

Anastácia olhou em volta.

– Hoje, e-eu apresentarei... hum, uma cena – ela gaguejou nervosamente. Depois, ficou ajeitando o vestido enquanto tentava se lembrar da primeira fala de Drizella. Ela respirou fundo.

– Isso pede um duelo! – ela gritou, com o braço direito apontado para onde Drizella deveria estar. Então, saltou para a direita e ergueu o braço esquerdo.

– Não no meu turno – gritou um pouco alto demais. Alguém na primeira fila começou a rir, e algumas outras se juntaram. Anastácia saltou para a esquerda e ergueu o braço direito novamente.

– Eu disse para trás! – Agora as risadas do público haviam se transformado em sonoras gargalhadas. Anastácia ficou vermelha como um tomate. Não conseguia acreditar que todas achavam que sua peça dramática era engraçada!

Lady Tremaine recuou para o canto da sala, sem saber como interromper graciosamente a peça sem envergonhar ainda mais a filha.

Cinderela assistiu Anastácia tropeçar em mais algumas falas e saltar de um lado para o outro. Tinha ouvido suas meias-irmãs ensaiarem aquela peça repetidamente nas últimas semanas. Ela a havia memorizado. Cinderela depositou sua bandeja em uma mesa e correu em direção à frente da sala.

– Eu nunca vou desistir! – Cinderela bradou a fala de Drizella em direção ao público, virando-se depois para Anastácia. –

Sempre DEFENDEREI aquilo em que ACREDITO. Não importa o que ACONTEÇA.

As risadas cessaram. Todas as damas do reino ficaram encantadas com o desempenho de Cinderela. Anastácia parecia atordoada, mas continuou com suas falas. Enquanto a cena prosseguia, Cinderela tentou não fazer contato visual com Lady Tremaine. Ela não sabia se sua madrasta ficaria aliviada – ou furiosa.

Ao final, quando Cinderela e Anastácia fizeram uma reverência, a plateia aplaudiu e festejou.

– Bis! Bis! – gritavam.

Lady Tremaine acalmou as espectadoras.

– Estou muito feliz que vocês tenham apreciado a apresentação de minha adorável filha Anastácia e minha enteada, Cinderela – disse Lady Tremaine. – Já que insistem, Cinderela tem mais uma apresentação para nós hoje.

A respiração de Cinderela ficou presa em seu peito. Ela olhou para Lady Tremaine, que acenou bruscamente com a cabeça

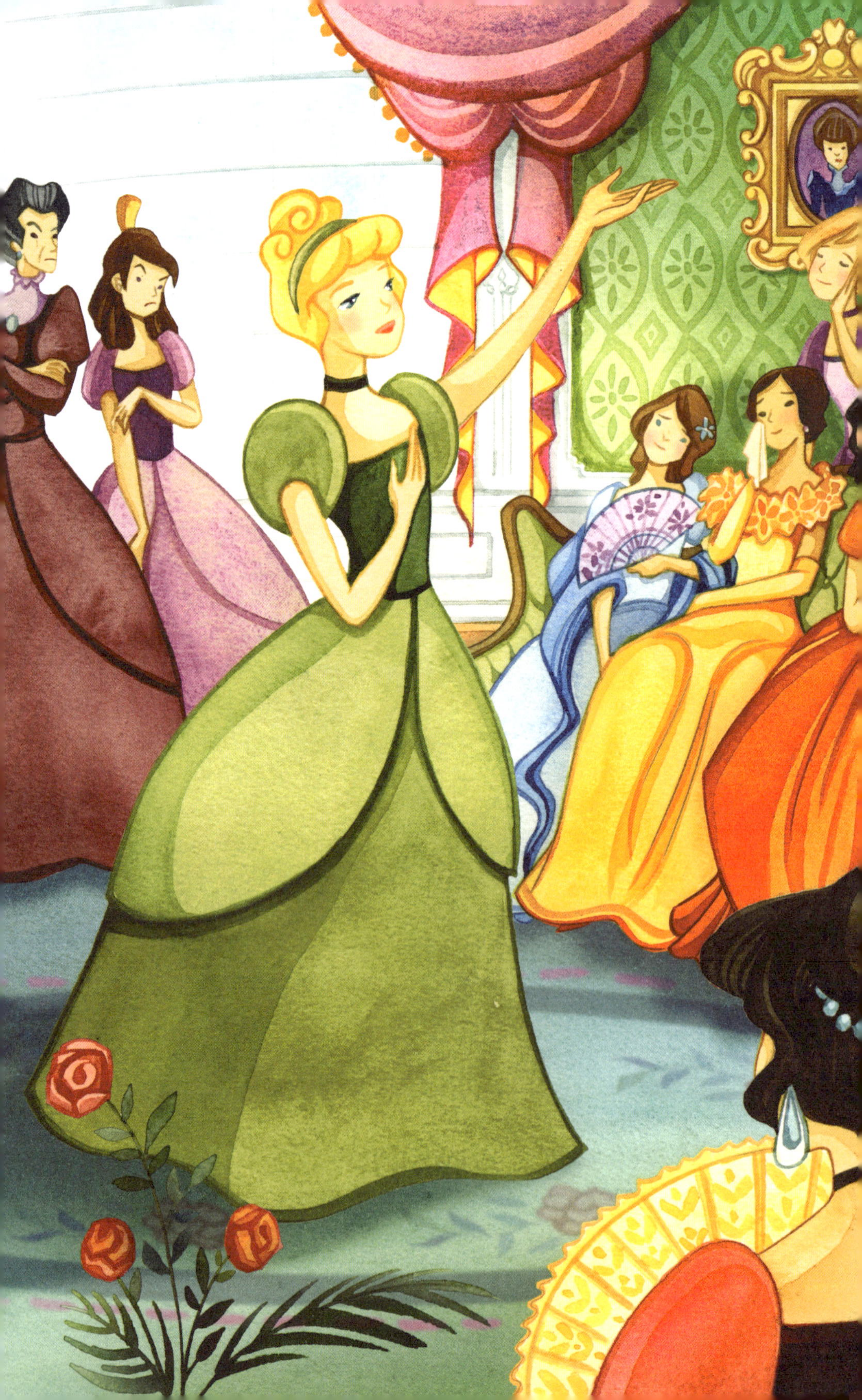

para que ela começasse, antes de ir sentar-se com Anastácia. Cinderela respirou fundo e começou:

"Luz das estrelas, luz do luar.
O sol a se pôr, o sol a nascer.
Cada novo dia é um recomeçar,
dias ruins podemos esquecer.
Busque o sol, deixe a chuva pra lá.
Procure a alegria, não o pesar."

Lady Tremaine olhou ao redor enquanto Cinderela declamava. O público estava cativado pelo poema. Enquanto Cinderela recitava o último verso, Lady Tremaine começou a se levantar. Todavia, para sua surpresa, Cinderela continuou. Parecia que ela estava inventando estrofes na hora.

"As mãos são para ajudar,
não para prejudicar.
Falar o que se pensa
não deveria alarmar.
A alegria não pode ser roubada
de alguém com posição bem marcada.
Quando se tem o coração aberto,
a felicidade não tarda, está perto.

O público explodiu em aplausos. Enquanto fazia uma reverência, Cinderela viu duas senhoras na primeira fila enxugarem as lágrimas dos olhos. Ela estava orgulhosa de si mesma por falar o que pensava e por se defender quando suas irmãs adotivas tentaram subjugá-la. E por ser corajosa o suficiente para pedir a Lady Tremaine exatamente o que queria. Ela sorriu para todas as convidadas, comovida com o apoio delas.

Cinderela virou-se para Anastácia enquanto as senhoras começavam a deixar a sala de música.

– Vamos ver como está Drizella.

Anastácia assentiu timidamente.

Encontraram Drizella em seu quarto, emburrada e deitada na cama. Tinha vestido uma camisola e largara o vestido de trabalho sujo de Cinderela sobre uma cadeira – em cima da pilha dos vestidos surrupiados e do avental limpo.

– As minhas roupas! – exclamou Cinderela.

– Remova esses trapos sujos deste quarto de uma vez – ordenou Anastácia. – Não consigo imaginar como eles vieram parar aqui. Você precisa cuidar melhor de suas coisas.

Quando Anastácia foi apanhar a pilha de roupas, Jaq e Perla saíram rastejando da manga de um dos vestidos.

– Que nojo! Ratos! – ela gritou, atirando as roupas em Cinderela.

Cinderela recolheu a pilha, certificando-se de que Jaq e Perla estavam guardados em segurança na manga. Ela considerou confrontar suas irmãs postiças sobre o roubo de suas roupas. Mas quando observou Drizella fazendo beicinho por ter perdido sua apresentação e Anastácia estremecendo por seu encontro com os camundongos, percebeu que elas já haviam aprendido uma lição.

Então, em vez disso, ela disse:

– Bom trabalho hoje, Anastácia. E obrigada, Drizella, por me emprestar seu vestido. Vou devolvê-lo depois de limpá-lo. – Então, ela saiu do quarto com a cabeça erguida.

Uma vez no corredor, ela desdobrou a manga do vestido e persuadiu seus amiguinhos a saírem.

– Venham aqui, vocês dois. Vocês estão bem?

– Claro, Cindinha – respondeu Jaq.

Perla ergueu a manga do vestido.

– Encontramos suas roupas perdidas!

Cinderela deu uma risadinha.

– Obrigada por ser tão corajosa, Perla.

– Cinderela – Lady Tremaine chamou no corredor. Ela acabara de se despedir da última convidada.

Cinderela se virou, preocupada com o que sua madrasta tinha a dizer. Não ficaria surpresa se estivesse com raiva dela por se apresentar ao lado de Anastácia. Mas valera a pena.

– As senhoras querem ouvir outro poema seu no salão do próximo mês – Lady Tremaine disse secamente. – Portanto, esteja preparada.

– Sim, Madrasta – disse Cinderela. – Eu prometo que não vou decepcioná-la.

Lady Tremaine deu-lhe as costas.

– Você conseguiu, Cindinha! – Jaq disse a Cinderela.

– Nós tínhamos certeza disso – acrescentou Perla.

Cinderela tirou um biscoito que sobrara do bolso do vestido de Drizella e o entregou aos pequenos camundongos.

– Coisas boas acontecem para aqueles que são gentis – disse Cinderela enquanto sorria para seus amiguinhos. – Eu sei com certeza que isso é verdade.

Quando a SUA BONDADE ajudou alguém?

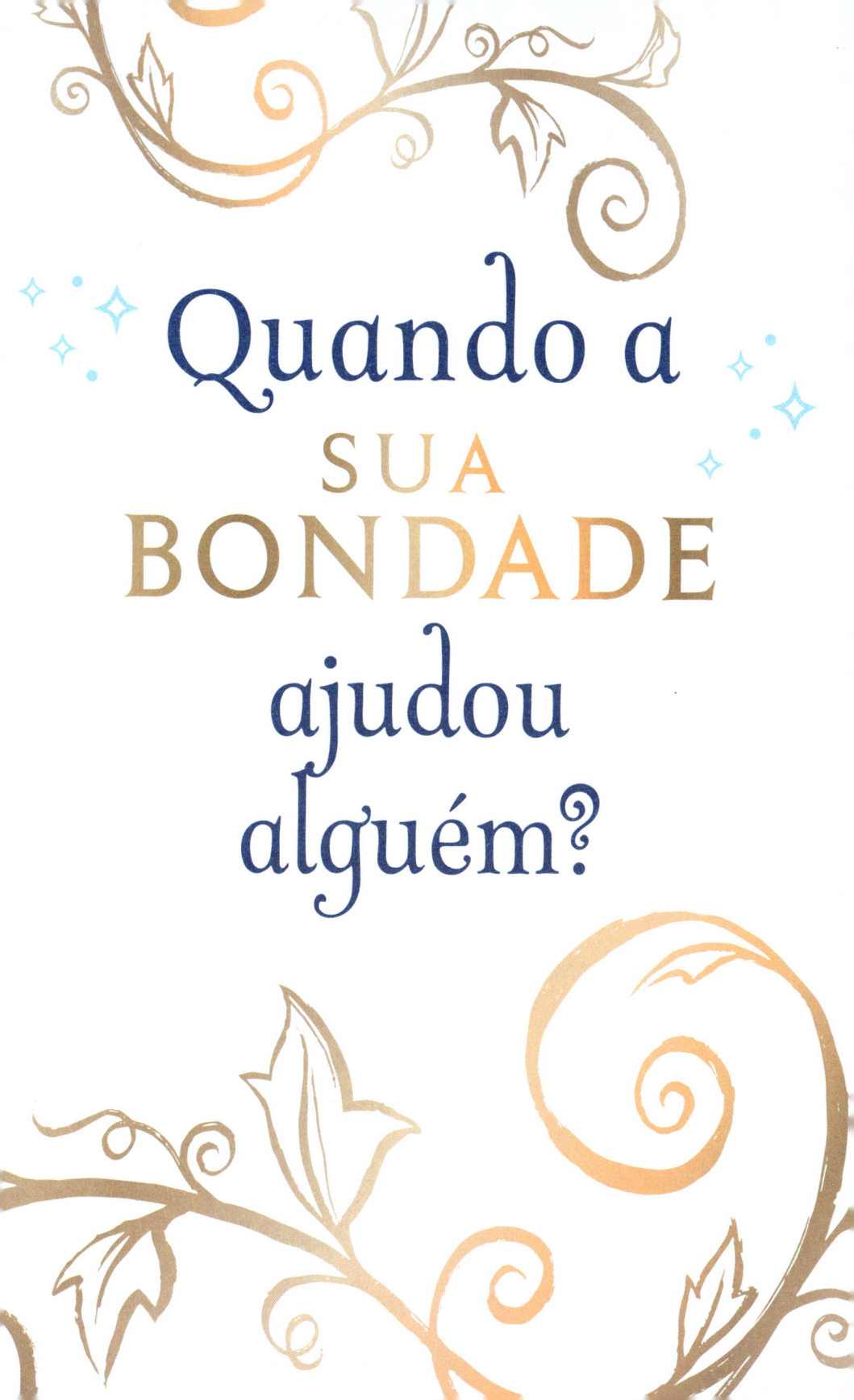

MERIDA

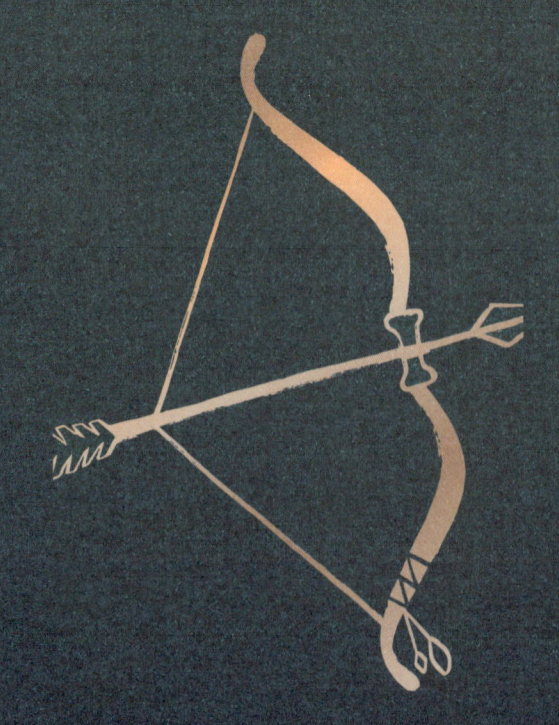

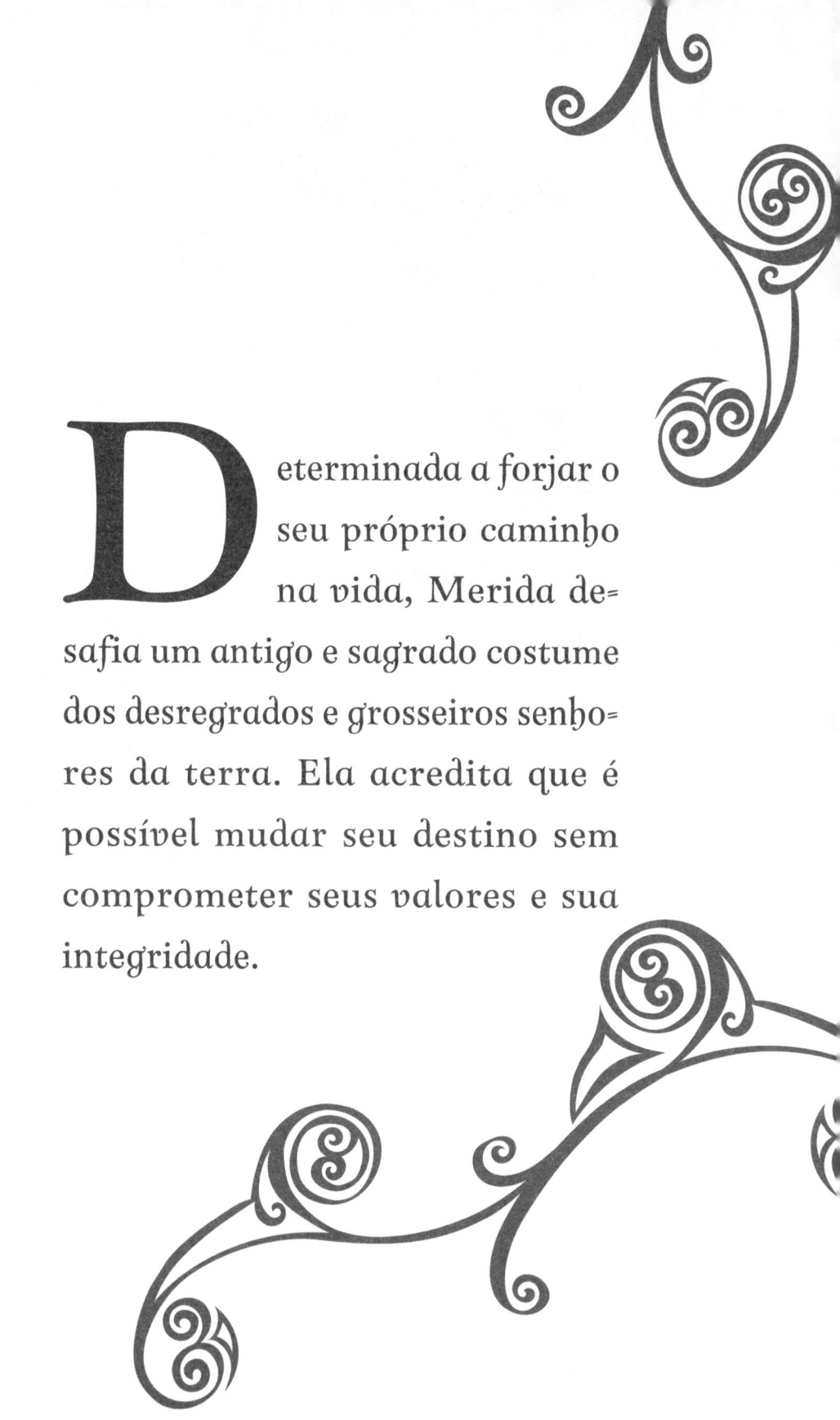

Determinada a forjar o seu próprio caminho na vida, Merida desafia um antigo e sagrado costume dos desregrados e grosseiros senhores da terra. Ela acredita que é possível mudar seu destino sem comprometer seus valores e sua integridade.

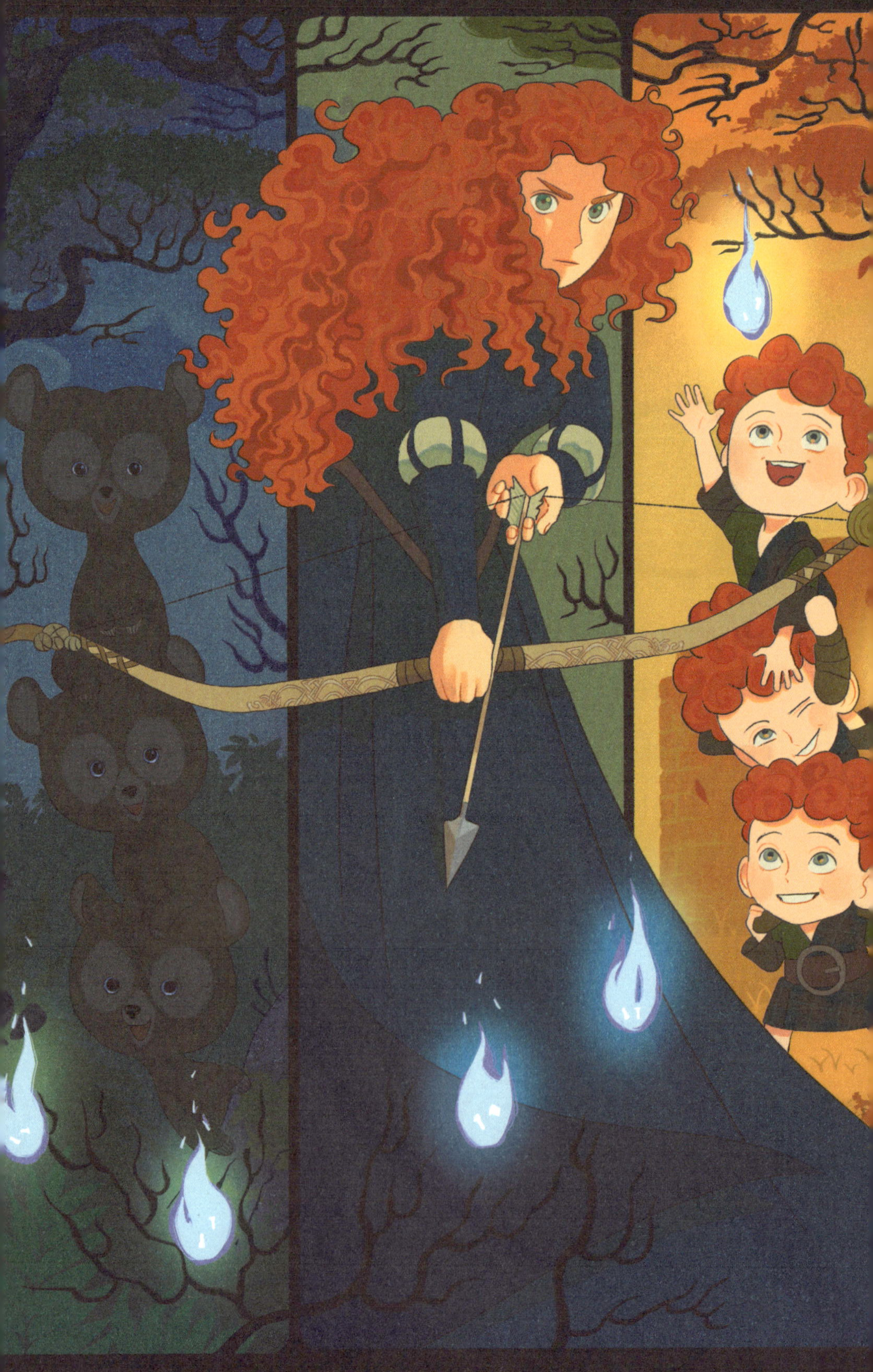

IRMÃOS ANIMAIS
ESCRITO POR SUDIPTA BARDHAN-QUALLEN
ILUSTRADO POR SARA KIPIN

Existe uma lenda sobre uma princesa de DunBroch chamada Merida que salvou seu reino do urso-demônio, Mor'du. A princesa quebrou o feitiço de Mor'du para libertar seu espírito. Ela também quebrou um feitiço lançado em sua própria mãe, a Rainha Elinor, que a transformou em uma ursa. Mas há mais nesta história do que você pensa. Há mais ursos – mais três para sermos exatos. Tudo teve início quando os Jogos das Terras Altas estavam prestes a começar.

A Rainha Elinor e o Rei Fergus estavam ocupados certificando-se de que tudo estava pronto para a chegada dos clãs. Elinor esperava que sua filha, Merida, ajudasse. Na verdade, esperava muito mais de Merida.

– Princesas devem ser responsáveis – disse Elinor enquanto inspecionavam os terrenos do castelo.

Merida revirou os olhos.

– Responsabilidade é entediante – murmurou.

– Princesas também não resmungam – ralhou a mãe.

Merida fez cara feia.

A rainha continuou:

– Os outros clãs estarão aqui em breve. Há muitas coisas que você precisa aprender antes que eles cheguem aqui. Afinal, uma princesa sempre busca a perfeição.

– Mas eu não quero ser perfeita – Merida se queixou.

MERIDA É...
CONFIANTE
REBELDE
LEAL
VALENTE
AUTÊNTICA
ESFORÇADA

SONHO DE MERIDA:
Viver a vida em seus próprios termos

MOMENTO HEROICO:
Lutou contra Mor'du para salvar a mãe e consertar o vínculo entre elas

COMPANHEIROS DE AVENTURAS:
Harris, Hubert e Hamish

FRASE FAMOSA:
"Nosso destino vive dentro de nós. Você só precisa ser valente o bastante para vê-lo."

– Ai – gemeu a mãe, franzindo a testa –, não podemos ter essa discussão todos os dias.

– Eu nunca serei perfeita, mãe! – Merida gritou. – Eu nunca serei como você!

Elinor suspirou.

– Oh, Merida – retrucou. – A maior parte da perfeição é fazer o que é certo. Eu sei que é o que você sempre fará.

E a rainha tinha razão – a Princesa Merida *realmente* sempre quis fazer o que era certo. Acontece que sua mãe e Merida nem sempre concordavam sobre o que era certo. O que significava que, às vezes, elas tinham desentendimentos. Sobre quando acordar... e como falar... e até o que vestir.

Fergus dizia que elas discutiam porque a rainha e a princesa eram muito mais parecidas do que gostariam de admitir. Merida não tinha certeza sobre isso.

Parecia que Merida e Elinor estavam tendo ainda mais desentendimentos do que o normal, conforme os Jogos das Terras Altas se aproximavam.

Então, Merida descobriu que os clãs apresentariam pretendentes para competir pela mão da princesa em casamento. E seus pais haviam concordado com isso! Ela culpou a mãe por tudo isso. Se Elinor simplesmente a ouvisse, Merida achava que poderia fazê-la entender que não estava pronta para se casar. Mas a rainha estava decidida.

Um dia antes de os clãs chegarem, o povo de DunBroch se reuniu no Grande Salão do castelo. Era hora de comemorar todo o trabalho árduo e preparativos que haviam realizado.

Enquanto Fergus liderava o banquete, os três irmãos mais novos de Merida – os trigêmeos – pregavam uma peça após a outra. Quando uma cabeça de repolho rolou para fora da mesa, os meninos começaram a chutá-la de um lado para o outro, criando um novo jogo. Hubert acidentalmente chutou o repolho e bateu na cabeça do pai deles. Quando o rei olhou feio para eles, Hamish, Hubert e Harris correram para fora da sala.

– Vão brincar de chutar o repolho lá fora, seus trapalhões! – Fergus rugiu. Ele tentou parecer feroz, só que havia uma folha de repolho em sua cabeça. Ele parecia tão ridículo que até Elinor desatou a rir.

Todos pareciam estar rindo e se divertindo... exceto Merida. Na verdade, ela precisava se afastar da celebração – só um pouquinho. Ela vagou em direção ao campo de arco e flecha. Era onde ela sempre se sentia melhor. Mas foi então que descobriu que havia mais alguém lá. Era um menino um pouco mais velho do que os irmãos de Merida. Ele tinha um arco nas mãos e estava prestes a disparar uma flecha.

– Quem é você? – Merida perguntou.

O menino errou o tiro. Atingiu o alvo, mas apenas na borda. Merida obviamente o surpreendera.

– Princesa Merida! – o menino exclamou.

– Sinto muito – ela se desculpou. – Eu não queria te assustar.

O menino baixou o arco.

– Eu sou Cullen – apresentou-se. – Espero que esteja tudo bem eu estar aqui.

– Claro que está – Merida respondeu. – Você está treinando para a competição?

Cullen balançou a cabeça negativamente.

– Se eu fosse mais velho, poderia competir. Mas minha mãe e meu pai dizem que sou muito jovem... – ele franziu a testa. – Não é justo que meus pais decidam o que posso fazer.

Merida bufou.

– Ai, eu sei! Meus pais também estão tentando tomar decisões por mim.

– Mas você é uma princesa – espantou-se Cullen. – Você não pode fazer o que quiser?

– Rá! – Merida exclamou. – Às vezes, não consigo fazer *nada* que eu quero!

De canto de olho, Merida viu seus irmãos correndo em sua direção. Eles ainda estavam chutando o repolho. Ela acenou, mas eles não acenaram de volta. Ela se virou para Cullen.

– Eu sei que você não pode competir oficialmente – disse ela –, mas se quiser, podemos fazer uma competição de arco e flecha agora mesmo.

Os olhos de Cullen se arregalaram.

– Isso seria incrível!

– Vá em frente, então – incentivou Merida. – Você atira primeiro. – Ela apontou para os irmãos. – Só não os acerte acidentalmente!

Cullen ergueu seu arco novamente. Ele mirou. Franziu as sobrancelhas e se concentrou. Parecia tão sério, que Merida ficou com vontade de rir, mas não queria ferir os sentimentos dele. Ela cobriu a boca com a mão e esperou Cullen atirar.

Sua flecha cruzou o ar em um arco perfeito. Atingiu o alvo logo após a borda do centro do alvo vermelho.

– Que tiro! – Merida disse, sorrindo. – Vai ser difícil de vencer.

Cullen sorriu de felicidade com o elogio e então respondeu:

– Sua vez.

Merida olhou para o alvo e o estudou. Ela puxou seu arco. Mirou. Justo quando estava prestes a soltar a flecha... TÓIN! Um repolho bateu em seu cotovelo.

– Pela madrugada! – ela exclamou. Sua flecha voou descontroladamente e pousou na grama ao lado do alvo.

Ela se virou e rugiu:

– Meninos! Qual de vocês fez isso?

Todos os três seguravam espadas de brinquedo. Hamish apontou a dele para Hubert. Hubert apontou a sua para Harris. Harris apontou para Hamish.

Merida fechou a cara.

– Que droga! – ela gritou. – Vocês são uns animais! Como eu gostaria que vocês três fossem diferentes!

– Sim! – Cullen concordou. – Estamos tentando fazer uma competição de arco e flecha. Vocês estão estragando tudo!

Os trigêmeos baixaram a cabeça. Eles realmente não tinham a intenção de acertar o repolho na irmã. Agora ela estava tão zangada! Eles não sabiam o que fazer.

– Você quer tentar novamente, Princesa Merida? – Cullen perguntou. Ele estendeu uma de suas flechas para ela usar.

Mas Merida estava de muito mau humor agora, até mesmo para arco e flecha. Além disso, ela tinha responsabilidades para as quais se preparar. Sua mãe certamente estaria procurando por ela. Merida olhou feio para seus irmãos novamente.

– Eu tenho que voltar para o castelo agora – ela murmurou.

– Eu irei com você – disse Cullen. Ele começou a pendurar o arco no ombro.

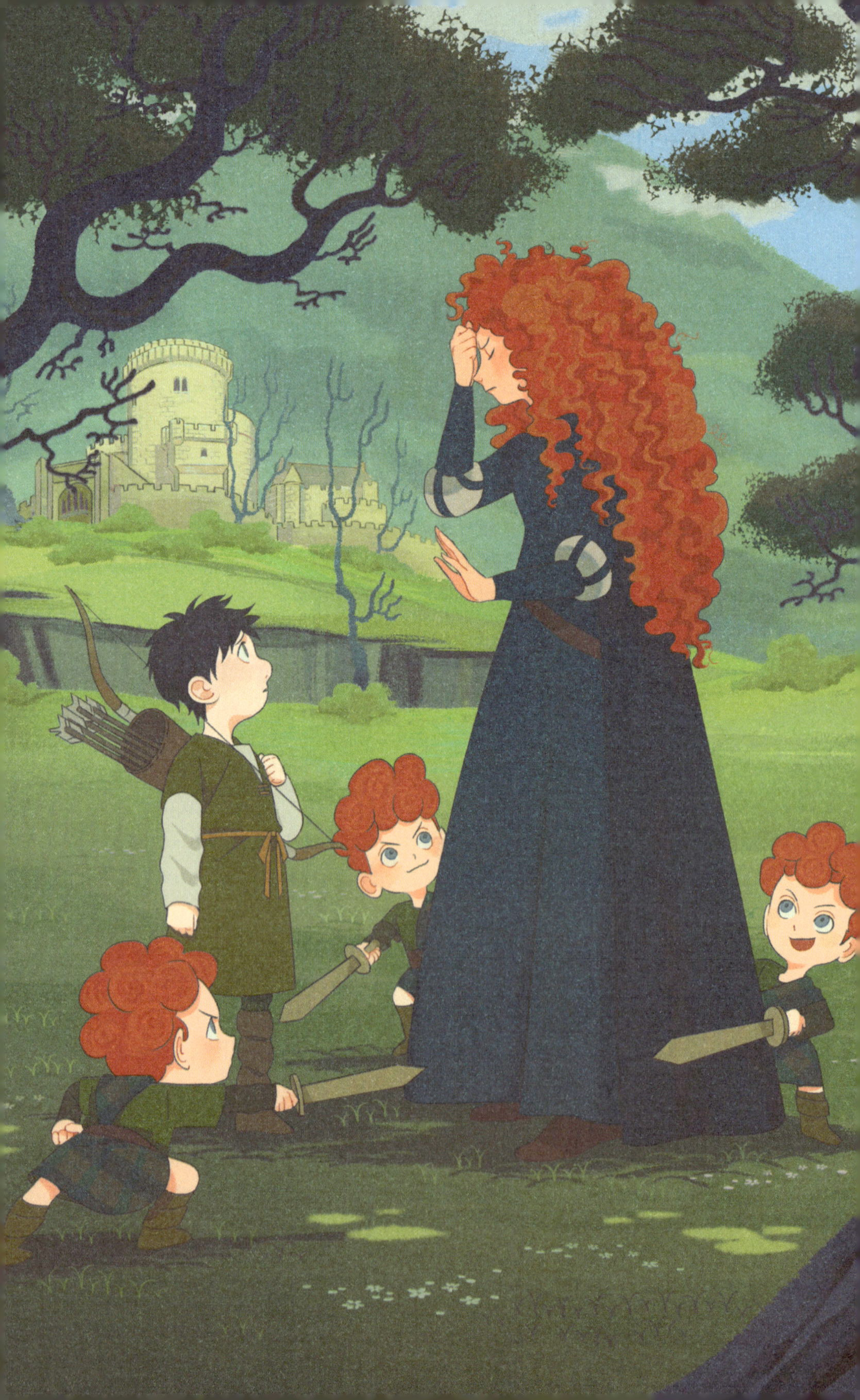

Merida ergueu a mão para detê-lo.

– Não aguento ficar perto de um bando de bebês – disse ela. Merida virou-se para sair antes que pudesse ver a expressão no rosto de Cullen. Suas palavras o feriram, e ela nem percebeu.

As coisas não melhoraram para Merida quando os Jogos das Terras Altas começaram. Como reza a lenda, ela conquistou sua própria mão no torneio. Mas isso só criou mais desentendimentos entre Merida e Elinor. Elas tiveram sua pior discussão e, no final, Merida deixou o castelo em lágrimas depois de cortar a tapeçaria de sua família. Zangada e magoada, Merida se perguntou: *por que mamãe não entende? Ou não se importa?*

Quando voltou para DunBroch, Merida estava pronta para consertar sua relação com a rainha. Segundo a lenda, ela também estava pronta para tentar mudar seu destino. Enquanto estava na floresta, a princesa conheceu uma bruxa que lhe deu um bolo mágico. Tudo o que precisava era fazer com que sua mãe o comesse e tudo em sua vida mudaria!

Merida serviu ansiosamente o bolo mágico para mamãe.

– É uma oferta de paz – disse ela. – Eu o preparei. Para você. É especial.

Sua mãe deu uma mordida, exatamente como Merida havia planejado. Infelizmente, nada mais saiu de acordo com o plano! Merida queria mudar a opinião da mãe sobre lhe arranjar um casamento, mas o feitiço mudou o corpo da mãe – para o de um urso!

Merida precisava quebrar o feitiço. Tinha que tirar o urso Elinor do castelo e ir até a Bruxa. E tinha que fazer isso antes que seu pai encontrasse o urso Elinor. Isso significava que alguém precisava distrair Fergus. Ela precisava de alguém que fosse inteligente, astuto e não tivesse medo de causar problemas. Merida precisava da ajuda... dos trigêmeos!

– Uma bruxa transformou mamãe em um urso. Não é minha culpa – Merida explicou a seus irmãos. – Precisamos sair do castelo. Preciso da ajuda de vocês.

Os meninos distraíram Fergus e os membros do clã criando um urso de sombras. Eles enganaram os homens para que subissem no telhado e depois os trancaram do lado de fora.

Merida ficou muito grata.

– Eu voltarei em breve – disse, enquanto saía sorrateiramente com o urso Elinor pela porta da cozinha. – Vão em frente e sirvam-se do que quiserem, como recompensa.

A cozinha estava cheia de comidas apetitosas. Mas, ao sair, Merida mal olhou para trás, para os irmãos, e nem percebeu o que ainda estava lá: o restante do bolo mágico.

Os meninos perceberam. Eles se entreolharam. Olharam para o bolo na mesa. Ele tinha apenas uma pequena mordida. Merida disse que eles podiam se servir *do que quisessem...*

Hamish foi o primeiro. Ele partiu um pequeno pedaço do bolo. Enfiou-o na boca e mastigou. Tinha um gosto azedo... e selvagem... e delicioso! Ele fez menção de pegar outro pedaço, mas Hubert foi mais ligeiro e arrebatou o restante do bolo.

Harris sabia que precisava agir rápido. O bolo estava a momentos de desaparecer na boca de Hubert. Ele saltou para a frente e arrancou um pedaço da mão de Hubert. E já estava mastigando antes mesmo de seus pés atingirem o chão.

De repente, Hamish arrotou. Cobriu a boca com a mão – só que não era mais sua mão. Era uma pata! O queixo de Hamish caiu. O que estava acontecendo?

Hubert e Harris começaram a rir. O irmão deles parecia tão bobo com patas de urso! Mas então Hubert arrotou também. Ele rapidamente verificou suas mãos. Felizmente, não eram patas. Mas havia algo mais errado. O nariz de Hubert se tornara um focinho de urso!

Harris parou de rir. Um irmão meio urso era engraçado. Mas dois? Isso podia ser sério. Ele não sabia o que estava acontecendo. Coçou a cabeça para pensar... e percebeu que havia dois novos calombos. Ele conferiu seu reflexo em uma panela. Estava com orelhas de urso!

Os meninos não sabiam o que dizer. Mas isso não importava porque, em instantes, eles já não podiam mais falar – só rosnar. Os trigêmeos haviam se transformado em ursos, assim como a mãe deles!

Os trigêmeos precisavam da irmã. Mas ela ainda não havia retornado da floresta. Fergus não gostava de ursos, por isso eles não podiam correr o risco de serem vistos. Teriam que se esconder até que Merida voltasse para casa.

Na floresta, Merida e o urso Elinor não conseguiram quebrar o feitiço. Mas Merida pensou ter descoberto o que fazer. A Bruxa havia deixado uma mensagem para Merida: *Remende a união por orgulho separada.*

– A tapeçaria! – Merida se deu conta. Precisava costurar o rasgo na tapeçaria da família.

Mas entrar de fininho num castelo não era tarefa fácil, especialmente quando um dos penetras entrando de fininho era um urso gigantesco. Merida e o urso Elinor conseguiram entrar – mas os planos deram errado. O urso Elinor lutou para escapar do castelo enquanto Fergus trancava Merida na Sala da Tapeçaria para sua própria segurança.

– Não vou arriscar perder você também! – ele gritou.

Merida não conseguia fazer com que seu pai a ouvisse. Ele não percebeu que o urso Elinor era a rainha! O tempo estava se esgotando. Entretanto, Merida ainda estava trancada. Como ela abriria a fechadura?

Então, Merida viu algo pelo postigo na porta: filhotes de urso! Três filhotes de urso *idênticos*!

Oh, não! O que ela tinha feito? Merida deu-se conta de que seus irmãos deviam ter comido o bolo mágico. Mas, mesmo antes disso, uma tola irmã mais velha *desejara* irmãos diferentes, da mesma forma que desejara uma mãe diferente.

Merida sabia que teria que se desculpar com os trigêmeos, mas isso haveria de esperar. *Neste exato momento*, ela pensou, *eu preciso da ajuda deles. Eu tenho que sair daqui e ajudar a mamãe!* Ela olhou diretamente para seus irmãozinhos ursos.

– Peguem a chave! – ela disse.

Dentro da Sala da Tapeçaria, Merida puxou o retrato tecido da família da parede. Ela começou a costurar o rasgo. Mas não teve tempo suficiente para terminar de emendá-lo. Fossem meninos ou filhotes de urso, não demorou muito para que os trigêmeos voltassem correndo e atirassem a chave para a irmã.

– Obrigada, meninos – Merida disse, destrancando a porta. Ela agarrou a tapeçaria, a agulha e a linha e desceu correndo as escadas. Os filhotes a seguiram. Mas Merida parou e balançou a cabeça. – Não, meninos, não – disse ela. – Vocês três fiquem aqui. Esta tapeçaria vai quebrar o feitiço. Preciso entregá-la para mamãe antes que papai a encontre.

Os trigêmeos ainda assim queriam ajudar. O urso Elinor também era mãe deles! Eles tinham que mostrar para Merida como podiam ser corajosos.

O ursinho Hamish subiu nos ombros do ursinho Hubert. O ursinho Hubert subiu nos ombros do ursinho Harris. Então, a pilha tripla de ursinhos rugiu, todos ao mesmo tempo.

Mas Merida só franziu a testa.

– É muito perigoso – advertiu. – Eu não tenho tempo para três filhotinhos. – Ela apontou para a escada. – Agora, voltem para cima e esperem por mim. Eu retornarei em breve.

Desapontados, os filhotes subiram as escadas, mal prestando atenção em coisa alguma. Eles nem perceberam que havia uma pessoa atrás deles até que ouviram alguém gritar:

– Peguei vocês!

Merida se virou, ouvindo o grito. *Será que devo checar como estão os meninos?*, ela se perguntou. *Mas e a mamãe?* Ela não podia perder mais tempo!

Ela ouviu grunhidos, depois choramingos. Uma voz gritou:

– Vou transformar vocês três em troféus, assim como o Rei Fergus faz com os ursos que captura!

Merida mordeu o lábio. Normalmente, ela não se preocupava com seus irmãos. Aqueles meninos podiam lidar com qualquer coisa. Mas, no momento, eles não eram *meninos. Eu não dei atenção aos trigêmeos*, Merida pensou, *e eles se transformaram em ursos. Se eu não der atenção a eles agora, quem sabe o que acontecerá?*

Foi quando Merida soube que tinha que fazer o que era certo. Sua mãe não gostaria que ela deixasse os trigêmeos correr qualquer tipo de perigo. Ela largou a tapeçaria e correu em direção ao barulho.

Quando Merida alcançou o topo da escada, viu Cullen parado na frente dos filhotes, apontando um forcado para eles. Os três pareciam apavorados.

– Cullen! – Merida gritou. E correu na direção dele. – O que você está fazendo?

– Eu encontrei ursos! – Cullen respondeu, animado. – Meu pai disse que eu era muito jovem para ajudar. Mas ele estava errado! Estou protegendo a todos!

– Protegendo? – Merida se colocou entre Cullen e os filhotes, empurrando os meninos para trás de si a fim de protegê-los. – Protegendo de quê? De três filhotinhos?

Cullen franziu a testa.

– Todos os homens destas terras estão lá fora caçando ursos. Mas eles nem sabiam sobre esses animais! – Ele brandiu ameaçadoramente o forcado na direção dos filhotes e apontou para o próprio peito. – Sou o único que pode proteger os clãs contra esses monstros!

– Mas, Cullen – Merida argumentou –, você só pode defender alguém se houver perigo. Olhe para esses filhotes. – Ela apontou para os trigêmeos. – Eles não podem machucá-lo. Você não precisa ter medo deles.

– Eu não estou com medo! – Cullen gritou, perdendo a cabeça.

Merida franziu a testa. Ela percebeu que o menino estava ficando zangado. Tentar falar com alguém de mau humor poderia piorar tudo, por isso Merida tinha que acalmar Cullen primeiro.

– É claro que você não está com medo – disse ela. – Porque filhotes de urso não são algo a se temer. – Ela puxou Cullen para mais perto dos filhotes de urso para que ele pudesse ficar ao lado deles. – Você é visivelmente maior e mais forte do que todos os três filhotes juntos – ela continuou. – Sair do seu caminho só para machucar outros que são mais fracos do que você *não é* certo.

– São apenas animais – Cullen murmurou, mas baixou o forcado.

– Os animais merecem ser tratados com carinho e amor como qualquer outro ser vivo – ensinou Merida. – Você não sabe nada sobre esses filhotes. É óbvio que estão assustados por estarem longe de sua mãe. Eles precisam da sua compaixão, não de serem tratados com crueldade.

Cullen baixou os olhos para o chão, envergonhado.

– Não pensei nisso – admitiu. – Eu não tinha a intenção de ser cruel, eu juro. Todo mundo pensa que sou muito pequeno para fazer as coisas. Mas eu não sou muito pequeno.

Merida engoliu em seco. Lembrou-se de ter chamado seus irmãos e Cullen de bebês. Ela percebeu o quanto isso certamente o magoara.

– Eu só estava tentando fazer o que é certo – disse Cullen.

Merida viu lágrimas respingarem nos calçados do menino. Ela suspirou. Tinha que fazer o que era certo novamente.

– Cullen – Merida o chamou, ajoelhando-se para poder olhar o menino nos olhos. – Eu devo desculpas a você.

– O quê? – Cullen indagou, fungando. Ele enxugou os olhos.

– Eu é que estava errado.

Merida colocou as mãos nos ombros de Cullen.

– Estávamos ambos errados – disse ela. – Você não pensou em como suas ações fizeram os filhotes se sentir. Mas eu não pensei sobre como as *minhas* ações fizeram *você* se sentir. E eu sinto muito por isso. – Ela sorriu. – Você e eu somos muito parecidos. Ambos precisávamos de um lembrete para sermos gentis e compassivos com os outros, em vez de só pensarmos em nós mesmos.

– Isso nem sempre é fácil de fazer – reconheceu Cullen.

Merida balançou a cabeça.

– Não, não é – concordou. – Especialmente quando você está se sentindo magoado. Você me ajudou a entender que não devo usar minha própria mágoa como desculpa para ignorar os sentimentos das pessoas. – Merida olhou para os filhotes. – Ou para ignorar os sentimentos dos animais!

Os filhotes concordaram com a cabeça.

– Você e eu somos parecidos também em outro aspecto, Cullen – Merida prosseguiu. – Nós dois tentamos fazer o que é certo. Isso significa que ambos temos trabalho a fazer agora.

Cullen franziu a testa.

– Qual? – ele perguntou.

Merida sorriu.

– Vou levar esses filhotes de volta para a floresta. Com sorte, eles serão capazes de encontrar a mãe deles. – Ela rapidamente piscou para os trigêmeos. – Meu pai e os demais homens estão na floresta agora. Eles podem retornar para o Castelo DunBroch antes de mim. Se você o vir, ajudaria muito se pudesse se certificar de que meu pai saiba que estou segura e que voltarei para casa em breve. Esta noite já foi bastante assustadora. Eu não quero que ele se preocupe comigo!

Cullen sorriu e concordou com a cabeça.

– Você pode contar comigo, Princesa Merida! – Ele partiu correndo para vigiar os portões do castelo. Merida sabia que podia confiar que ele seria responsável.

Quando Cullen se foi, Merida pegou a tapeçaria novamente. Olhou para os trigêmeos.

– Bem, meninos – disse ela –, precisamos nos mexer! É melhor vocês, suas três ferinhas, virem comigo.

Os filhotes de urso sorriram. Merida subiu na sela do cavalo e estendeu a mão. Ela içou os irmãos ursos um de cada vez.

– Segurem firme! – exclamou. Logo, todos estavam cavalgando velozmente pela floresta. Eles ouviram os cães latindo enquanto os guerreiros perseguiam o urso Elinor. Os filhotes estremeceram de medo. Mas Merida disse: –

Eu já vi vocês três serem muito VALENTES. *Se* TRABALHARMOS JUNTOS, *sei que podemos* SALVAR *a mamãe.*

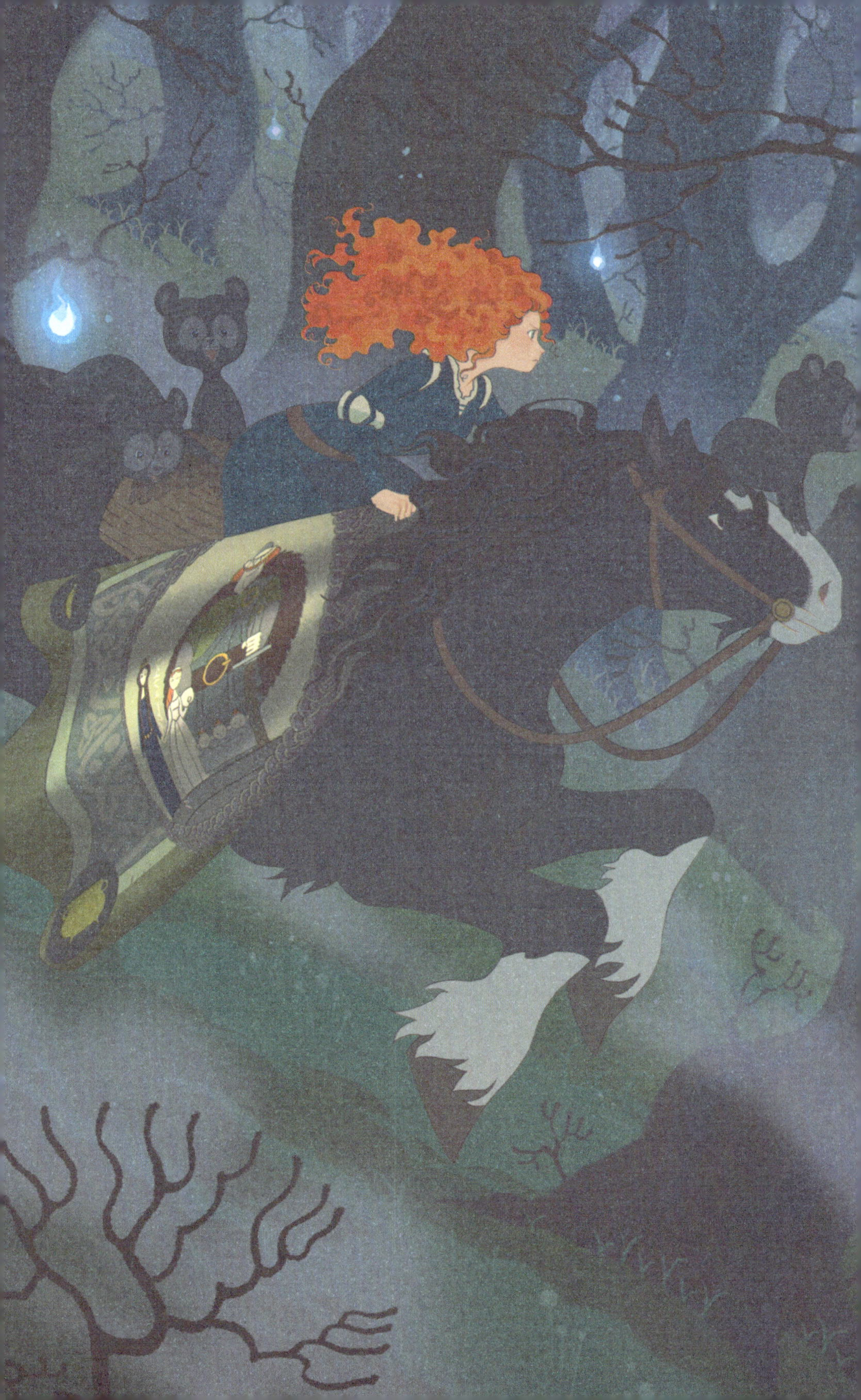

Os filhotes assentiram. Merida tinha razão! Na verdade, eles pensaram, ela provavelmente não seria capaz de salvar *coisa alguma* sem a ajuda deles!

Não foi fácil, mas Merida conseguiu alcançar o urso Elinor a tempo e quebrar o feitiço. Quando Elinor se tornou humana, os trigêmeos também se transformaram. Merida tinha sua família de volta!

Claro, a magia não desapareceu por completo. Segundo a lenda, depois de passar algum tempo como ursos, os trigêmeos ficaram um pouco mais selvagens do que antes. Mas Merida não se importou.

– Vocês podem ser umas pestinhas, meninos – disse ela –, mas acho que são irmãos... *animais*!

Quando você AJUDOU alguém NECESSITADO?

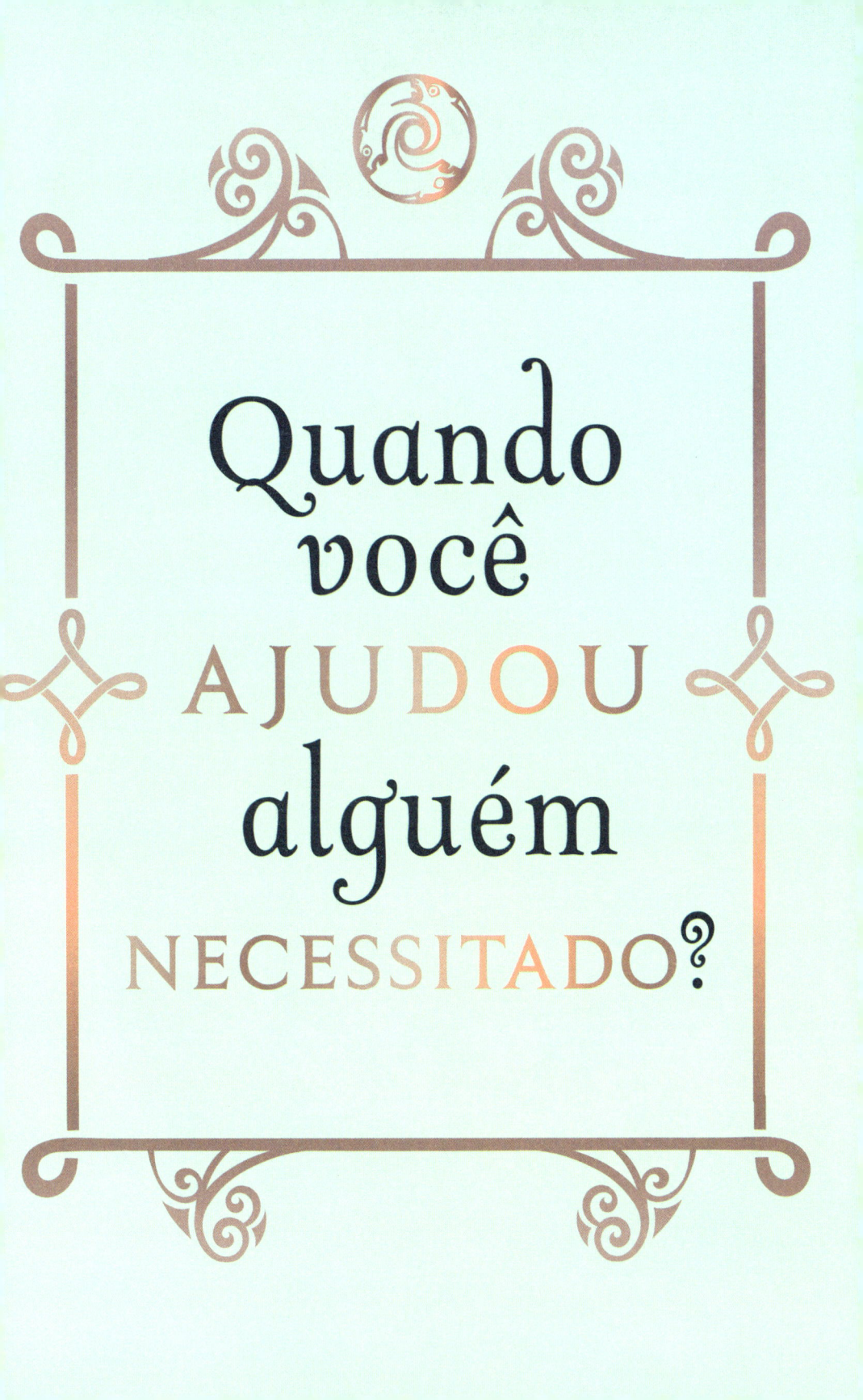

BRANCA DE NEVE

Ela foi chamada de "a mais bela de todas", mas Branca de Neve é mais conhecida por sua bondade para com todos os seres vivos, sua natureza amorosa e sua voz melodiosa. Sempre otimista, ela tira o melhor proveito de qualquer situação. Mesmo que tenha precisado deixar o castelo para fugir de sua madrasta malvada, ela cultivou um lar feliz com seus novos amigos anões. E quando ela está com muito medo, sabe que um sorriso e uma canção vão tornar tudo melhor.

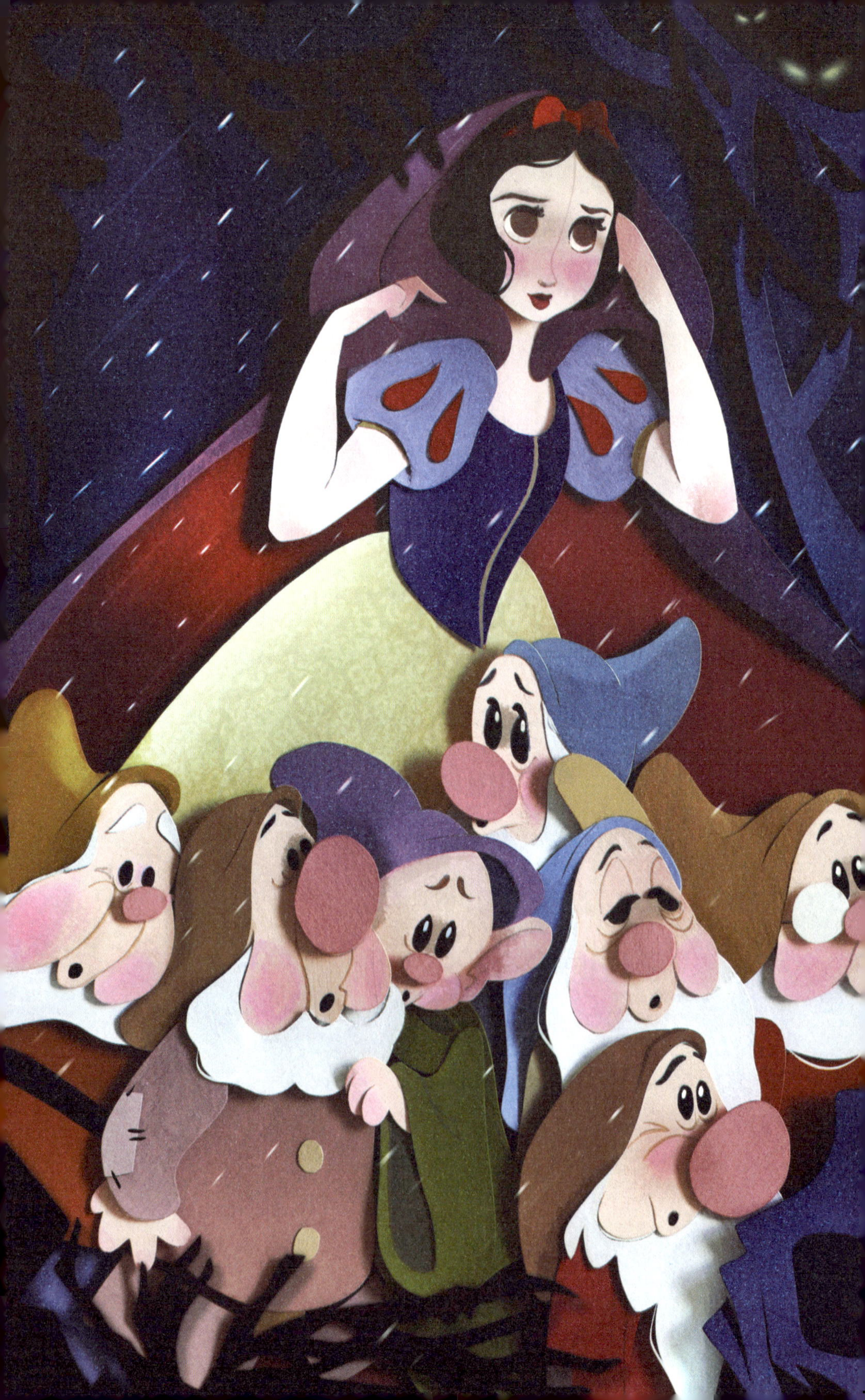

DEPOIS DA TEMPESTADE
ESCRITO POR ERIN FALLIGANT
ILUSTRADO POR NATHANNA ÉRICA

Plinque, plinque, plinque! Quando as primeiras gotas de chuva respingaram na janela da cabana, Branca de Neve espiou lá fora. Nuvens escuras e sinistras assomavam no alto. Já estava tarde e os Sete Anões ainda não haviam voltado do trabalho na mina de diamantes. Teriam sido apanhados pela tempestade?

Branca de Neve vestiu a capa de capuz e correu para fora. Ela vasculhou a floresta sombria sob o céu escuro. Gritou o nome dos anões, um por um, na esperança de obter uma resposta. Finalmente, ela ouviu os assobios de uma canção familiar à distância. Os Anões estavam chegando!

– Graças aos Céus! – Branca de Neve exclamou, justo quando as nuvens pareceram rebentar lá no alto. A chuva desabou, ensopando sua capa e ricocheteando no riacho sob a ponte de madeira.

Branca de Neve ajustou seu capuz.

– Oh, por favor, andem depressa! – chamou os Anões. Bem acima dela, o vento uivava e os galhos de árvores gemiam.

Por fim, Branca de Neve avistou uma lanterna balançando por entre as árvores. Mestre vinha à frente, com os outros seis anões marchando logo atrás. Eles chapinhavam ao longo da trilha lamacenta, os cabos de suas picaretas balançando em seus ombros.

– Agora, depressa! – Branca de Neve os chamou da ponte. – Venham para dentro!

BRANCA DE NEVE É...

DESPREOCUPADA
EMPÁTICA
TRANQUILIZADORA
MEIGA
AMOROSA
POSITIVA

SONHO DE BRANCA DE NEVE:
Encher o mundo de alegria

MOMENTO HEROICO:
Superou seus medos para construir uma nova vida para si mesma

COMPANHEIROS DE AVENTURAS:
Os Sete Anões

FRASE FAMOSA:
"Com vocês, eu não terei mais medo. Pois tudo agora há de se arranjar."

Entretanto, bem no momento em que os Anões estavam cruzando a ponte...

Záz! Um raio cortou o céu.
Cabum! O trovão rugiu.
Creque! Uma árvore começou a cair em direção à cabana dos Anões.
Baque! O telhado de palha da casa se partiu em dois.

Branca de Neve abriu a boca, atônita. Desde que fugira para a floresta para escapar de sua madrasta malvada, a cabana dos Anões havia se tornado seu novo lar.

– Eu sabia! – gritou Zangado. – Há anos venho avisando a todos que uma daquelas árvores antigas iria cair.

Mestre enxugou as gotas de chuva dos óculos e olhou novamente para a cabana.

– Mela padrugada! – exclamou. – Quero dizer, pela madrugada! E agora?

Quando outro raio cruzou o céu, Branca de Neve recuperou a voz.

– Agora, vamos entrar – disse ela com firmeza. – Não podemos ficar aqui durante a tempestade.

– M-mas... e a árvore? – sussurrou Dengoso, torcendo a barba de um lado para o outro.

– Tudo ficará bem – disse Branca de Neve. – Encontraremos um canto aconchegante onde poderemos ficar aquecidos e secos. Estaremos seguros. – Mas, enquanto conduzia os Anões até a porta da cabana, seu estômago se revirava. O que eles encontrariam lá dentro?

A porta da frente se abriu e um pássaro azul, assustado, saiu voando lá de dentro.

– Oh, coitadinho – disse Branca de Neve. – Sua casa foi destruída na tempestade?

O pássaro azul assobiou freneticamente antes de desaparecer na escuridão.

– Parece que *nossa* casa também foi destruída – disse Feliz, cujo sorriso alegre foi substituído por uma carranca. Ele apontou para a cozinha, onde a árvore repousava sobre uma mesa arrebentada, cadeiras quebradas e uma cristaleira destruída. Panelas e frigideiras estavam espalhadas pelo chão entre poças de água da chuva.

Enquanto inspecionavam a árvore caída, Branca de Neve notou um ninho de pássaro vazio, pendurado em um galho partido. Algumas penas azuis e macias estavam entremeadas nos gravetos.

– Oh, puxa – ela suspirou. – Espero que o pequeno pássaro azul encontre um lugar seguro para dormir esta noite. – Ela pegou delicadamente o ninho nas mãos e colocou-o em um banquinho perto da porta.

– Tudo está arruinado – resmungou Zangado, cruzando os braços.

– Bem, vejam só, *nem tudo* – disse Branca de Neve em seu tom de voz mais alegre. – A árvore caiu só na cozinha. Vamos fechar as venezianas. Vamos! Vamos!

– Mas essa está quebrada! – disse Atchim, apontando para um painel rachado que pendia de sua dobradiça. Quando o vento soprou pela janela aberta, seu nariz se contorceu. – A-a-a-atchim! – A força de seu espirro fechou a outra metade da veneziana.

– Saúde! – disse Branca de Neve. – Deixem para lá as venezianas quebradas e fechem as que puderem.

Trabalhando juntos, eles fecharam todas as venezianas que não estavam quebradas.

Cabrum-ca-brum-cabrum!

O trovão rugiu no céu, fazendo o coração de Branca de Neve disparar. Mas quando notou Dunga tremendo ao lado dela, manteve a voz firme.

– Vamos encontrar um lugar seco para esperar a tempestade passar – propôs. – Aqui, perto do órgão. Venham, sentem-se comigo.

Ela tirou a capa molhada e se acomodou no chão, envolvendo os Anões com os braços.

– Como vamos passar o tempo? – ela perguntou.

– Eu sei! – disse Mestre, levantando o dedo indicador no ar. – Nós poderíamos lazer uma feitura... err, quero dizer, fazer uma leitura! – Mas enquanto se dirigia para a estante, ele parou. – Oh, céus. A prateleira está destruída. – Ele pegou um livro molhado e abanou as páginas, tentando secá-las.

Soneca bocejou.

– Nós poderíamos ir para a cama – sugeriu. Mas quando começou a subir a escada, um raio estalou e o vento uivou pelo buraco no telhado. Os olhos de Soneca se arregalaram. – Ou talvez possamos dormir aqui mesmo. – Ele se aninhou em um pequeno banco.

– Certamente deve haver algo mais que possamos fazer – disse Branca de Neve. – Que tal um pouco de música?

Dunga cutucou Zangado com o cotovelo e apontou para o órgão.

– Você quer que eu toque uma música? – disse Zangado. – Bem, eu não posso. Aposto que o órgão também está estragado.

Dunga se levantou num pulo e tocou algumas teclas, só para provar que *não estava*. Só que o banquinho em que Zangado normalmente se sentava estava parcialmente escondido sob os galhos da árvore. Dunga o agarrou e tentou puxar várias vezes, mas quando finalmente conseguiu arrancá-lo para fora, ficou desapontado. Estava partido em dois.

– Bá, nem era tão confortável assim – resmungou Zangado, embora Branca de Neve tenha percebido um lampejo de tristeza em seus olhos. – Viram só? – ele continuou. – Eu lhes disse. Está tudo arruinado. *E* não há nada a fazer.

Branca de Neve forçou um sorriso.

– Tive uma ideia – disse ela. – O que fazemos quando as coisas dão errado?

Dengoso sussurrou em seu ouvido.

– Isso mesmo! – ela exclamou. – Nós cantamos uma música. Vamos ver... Acho que conheço a canção perfeita. – Ela gesticulou para os Anões se aproximarem e começou a cantarolar com sua voz melodiosa e calmante.

Queixas e lamentações não fazem a chuva parar.
Se a tempestade toma o céu, ouça o que eu digo,
Não vale se esconder, muito menos se assustar:
É mais útil, em vez disso, consolar um bom amigo.

Enquanto Branca de Neve cantava, seus próprios medos se dissiparam. Com o passar do tempo, o vento ululante cessou. A chuva diminuiu para um leve tamborilar. E o ronco suave de Soneca preenchia o cantinho aconchegante.

Os outros anões começaram a adormecer, um por um. Logo, foi a vez dela própria também sentir sono. Ela bocejou e fechou os olhos.

Quando acordou, a luz do sol entrava pelo buraco no telhado.

– Bom dia – saudou Branca de Neve, enquanto os Anões se espreguiçavam ao seu redor.

– Que horas são? – Soneca perguntou, esfregando os olhos.

Nesse momento, o relógio cuco bateu sete horas. O esquilo de madeira tocou a campainha e a rã de madeira emergiu das portas do relógio, pronta para coaxar sete vezes. Mas apenas um pequeno *pio* saiu. O relógio também estava quebrado!

Dunga pôs-se de pé num pulo a fim de deslizar o dedo por uma longa fenda que descia até o centro do relógio. Seu barrete escorregou sobre os olhos.

– Até o sapo perdeu o coaxar! – Zangado bufou. – O que eu falei? Arruinado. Tudo isso. E *o que* faremos a respeito *daquilo*? – Ele apontou com o dedo para a árvore que ocupava a cabana.

Branca de Neve suspirou.

– Teremos que tirar o melhor proveito disso – ela ponderou. – Já sei! Aposto que poderíamos usar a madeira da árvore para consertar o telhado e construir novos móveis.

– Que bela ideia! – concordou Feliz, suas bochechas reluzindo. – A começar por uma nova mesa de cozinha. Mais larga, onde possam caber mais pratos de café da manhã. – Ele sorriu com tal pensamento, e seu estômago roncou.

Soneca se espreguiçou, ainda tentando ficar confortável no pequeno banco.

– Ou podemos construir um banco mais longo – sugeriu, com um bocejo.

– Absurdo! – disse Zangado. – Devemos fazer tudo *exatamente* do jeito que era antes.

– Exceto a estante – disse Mestre, olhando para os livros no chão. – Devemos fazer uma mais alta, para guardar mais livros!

– Devíamos engrossar as venezianas, para evitar a entrada de poeira – disse Atchim. Ao abrir as venezianas para deixar entrar a luz da manhã, seu nariz se contorceu. – *A-a-a-atchim!*

Zangado ergueu as mãos para se proteger da explosão.

– Não, não, não! – disse ele, batendo o pé. – Não há madeira suficiente. Como eu disse, devemos fazer tudo *exatamente* do jeito que era antes.

– Ora, ora – interveio Branca de Neve. – Não precisamos discutir. Há bastante madeira para todos os seus desejos. – Ela olhou para o grosso tronco da árvore e seus galhos nodosos. – Poderíamos deixar a mesa da cozinha um pouco mais larga, o banco alguns centímetros mais longo, a estante uma prateleira mais alta e as venezianas um pouquinho mais grossas.

Todos os Anões assentiram em uníssono enquanto Branca de Neve enumerava os itens da lista – bem, todos, exceto Zangado.

Branca de Neve riu.

– Aposto que poderíamos fazer algo para cada um de vocês! Zangado, o que você deseja? Dunga e Dengoso, vocês também têm desejos?

Dunga fitou o relógio cuco. E apontou para o sapo de madeira, que estava preso do lado de fora das minúsculas portas do relógio.

– Você gostaria de devolver o coaxar ao sapo? – perguntou Branca de Neve.

Quando ele confirmou com a cabeça, ela sorriu e deu-lhe uns tapinhas no ombro.

– Tenho certeza de que haverá bastante madeira para isso.

Dengoso recolheu um buquê de flores silvestres que havia caído de uma janela quebrada. Então, sussurrou algo no ouvido de Feliz.

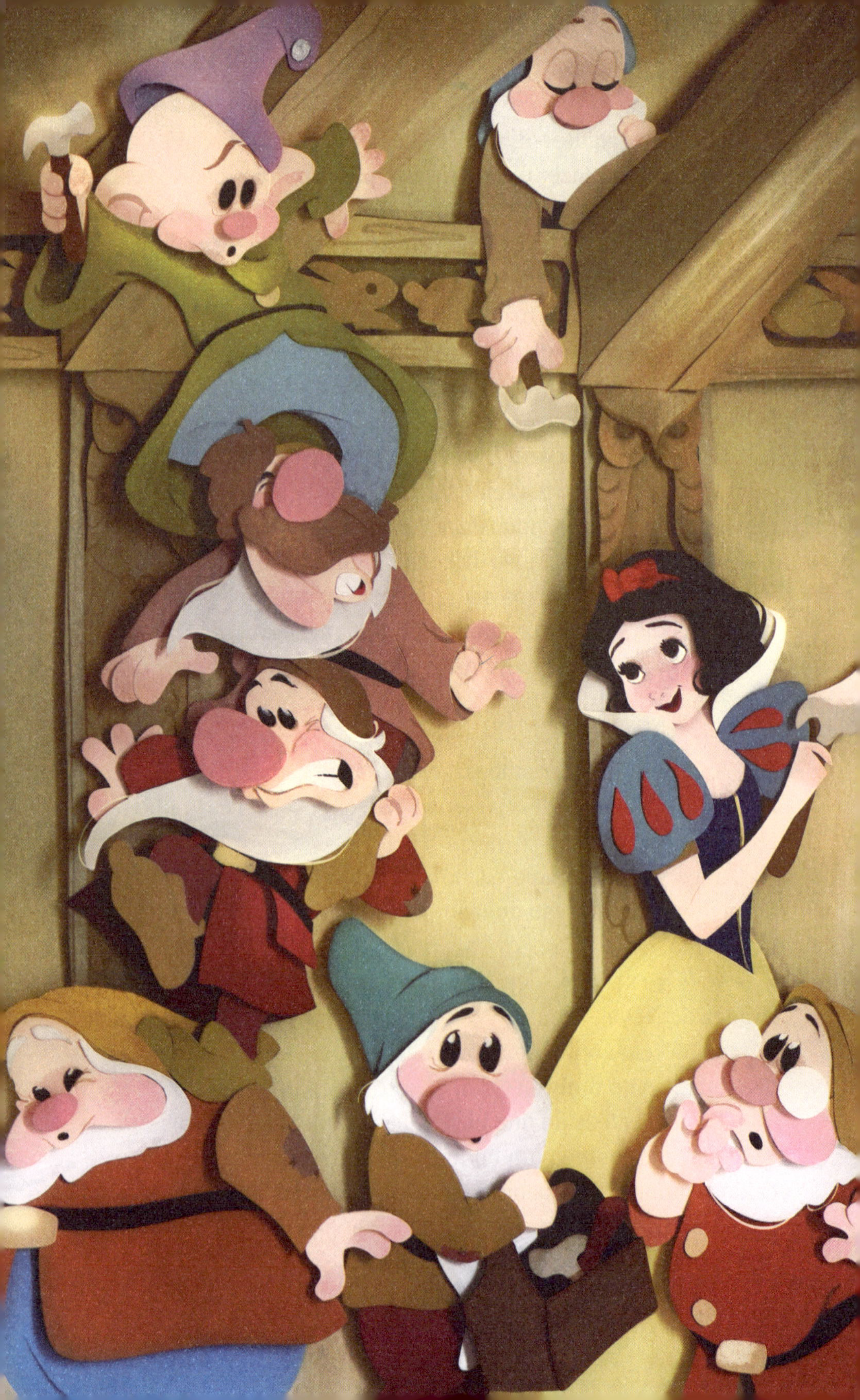

– Dengoso gostaria de peitoris de janela mais robustos – disse Feliz. – Para sustentar mais flores para a Branca de Neve.

– Dengoso, que fofo – comoveu-se Branca de Neve, beijando-o no alto da cabeça.

– Minha nossa – ele exclamou, com as bochechas vermelhas.

– Agora, e você, Zangado? – Branca de Neve perguntou novamente. – Deve ter *algo* que você deseje.

Zangado cruzou os braços.

– Não!

Branca de Neve olhou ao redor da casa.

– Já sei! Que tal um novo banco para o seu órgão? Nós poderíamos fazer um *exatamente* igual ao antigo.

Zangado deu de ombros.

– Ou talvez – acrescentou ela – pudéssemos deixar o assento um pouco mais macio. Eu poderia costurar uma almofada de penas para você. Não seria bom?

Zangado abriu a boca para discutir, mas depois a fechou.

Vendo que ele não resmungara, Branca de Neve bateu palmas.

– Está resolvido, então! Podemos usar a árvore para consertar a cabana e tornar tudo um pouco melhor.

Eles começaram a trabalhar imediatamente. Os anões usaram suas picaretas para cortar a árvore enquanto Branca de Neve lixava e alisava a madeira. Para consertar o telhado, os Anões se apoiaram nos ombros uns dos outros para alcançar as vigas mais altas, enquanto Branca de Neve ajudava a martelar as novas tábuas no lugar.

Juntos, eles construíram uma mesa de cozinha um pouco mais larga. Um banco alguns centímetros mais comprido. Uma estante que era uma prateleira mais alta. Venezianas um pouco mais grossas. Um relógio cuco que coaxava um pouco mais alto. E parapeitos de janela um pouco mais robustos.

Branca de Neve costurou uma pequena almofada de penas para o novo banquinho do órgão de Zangado para torná-lo mais confortável. Quando ela o colocou no assento, a boca de Zangado se torceu em um quase sorriso.

– Aí está! – ela anunciou. – Terminamos.

Os Anões aplaudiram e experimentaram suas novas criações.

– Você tinha razão – disse Mestre, enquanto colocava o último livro na estante. – Havia madeira suficiente para todos os nossos desejos. E ainda sobrou um pouco! – Ele apontou para os restos de madeira perto da porta.

Branca de Neve sorriu.

– Claro que havia – disse ela. –

Sempre há o SUFICIENTE para todos se COMPARTILHARMOS.

A cabana está melhor do que nunca, com itens especiais para cada um de vocês.

– Exceto para você! – Dengoso disse em voz alta. E imediatamente tapou a boca com a mão, como que assustado com o som de sua própria voz.

– Oh, querida – disse Mestre. – Cengoso está derto. Não, não... Quer dizer, Dengoso está certo! Esquecemos de realizar um desejo *seu*, Branca de Neve!

Ela envolveu os Anões em um abraço.

– Vocês são tão queridos – disse ela. – Mas eu tenho tudo de que preciso bem aqui. – Naquele momento, ela estava perfeitamente feliz. Queria apenas jantar e uma cama aconchegante.

– Vamos nos lavar – Mestre disse aos outros Anões. – Branca de Neve, descanse seus pés enquanto eu preparo uma chaleira de sopa na lareira.

Pouco depois, Mestre serviu sopa quente aos Anões e a Branca de Neve, que estavam alinhados ao longo da nova mesa. Depois do jantar, Soneca fechou as novas venezianas e Dengoso arrumou um novo buquê de flores silvestres no novo peitoril.

Quando chegou a hora de dormir, Branca de Neve ajudou Mestre a pegar um livro de histórias na nova estante. Zangado tocou uma canção de ninar no órgão, sentando-se confortavelmente em sua almofada de penas. Soneca esticou-se ao longo do novo banco e adormeceu. E quando o novo relógio cuco bateu nove horas, Dunga sorriu para o sapo coaxando. Ele se agachou e alegremente pulou pelo chão como um sapo... até dar um encontrão em Zangado.

– Tudo bem – disse Branca de Neve com uma risada. – Agora, todos pra cama.

Uma vez que todos os Anões estavam acomodados, ela se arrastou para a própria cama e mergulhou em um sono profundo e feliz.

Branca de Neve dormiu tão serenamente que não ouviu os Sete Anões saírem de seus leitos. Não os ouviu descer na ponta dos pés e recolher os últimos pedaços de madeira da árvore que tombara. Não os ouviu carregar a madeira para fora, onde passaram a noite esculpindo uma surpresa especial para ela.

Quando Branca de Neve acordou na manhã seguinte, a casa estava silenciosa.

– Olá? – ela chamou. – Para onde foi todo mundo? – Os Anões haviam saído para trabalhar sem se despedir?

Ela vestiu a capa e correu para fora.

– Olá?

CACHOEIRA DOS
DESEJOS DE
BRANCA DE NEVE

Dunga apareceu na quina da cabana com um sorriso bobo. Ele gesticulou com o braço para que ela o seguisse. Em seguida, levou o dedo aos lábios, como se guardasse um segredo, e começou a dar a volta na casa na ponta dos pés.

– O que é isso, Dunga? – Branca de Neve perguntou. Ela ergueu a bainha da saia e correu atrás dele.

Quando ela dobrou a esquina, viu os outros seis Anões parados ao longo do rio que passava pela cabana. Suas bochechas estavam vermelhas de empolgação. Até mesmo Zangado parecia um pouco *menos* mal-humorado.

– O que está acontecendo? – ela perguntou com uma risada.

– Venha conosco – chamou Feliz, enquanto os Anões a levavam a uma linda cachoeira rio abaixo. Acima, um lençol havia sido estendido sobre um galho de árvore.

– Surpresa! – eles anunciaram e puxaram o lençol para revelar uma nova e bela placa pendurada no galho ao lado da cachoeira. Branca de Neve se aproximou para ler as palavras: *Cachoeira dos Desejos de Branca de Neve.*

– Oh, meu Deus – exclamou. – Vocês fizeram isso para mim? – Lágrimas de felicidade brotaram de seus olhos.

– Agora você pode pazer um fedido... err, quero dizer, fazer um pedido! – disse Mestre.

– *Um monte* de pedidos! – sussurrou Dengoso. – Foi ideia do Zangado.

Quando Branca de Neve se virou para Zangado, ele corou.

– Ora, não fique toda sentimental – disse ele. Mas quando ela se abaixou para beijar sua bochecha, ele não se afastou.

– Usamos toda madeira que restou da árvore caída – disse Feliz, com um sorriso largo. – Bem, quase toda. Só sobrou uma peça. – Ele ergueu uma prancha longa que estava encostada no tronco da árvore.

– O que devemos fazer com o último pedaço de mad... – Atchim parou e se preparou para espirrar, mas Dunga saltou e colocou um dedo sob o seu nariz. – Obrigado – disse Atchim antes de continuar. – O último pedaço de... a-a-atchim!

– Saúde – disse Branca de Neve. Ela examinou o pedaço de madeira.

Justo nesse momento, o pássaro azul pousou no galho da árvore. Branca de Neve abriu a boca, admirada.

– Eu já volto! – ela avisou, enquanto corria em direção à cabana.

Momentos depois, Branca de Neve voltou segurando o pequeno ninho.

– Vamos construir uma casa de passarinho para o ninho do pássaro azul! – ela anunciou. Os Anões concordaram com a cabeça.

Depois que a casa de passarinho foi pendurada no galho e o pássaro azul e seu ninho estavam alojados aconchegadamente lá dentro, Dunga puxou a saia de Branca de Neve. Ele apontou para a placa.

– O que foi, Dunga? – ela perguntou. – Oh, você quer que eu faça um pedido?

Dunga assentiu com tanta força que quase caiu.

– Bem, está certo. Vamos ver, então... – Branca de Neve deu um passo em direção à cachoeira, pegou uma pedra lisa e fechou os olhos. Seus desejos para o futuro giravam em sua mente: aventuras em lugares distantes, refeições alegres com seus amigos Anões, coragem para futuras tempestades. Mas, quando abriu um olho, viu todos os sete Anões parados ao lado dela com pedras nas mãos, também fechando os olhos com força. Então, ela fez um novo pedido.

– Eu desejo... luz do sol – disse ela. – Chega de tempestades por um bom tempo. Apenas luz do sol. – Ela atirou a pedrinha na cachoeira.

Assim que fez o pedido, cada Anão jogou sua própria pedra na cachoeira, ecoando as palavras "luz do sol". Até mesmo Zangado acrescentou seu desejo, embora resmungasse algo baixinho sobre como a luz do sol era superestimada.

O pássaro azul gorjeou em gratidão.

Branca de Neve sorriu.

– Obrigada por minha cachoeira dos desejos – disse aos Anões. – Agora, *sempre* teremos muitos pedidos.

O estômago de Feliz roncou tão alto que Dengoso até corou.

Branca de Neve riu.

– Não se preocupe, Feliz. Haverá muito café da manhã também. Voltem para dentro.

Enquanto ela conduzia os Sete Anões de volta para a cabana, o sol da manhã apareceu por trás de uma nuvem: outro desejo se realizando.

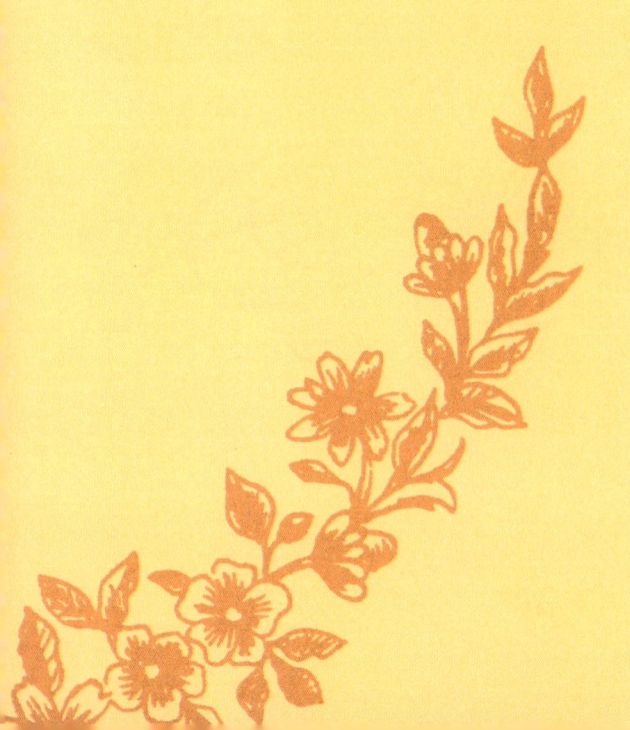

Como VOCÊ torna DESEJOS realidade?

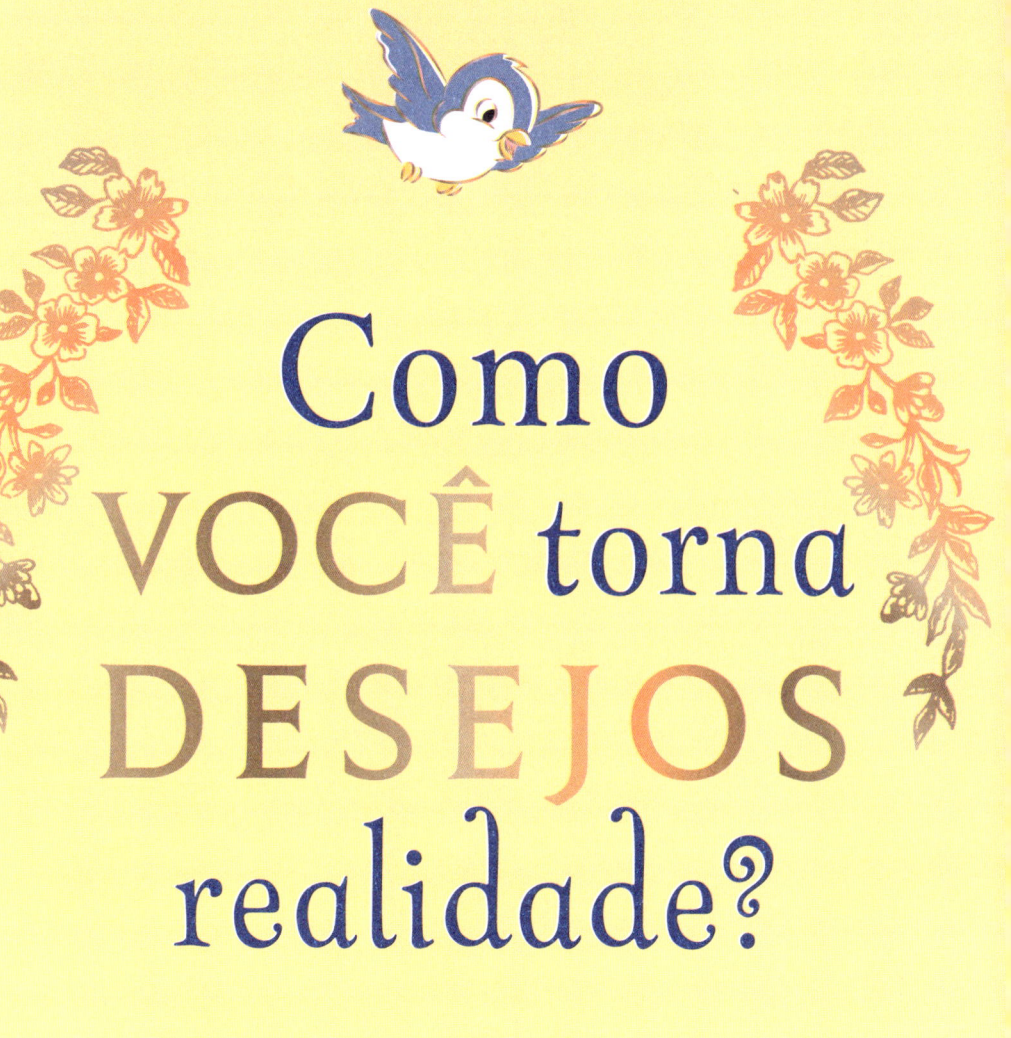

RAPUNZEL

Rapunzel é criativa, divertida, simpática e corajosa. Ela já teve um cabelo mágico que brilhava quando cantava uma música especial e tinha poder de cura e rejuvenescimento. Por dezoito anos, Rapunzel teve um sonho: ver as luzes que subiam no ar todos os anos em seu aniversário. Ao sair de sua zona de conforto, ela finalmente realizou esse sonho – e descobriu que era a princesa perdida do reino. Agora, de volta para casa com sua família, é hora de Rapunzel encontrar um novo sonho.

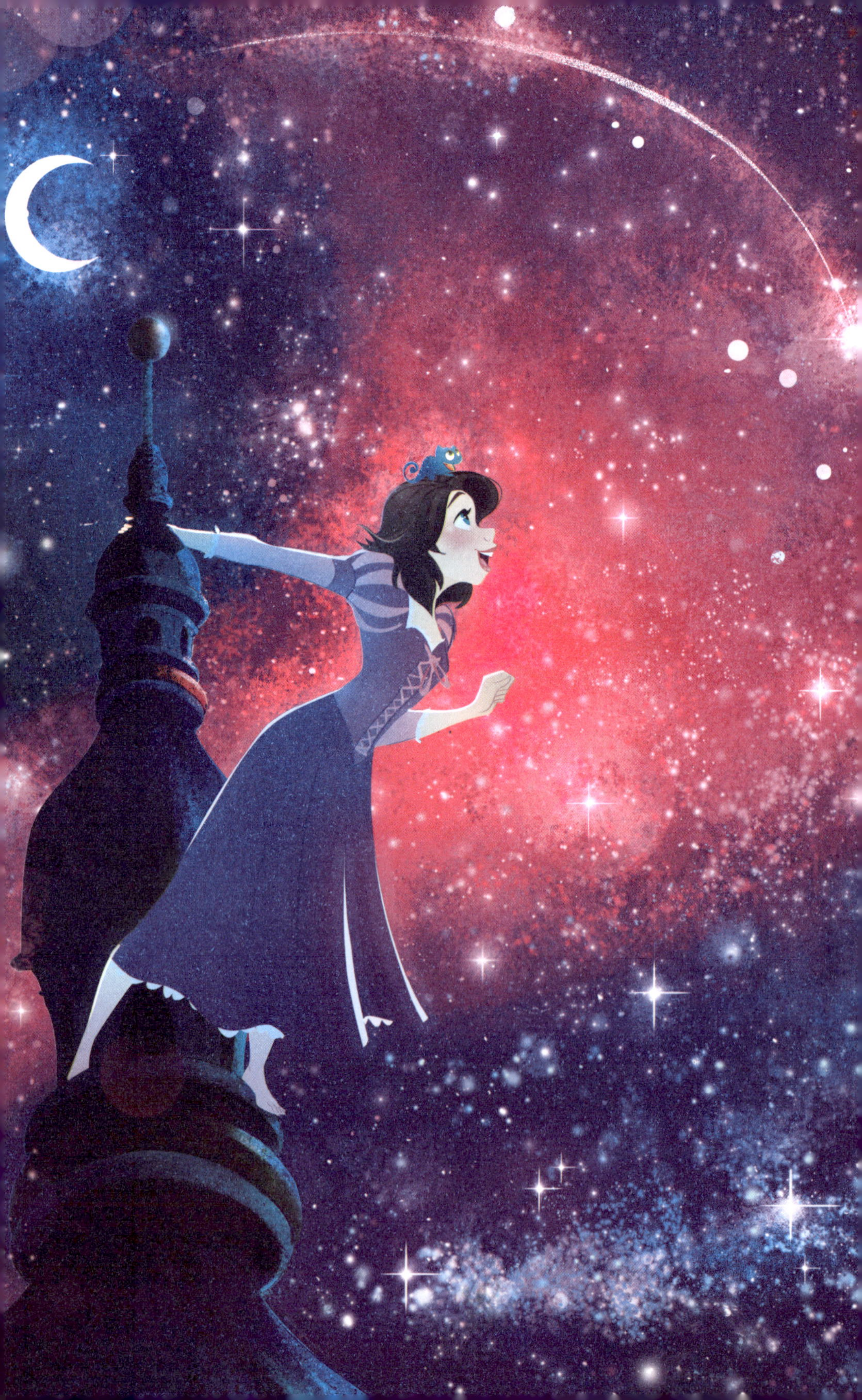

VENDO ESTRELAS DE FELICIDADE
ESCRITO POR KATHY MCCULLOUGH
ILUSTRADO POR NICOLETTA BALDARI

Rapunzel olhou para o deslumbrante céu sem lua. No telhado do castelo, não havia nada para bloquear sua visão.

– Olhe, Pascal! – disse ao pequeno camaleão em seu ombro. – As estrelas parecem perdurar por dias; por dias e *noites*! – Pascal ergueu a cabeça sonolenta, concordou e depois voltou para sua soneca.

Desde que escapara da torre e voltara para seu verdadeiro lar, no castelo, Rapunzel não conseguia se cansar dessa vista. Ela não tardou a descobrir que a parte traseira do telhado era o melhor local para observar as estrelas. Era o ponto mais alto e escuro do reino.

José cruzou a porta para o telhado a fim de se juntar a ela.

– As estrelas não são lindas? – Rapunzel lhe perguntou, levantando o braço em direção ao céu. Sem o brilho da lua para esconder as estrelas mais distantes, parecia que uma camada extra de poeira prateada cintilante havia sido pintada sobre o firmamento.

José fez um gesto afirmativo com a cabeça e riu.

– Claro – concordou. – Mas você diz isso todas as noites. Elas são as mesmas estrelas de ontem… *e* do dia anterior.

– Mas a vista é diferente a cada noite! – Rapunzel apontou para uma constelação de estrelas brilhantes diretamente acima deles. – Órion se deslocou um pouco para o leste. Está vendo? E agora Touro está à nossa frente. Bem ali.

RAPUNZEL É...
INDEPENDENTE
AVENTUREIRA
CRIATIVA
RECEPTIVA
CURIOSA
ENTUSIASMADA

SONHO DE RAPUNZEL:
Usar a bondade para fazer do mundo um lugar melhor

MOMENTO HEROICO:
Fuga da torre

COMPANHEIRO DE AVENTURAS:
Pascal

FRASE FAMOSA:
"Não, não vou parar. A cada minuto do resto da minha vida, eu vou lutar."

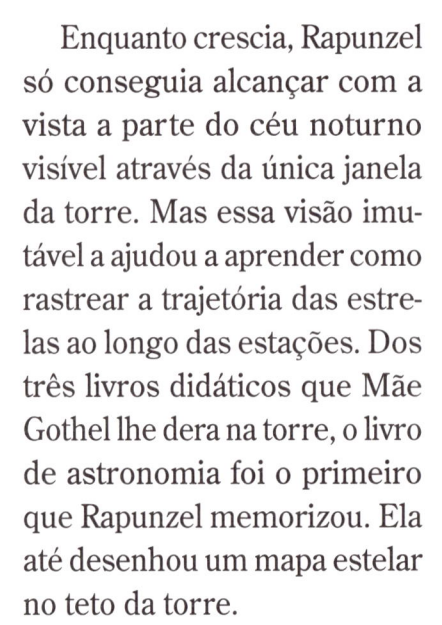

Enquanto crescia, Rapunzel só conseguia alcançar com a vista a parte do céu noturno visível através da única janela da torre. Mas essa visão imutável a ajudou a aprender como rastrear a trajetória das estrelas ao longo das estações. Dos três livros didáticos que Mãe Gothel lhe dera na torre, o livro de astronomia foi o primeiro que Rapunzel memorizou. Ela até desenhou um mapa estelar no teto da torre.

– Você não sabe a sorte que tem! – Rapunzel disse a José. – Você foi capaz de observar tudo isso, a qualquer momento, durante toda a sua vida.

José encolheu os ombros.

– Na floresta, há árvores com copas bem altas – disse ele. – Além disso, as noites sem lua eram as melhores para praticar roubos. Não prestávamos muita atenção às estrelas.

Antes de José conhecer Rapunzel, ele era um bandido conhecido como Flynn Rider. Ele encontrou Rapunzel pela primeira vez quando se esgueirou para dentro da torre para se esconder da guarda real. Mais tarde, ele a ajudou em sua fuga.

– Você não é mais um ladrão – Rapunzel observou. – Agora você pode aproveitar o céu noturno quando quiser!

– Ninguém poderia desfrutar das estrelas tanto quanto *você*, Rapunzel – José disse com um sorriso.

Rapunzel sorriu. Ela tirou Pascal do ombro e segurou-o acima de sua cabeça.

– Olhe, Pascal! Lá fora, em algum lugar, pode haver uma constelação em forma de camaleão! Se pudesse encontrá-la, eu a batizaria com o seu nome!

Pascal soltou um guincho animado.

Rapunzel ergueu o telescópio que havia trazido da torre para o castelo. Através das lentes do telescópio, a poeira prateada brilhou mais forte, mas as estrelas ainda eram minúsculas e distantes.

– Eu gostaria de poder vê-las ainda melhor! – Ela baixou o telescópio com uma carranca.

– Você não pode comprar um telescópio maior? – José perguntou.

– Eu precisaria de um telescópio *imenso* para enxergar essas pequenas estrelas – respondeu Rapunzel. – Do tipo que eles têm em observatórios. – Ela sabia por seu livro de astronomia que o telescópio gigante de um observatório era pelo menos dez vezes mais comprido do que o que estava em sua mão, e sua lente de aumento era dez vezes maior. É por isso que um telescópio de observatório precisava de um prédio inteiro para abrigá-lo.

– Há um observatório em Stellonia – comentou José. – Greno me falou a respeito uma vez. – Greno era um dos "valentões da taverna", ex-bandidos como José. Eles também haviam desistido de seus roubos após serem inspirados por Rapunzel a seguirem seus sonhos.

– Eu li sobre esse observatório no meu livro! – Rapunzel disse. – Mas não fica tão perto assim para eu visitá-lo todas as noites.

– Você precisaria de um observatório aqui no reino para isso – disse José. – Da última vez que verifiquei, não tínhamos um.

Um sorriso se espalhou pelo rosto de Rapunzel.

– *Ainda* não – disse ela.

Rapunzel explicou a seus pais que o observatório não seria apenas para ela, mas para todo o reino usufruir. O rei e a rainha ficaram maravilhados com a ideia. Eles organizaram uma reunião de Rapunzel com os arquitetos reais, que ficaram entusiasmados com a tarefa. Finalmente, algo mais desafiador de trabalhar do que um galpão de armazenamento ou o conserto dos muros do castelo! Eles examinaram os desenhos de observatórios nos livros que Rapunzel lhes trouxe da biblioteca real. Em poucos dias, já tinham um projeto pronto.

Enquanto isso, Rapunzel contratou pedreiros e operários da aldeia. Quando os valentões da taverna descobriram sobre o projeto, chegaram ao castelo para ajudar também. Átila, que agora tinha uma padaria, levou doces para os trabalhadores.

– Você nos inspirou a realizar *nossos* sonhos – disse Átila a Rapunzel, enquanto lhe oferecia um pãozinho de nozes. – O mínimo que podemos fazer é ajudá-la a realizar o seu.

– Com certeza será bom ver o velho Pégaso de perto novamente – disse Greno, enquanto espalhava argamassa em um tijolo.

– *Novamente?* – Rapunzel perguntou, surpresa que Greno conhecesse a constelação em forma de cavalo.

Greno apontou para a tatuagem de uma estrela circulada em seu braço esquerdo.

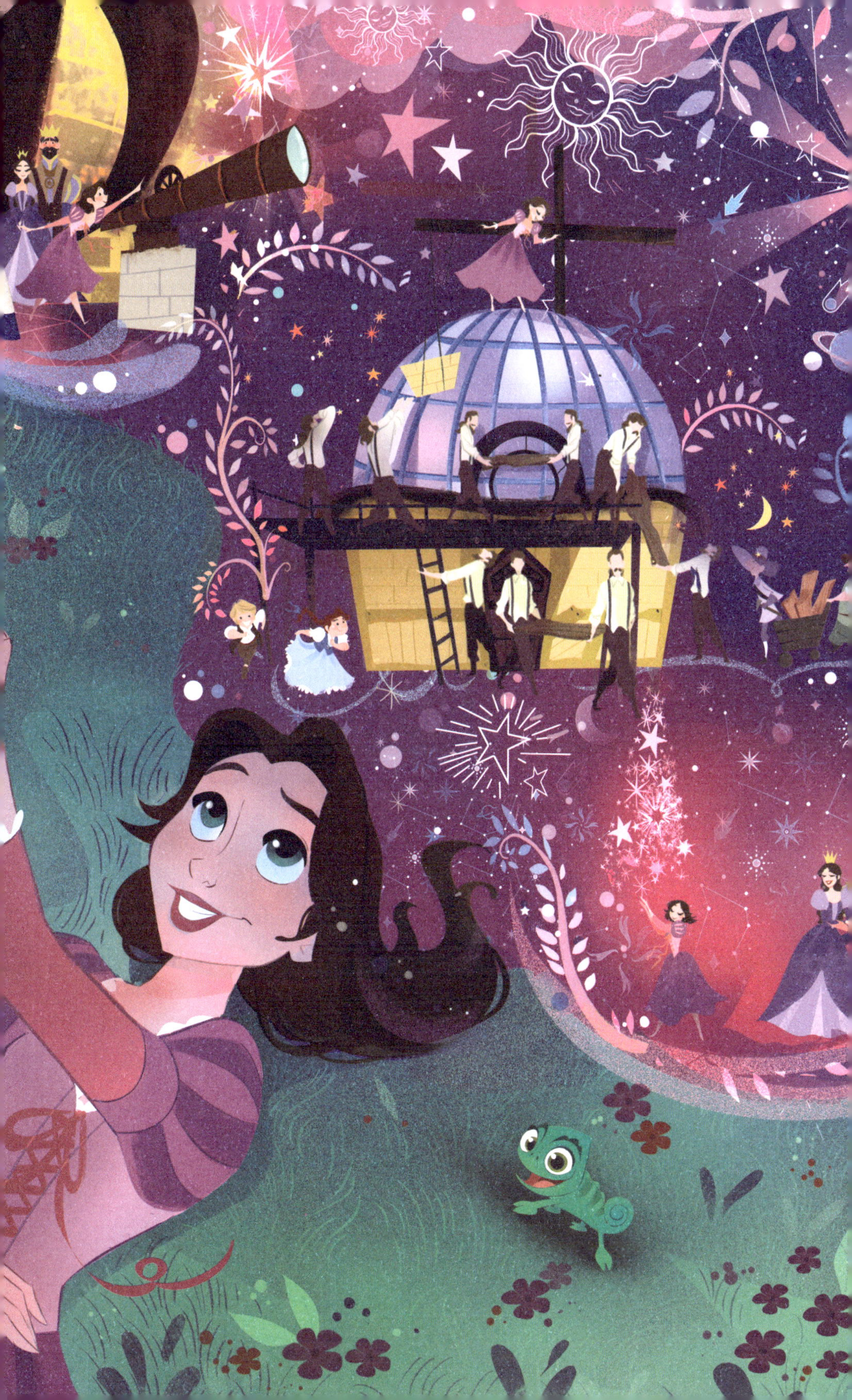

– Astrônomo amador. Esse é o *meu* sonho – ele sorriu. – Eu costumava visitar o Observatório de Stellonia sempre que estava na área. Augustine Salvari me acolheu como pupilo e me ensinou tudo sobre as constelações.

– Você conhece Augustine Salvari? – Rapunzel perguntou. Agora ela estava ainda mais surpresa. Havia lido tudo sobre o famoso fabricante de lentes. – Ele fabricou as lentes do telescópio para o Observatório de Stellonia! Devemos pedir a ele para fazer as lentes do nosso!

Rapunzel havia encontrado ferreiros locais para construir a cúpula do gigantesco telescópio do observatório, mas o único fabricante de lentes do reino sabia fazer apenas óculos. Ele tivera sucesso em criar a ocular para a extremidade menor do telescópio, mas suas tentativas de fazer a lente maior falharam.

Greno balançou a cabeça.

– Augustine perdeu a visão há alguns anos e teve que se aposentar – explicou. – Ele mal sai de sua cabana e nem gosta mais de falar sobre as estrelas. Desistiu de seu sonho.

Rapunzel tentou imaginar como seria não ver as estrelas novamente. Nem o rosto de seus pais, seu novo lar no reino, o sorriso bobo de José ou os grandes olhos castanhos de Pascal e seu rabinho fofo...

Será que iria querer se esconder do mundo? Talvez. Por algum tempo, pelo menos. Mas as coisas que já não poderia ver ainda estariam lá fora, e ela esperaria encontrar *algum* jeito de se conectar com elas novamente – da forma como os livros a conectaram ao mundo exterior quando estava presa na torre.

– Talvez possamos inspirá-lo a sonhar novamente – disse Rapunzel. – Devíamos pelo menos tentar.

Poucos dias depois, Rapunzel e Greno chegavam diante da pequena cabana coberta de videiras de Augustine. Antes que tivesse tempo de bater, uma voz rouca gritou lá dentro.

– É você, Greno? Já estava na hora! Estou sem pãezinhos de nozes!

Rapunzel sorriu e ergueu uma caixa.

– Devo dizer a ele que trouxemos presentes? – sussurrou. Ela tinha ficado sabendo por Greno da paixão de Augustine pelos doces da padaria de Átila.

– Tem alguém aí com você? – Augustine perguntou. Ainda que praticamente já não fosse capaz de enxergar, sua audição estava mais aguçada do que nunca. – Vá embora! – ele berrou.

– Só eu, Rapunzel – ela disse através da porta. – Lamento incomodá-lo, mas estamos construindo um observatório aqui no reino. Precisamos da sua ajuda para fazer a lente grande do telescópio.

– *Princesa* Rapunzel? – Augustine se admirou. – É uma honra tê-la me visitando, é claro. Mas Greno não disse que sou cego? – Sua voz agora soava mais triste do que rude. – Eu sinto muito... Não posso ajudá-la.

– Mas você pode! – Rapunzel exclamou. – Nosso fabricante de lentes nunca fez uma lente grande de telescópio. Você poderia orientá-lo.

Depois de um momento, a porta da cabana se abriu, revelando um homem curvado e barbudo em um longo manto azul esfarrapado. Ele parecia olhar diretamente para ela, mas seus olhos escuros estavam turvos e vazios. Rapunzel podia ver a tristeza neles.

– Por que devo ajudar a construir um telescópio que nunca poderei usar? – o homem lhe perguntou.

Rapunzel hesitou. Não queria dizer nada que pudesse aumentar a tristeza de Augustine. Ela sentiu medo, mas era um tipo de medo diferente do que sentira ao fugir da torre com José. Ela precisava de um tipo diferente de coragem – o tipo que vem do coração.

– Você conhece a minha história, sobre crescer presa em uma torre?

Augustine confirmou com a cabeça e Rapunzel continuou.

– Houve momentos em que tive medo de nunca ser livre – contou. – Mas todas as noites eu fazia um pedido a uma estrela.

Rapunzel fez uma pausa e contemplou o céu.

– Havia TANTAS ESTRELAS, que eu sabia que *nunca* ficaria sem PEDIDOS. Isso me deu ESPERANÇA.

– Também fazia pedidos às estrelas quando era jovem – disse Augustine. – Meu desejo era aprender a construir um telescópio para encontrar as estrelas *além* das estrelas para as quais eu fazia pedidos.

– E o seu desejo se tornou realidade! – Rapunzel disse. – Pense em quantas pessoas olharam pelo seu telescópio em Stellonia e aprenderam que há mais no céu noturno do que jamais sonharam. O telescópio que você ajudaria a construir para o nosso novo observatório mostraria isso para ainda *mais* pessoas!

Augustine ficou quieto.

– Parece um projeto que vale a pena – disse ele, por fim.

– Então, vai nos ajudar? – Rapunzel insistiu.

Augustine bateu palmas e sorriu.

– O que estamos esperando? Mãos à obra!

– Muito obrigada! – Rapunzel agradeceu. – Mas antes de irmos... que tal um pãozinho de nozes? – Ela abriu a caixa de doces. Greno entregou a Augustine o pãozinho com mais cobertura. O rosto de Augustine iluminou-se com o cheiro e ele começou a comer.

Rapunzel compartilhou um olhar feliz com Greno. Eles já tinham o seu mestre fabricante de lentes!

Rapunzel montou uma oficina para Augustine no castelo, onde ele poderia instruir o fabricante local de lentes a criar as gigantescas lentes do telescópio. Ela se certificou de que Átila os mantivesse abastecidos com muitos pãezinhos de nozes frescos.

Assim que os construtores e os valentões da taverna terminaram as novas paredes do observatório, Rapunzel as decorou com pinturas do céu noturno. Ela escreveu o nome de cada uma das estrelas, constelações e dos planetas para que os visitantes soubessem o que eram.

Quase todas as noites, Rapunzel convidava Augustine para se juntar a ela no telhado do castelo com Eugene e Greno. Pascal costumava sentar-se no ombro de Augustine. Os longos cabelos brancos do fabricante de lentes eram muito macios e um lugar excelente para tirar uma soneca.

– Cefeu está logo acima de nós – Rapunzel disse a Augustine. – A Ursa Maior está bem em frente.

– Então, a Ursa Menor estaria por ali! – Augustine apontou para uma coleção de estrelas entre as outras duas constelações que Rapunzel havia nomeado.

– Isso mesmo! – Rapunzel confirmou entusiasmada.

Greno deu uma cotovelada em José.

– E você, José? Vê alguma coisa que você reconhece? – Greno e Rapunzel estavam ensinando José a usar as pinturas de constelações na parede do observatório.

– Eu vejo... – José sorriu para o adormecido Pascal. – O Camaleão Cochilando!

Pascal despertou animado. Rapunzel riu.

– Ele está brincando – disse ela a Pascal.

– Mas *realmente* existe uma constelação camaleônica – disse Augustine. – É no hemisfério sul. Muito longe. Eu a vi uma vez, em um observatório ao sul do equador. – Augustine levantou Pascal de seu ombro, segurando-o de cabeça para baixo. – Tem quatro estrelas para o corpo... – Augustine cutucou de leve as costas de Pascal, indicando onde as estrelas estariam. – E três para a cauda. – E esticou a cauda do camaleão para cima.

Pascal agarrou o braço de Augustine com as patas dianteiras. Ter sua própria constelação era bom, mas não sabia se gostaria de ficar pendurado de cabeça para baixo no céu para sempre.

Augustine colocou Pascal de volta no ombro.

– Quem me dera poder tocar as estrelas também – suspirou.

Rapunzel observou enquanto Augustine acariciava a cabeça de Pascal. Um pensamento lhe ocorreu.

– Quem sabe você *possa* – disse enquanto a ideia tomava forma em sua mente.

Augustine riu.

– As estrelas estão um pouco distantes, Vossa Alteza. É por isso que estamos fazendo o telescópio.

Rapunzel deu um tapinha afetuoso em seu ombro. Ela tinha uma surpresa reservada para seu amigo Augustine.

Logo o telescópio estava finalmente concluído, com suas lentes de aumento no lugar. O observatório estava pronto para a inauguração!

– Bem-vindos ao Observatório Real – Rapunzel anunciou, enquanto abria as portas. Ela ficou emocionada ao ver os aldeões fazendo fila para visita, exatamente como esperava. – Entrem, entrem!

Rapunzel e Augustine conduziam os visitantes pelo edifício, explicando quais dos planetas e constelações nas paredes eles seriam capazes de ver através do telescópio depois que o sol se pusesse. Greno matriculava alunos em aulas de astronomia e José ajudava na mesa de artes. Ele até deixou que os jovens artistas o tornassem uma maquete do sistema solar, pendurando os planetas feitos à mão em seus braços.

Rapunzel olhou ao redor para a alegre cena. Ela viu seus pais ouvindo atentamente enquanto Augustine lhes contava a história por trás das diferentes constelações e Greno ensinando aos seus colegas valentões da taverna como as estrelas ajudavam os marinheiros a navegar nos mares.

Rapunzel sorriu para si mesma. Seu sonho tinha sido construir o observatório – e esse sonho se tornara realidade, mas de uma forma que a surpreendeu. Ainda nem tinha olhado pelo novo telescópio, mas o que via ao seu redor a deixou feliz de um jeito que nenhuma estrela jamais poderia.

Um pouco depois, Rapunzel chamou Augustine de lado e disse que ela tinha um presente para ele.

– Este é um livro de mapas estelares que você pode "ver" com os dedos – explicou Rapunzel, colocando o presente em suas mãos. – Fiz modelos de argila de diferentes áreas do céu, com minúsculos pontos esculpidos para as estrelas. Pressionei papel úmido sobre eles e, quando o papel secou, as estrelas permaneceram salientes no papel!

Augustine assentiu para si mesmo.

– Com as estrelas em relevo na superfície... eu posso *vê-las* por meio do toque.

Rapunzel segurou o livro aberto e Augustine passou os dedos sobre um dos mapas finalizados.

– Ah! Leão! – reconheceu, enquanto tocava as estrelas que formavam uma constelação com a forma da cabeça do animal. Ele mudou para uma fileira de estrelas semelhante a uma cobra. – Hidra fêmea... – Seu sorriso crescia a cada nova constelação. – Aqui está Câncer, o caranguejo! – Estendeu a outra mão para colocar as duas sobre o mapa. – Isso é incrível!

Augustine fechou o livro e o apertou contra o peito.

– Graças a você, posso "olhar" para as estrelas todas as noites! – ele disse a Rapunzel.

Ela sorriu, muito feliz por ter ajudado Augustine a trazer seu sonho à vida novamente.

Quando finalmente escureceu, os visitantes se alinharam em frente ao telescópio. Rapunzel insistiu em esperar até que todos os outros tivessem sua vez. Ela ficou a poucos metros de distância, observando os aldeões e outros proferirem exclamações de admiração enquanto olhavam as estrelas pelo telescópio.

José juntou-se a Rapunzel.

– Eu nunca vi você ser tão paciente com **nenhuma outra coisa** – disse ele.

– Posso ser paciente – protestou Rapunzel. – Às vezes.

José riu.

Depois que o último visitante foi embora, restaram apenas José e Rapunzel. A princesa gesticulou para que ele observasse primeiro. Ele apertou os olhos para espiar pelas lentes.

– Oh, não. Está nublado – lamentou.

– O quê? Não! – Rapunzel exclamou. Então percebeu o sorriso no rosto de José. – Isso *não* é engraçado – ralhou.

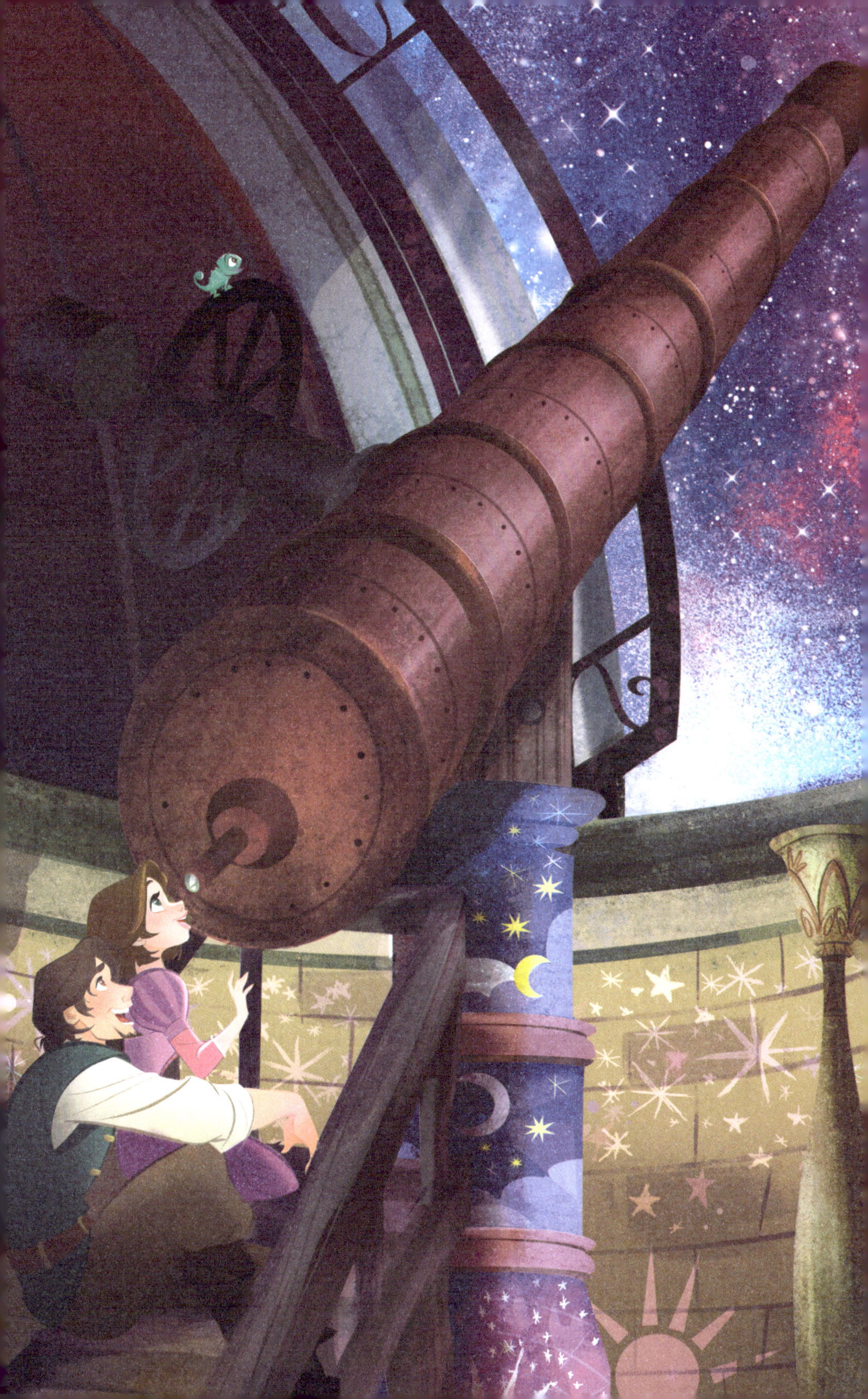

Ela tomou seu lugar no telescópio, nervosa e empolgada. Seria tão incrível quanto esperava? Inclinou-se para espiar pelas lentes... e perdeu o fôlego.

– Oh, José! É tão bonito.

– É sim – ele concordou.

Através das lentes do telescópio, estrelas e planetas, e redemoinhos de gás e poeira, brilhavam e resplandeciam.

– As estrelas que estavam tão distantes... parecem muito mais próximas! – ela constatou. – Mas agora posso ver *ainda mais* estrelas, ainda mais longe. Eu também quero ver *aquelas* estrelas de perto!

José riu.

– Pena que você não possa *voar* até lá. – Ele percebeu uma expressão pensativa no rosto de Rapunzel. – Estou brincando – disse ele. – O que você vai fazer? Construir um foguete?

Rapunzel sorriu para José.

– Por que não? – ela disse. – As estrelas têm um jeito de fazer *tudo* parecer possível.

Quem você ajudará a SEGUIR SEU SONHO?

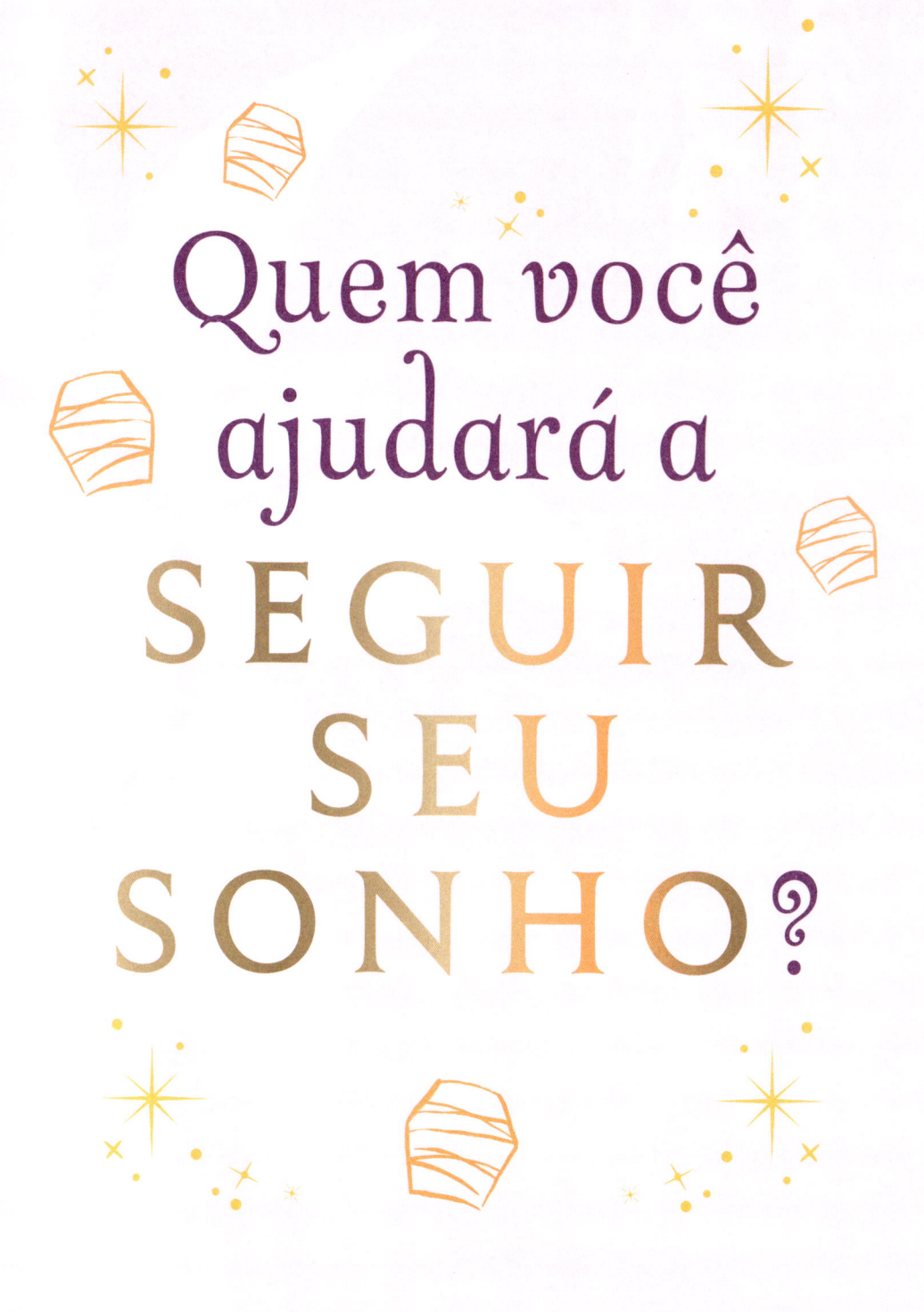

POCAHONTAS

Pocahontas é a princesa da tribo Powhatan. Ela é uma jovem nobre, independente e altamente espiritual carinhosamente apelidada por seu pai de "Pequena Travessa". Embora seja bem jovem, Pocahontas é muito sábia e oferece bondade e orientação para todos aqueles ao seu redor. Ela ama sua terra natal, aventura e a natureza.

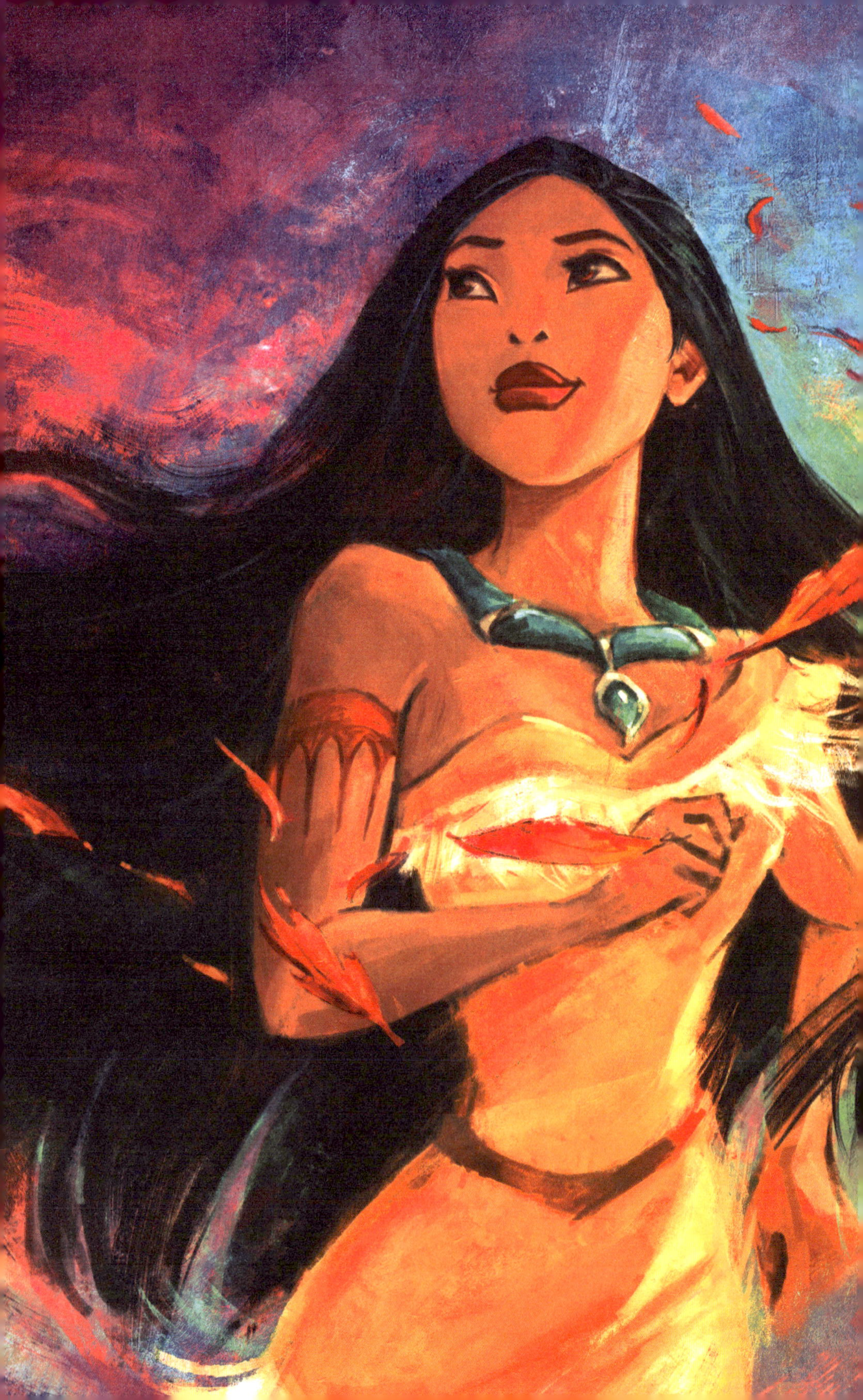

AS TRÊS IRMÃS
ESCRITO POR ELIZABETH RUDNICK
ILUSTRADO POR ALICE X. ZHANG E STUDIO IBOIX
AGRADECIMENTOS ESPECIAIS AO CONSULTOR CULTURAL DAWN JACKSON (SAGINAW CHIPPEWA)

O ***ar estava fresco*** e revigorante enquanto Pocahontas caminhava pela floresta. Sob seus pés, folhas da cor de um fogo acolhedor estalavam e faziam o ar cantar. Ela sorriu. O outono havia chegado. Era a época do ano favorita de Pocahontas. A mudança estava em toda parte. E com essa mudança vinha a promessa de novas aventuras.

– Não é simplesmente lindo, Meeko? – disse, virando-se para olhar o guaxinim cinza e preto correndo ao seu lado. A pequena criatura ergueu os olhos e tagarelou em resposta. Ela riu. Meeko não morria de amores pelo outono – ou pelo inverno que se seguiria. Para ele, a estação significava noites frias, dias curtos e escassez de comida. Mas Pocahontas não estava preocupada. Ela e seu povo haviam trabalhado e vivido naquelas terras por gerações. Eles sabiam a melhor maneira de sobreviver ao inverno rigoroso.

Afastando alguns galhos baixos para poder passar, Pocahontas entrou nos arredores de sua aldeia. Era um dia cheio. A maioria dos homens estava fora, caçando ou pescando, a fim de armazenar para os meses seguintes. Alguns dos homens mais jovens haviam ficado para trás a fim de proteger a aldeia. Acenando para um deles agora, Pocahontas gritou uma saudação. O jovem tentou manter o rosto sério, mas quando Pocahontas passou, ele abriu um largo sorriso.

POCAHONTAS É...

CORAJOSA
PROTETORA
AUDACIOSA
CONECTADA COM
A NATUREZA
GENEROSA
ESPIRITUAL

SONHO DE POCAHONTAS:

Ter a coragem de seguir os passos de outra pessoa

MOMENTO HEROICO:

O grito de paz para acabar com a guerra entre colonos e sua tribo

COMPANHEIROS DE AVENTURAS:

Meeko e Flit

FRASE FAMOSA:

"Meu sonho me aponta um outro caminho."

Caminhando mais para o centro da aldeia, Pocahontas e Meeko chegaram diante do que seria um novo *yi-hakan*. A estrutura da casa comunal estava começando a tomar forma. Conversas fluíam entre amigas, irmãs, mães e filhas enquanto concluíam as várias tarefas necessárias para erguer a construção. Era responsabilidade das mulheres de sua tribo construir as casas, e elas tinham muito orgulho de seu trabalho.

Pocahontas observou por um momento. Ela construíra muitas habitações com essas mesmas mulheres, mas o processo ainda a surpreendia. Levantar uma casa a partir dos recursos da natureza ao seu redor fazia parte de sua tradição e cultura. E, com o passar dos anos, o método não mudara. Algumas mulheres trabalhavam nas árvores jovens, dobrando-as até criarem um formato de U. Outras costuravam as esteiras que acabariam por constituir o telhado. Outras, ainda, recolhiam a lenha que seria usada para alimentar o fogo e manter a habitação aquecida durante o longo inverno. Havia aquelas, também, que trabalhavam com as peles para confeccionar cobertores quentes que acabariam no chão ou nos bancos baixos que revestiam o *yi-hakan*.

Vendo sua amiga Nakoma lutando com um longo galho de uma árvore jovem, Pocahontas apressou-se para dar uma mão.

– Deixe-me ajudá-la – ofereceu, empurrando o galho para baixo. A madeira dobrou sob a pressão de suas mãos até que ambas as extremidades tocassem o solo. Outra meia dúzia já havia sido preparada e posicionada no chão. Não demoraria muito, elas acabariam por formar uma construção comprida e baixa que se assemelharia aos túneis criados por toupeiras no subsolo.

– Obrigada, Pocahontas – agradeceu Nakoma, levantando-se e afastando uma mecha de cabelo escuro do rosto. – Eu estava tendo dificuldade com aquele. A madeira pode não estar pronta, mas não temos tempo para esperar. A família deve se mudar em breve. – Atrás delas, o sol já estava mergulhando no horizonte, fazendo a temperatura do ar esfriar.

Pocahontas assentiu. Ela sabia que o jovem casal que recentemente havia contraído matrimônio gostaria de se mudar para sua nova casa antes da primeira geada. Portanto, cabia a todas elas aprontar a nova residência. O quanto antes.

– Voltarei para ajudar em breve – disse a Nakoma. – Só preciso verificar minhas plantações.

– Claro – Nakoma sorriu. – Estaremos aqui. E vamos precisar de suas Três Irmãs – acrescentou ela, referindo-se ao milho, o feijão e a abóbora que Pocahontas plantara na primavera. Nakoma ergueu os olhos para o céu ensolarado e sem nuvens.

– Tenho a sensação de que este ano o inverno será longo.

Pocahontas seguiu o olhar de sua amiga. No ar acima, um bando de gansos voava para o sul, o padrão de voo em forma de V e seu grasnado anunciando o clima mais frio que viria. Era difícil imaginar uma época em que o mesmo céu ficaria cinza como aço e o chão coberto de neve. Mas as mudanças das estações eram tão inevitáveis quanto a migração dos gansos.

Despedindo-se novamente, Pocahontas dirigiu-se para além da última das casas da aldeia, onde trechos de terra haviam sido escavados e cultivados. Agachando-se, sentiu a terra quente em seus joelhos e respirou fundo. As Três Irmãs estavam crescendo e quase prontas para serem colhidas. Contemplou o viço multicolorido de sua horta. Os tons verdes do milho e do feijão; os tons laranja e amarelos da abóbora. As cores eram intensas, vivas e vibrantes com a promessa do sustento que proporcionariam. Curvando-se sobre a terra, correu os dedos ao longo de uma lisa haste de milho, deslizando-os pelos fios sedosos no topo da espiga antes de apertar um grão carnudo. Pocahontas sorriu, satisfeita com seu trabalho.

Ouvindo vozes, levantou-se e se virou. Um dos sentinelas da aldeia estava se aproximando. Atrás dele, vinham três mulheres inglesas. Pocahontas se alegrou ao ver que uma delas era sua amiga, Pureza Williams. Os olhos de Pureza brilhavam de animação enquanto ela olhava ao redor. As outras duas jovens não pareciam tão satisfeitas. Eram as irmãs de Pureza: Paciência e Prudência. Enquanto a energia de Pureza resplandecia como as folhas de outono ao sol, Paciência e Prudência demonstravam uma atitude de enfado e falta de ânimo. Estavam perceptivelmente contrariadas por estarem ali.

– Pureza! – Pocahontas exclamou, aproximando-se dela, animada. Quando ela viu a seriedade no rosto do jovem sentinela, deu-lhe um sorriso tranquilizador. Não o culpava por sua preocupação. Não fazia muito tempo que os ingleses haviam

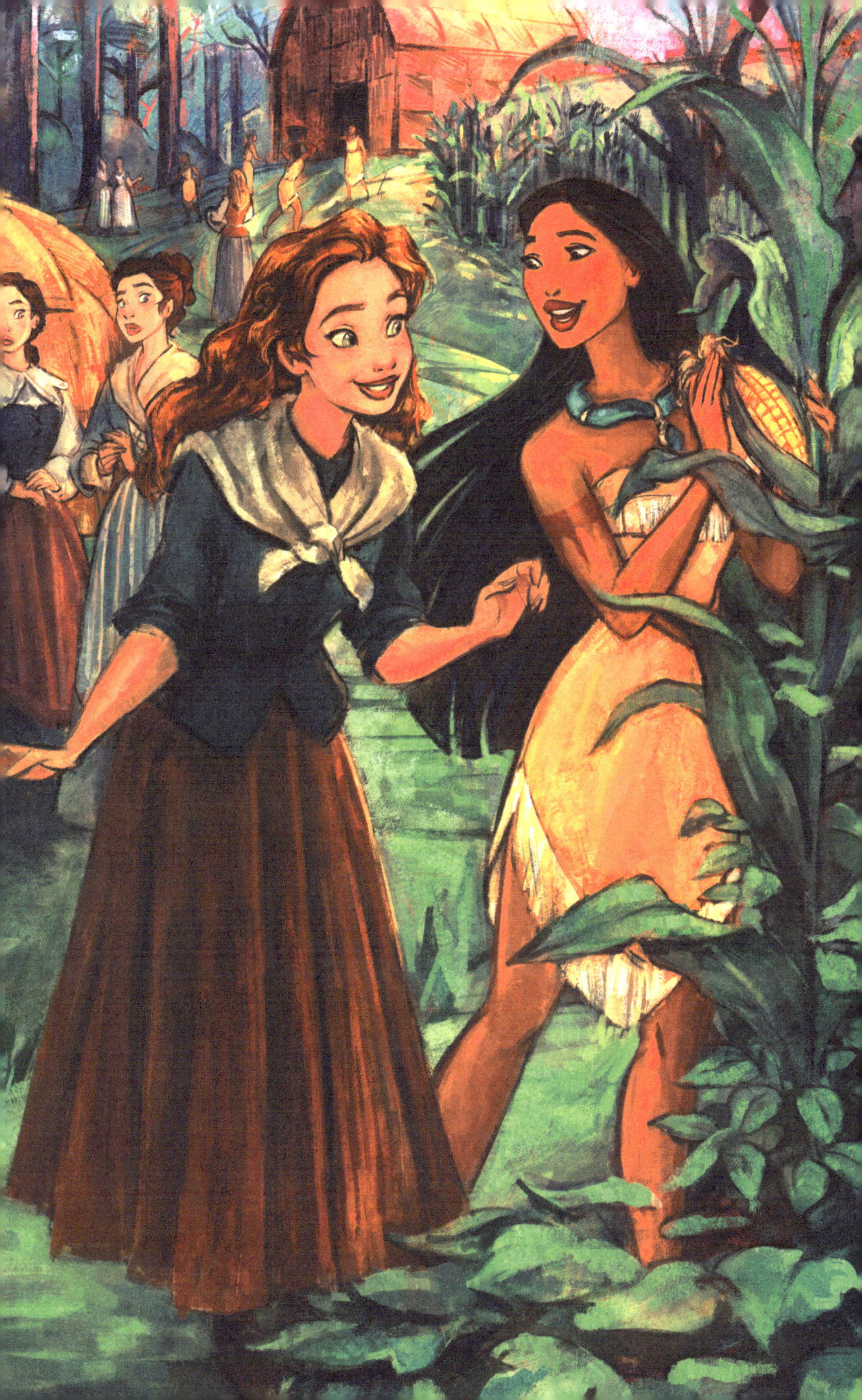

chegado e tensões surgiram entre os dois grupos. Contudo, sob o incentivo e o exemplo de Pocahontas, sua tribo entrou em um acordo de paz com os ingleses. Embora alguns houvessem retornado à Inglaterra, os que ficaram permaneceram amigáveis e respeitosos com a paz forjada por Pocahontas junto com seu pai, o chefe Powhatan, e o inglês John Smith. Ainda assim, não era de se estranhar que o sentinela, por ser jovem, sentisse uma pontada de medo com a chegada de ingleses à aldeia. Todos ainda estavam se acostumando com esse novo estilo de vida.

– Não se preocupe. Essas senhoras são minhas amigas. Elas não são uma ameaça.

Assentindo, o jovem deu um passo para trás e se afastou.

– Olá, Pocahontas – Pureza cumprimentou, caminhando até ela. Pocahontas retribuiu seu sorriso caloroso. As duas tinham acabado de se tornar amigas, mas Pocahontas achava a jovem inteligente e vivaz uma ótima companhia. Visitara-a na aldeia inglesa várias vezes, mas esta era a primeira vez que Pureza vinha até ela. – Vim na esperança de que você pudesse nos mostrar a sua aldeia – ela lhe dizia agora. – Minhas irmãs ficaram muito animadas quando mencionei que poderíamos vir. – E olhou para Prudência e Paciência. As garotas não disseram nada. Paciência simplesmente deu de ombros e a testa franzida de Prudência apenas se intensificou.

Pocahontas conteve uma risada. Tinha certeza de que as irmãs de Pureza não tinham desejo de ter vindo. Mas Pureza sabia ser persuasiva quando queria. Deveriam ter colocado nela o nome de Perseverança.

– É claro – disse Pocahontas. – Será um prazer mostrar tudo a vocês.

– Esplêndido – disse Pureza, unindo as mãos de alegria. E apontou para as plantas crescendo à sua frente. – Você está colhendo essa comida? Agora?

Pocahontas concordou com a cabeça.

– Colherei em breve – respondeu. – Nós plantamos na primavera e depois esperamos até a primeira geada antes de fazer a colheita. Isso permite que elas cresçam mais. – Uma por uma, Pocahontas apresentou às três irmãs suas próprias Três Irmãs: o milho, o feijão e a abóbora. – É importante que plantemos os três tipos juntos. Sozinhos, eles se desenvolveriam bem, mas são mais fortes e crescem melhor quando plantados próximos. Isso nos manterá alimentados enquanto o inverno durar.

Para sua surpresa, Paciência deixou escapar uma risada. Mas não foi uma risada gentil.

– Você faz o plantio? – ela perguntou. – Por quê?

– Sim, por quê? – acrescentou Prudência, suas sobrancelhas espessas ficando ainda mais próximas.

Pocahontas ficou em silêncio por um momento. Ela compreendia que as mulheres inglesas levavam uma vida muito diferente da de seu povo. Respirando fundo, explicou.

– É função das mulheres em nossa aldeia cuidar da colheita. Devemos assegurar que tenhamos comida suficiente para todos, não apenas para nossa própria família, quando o inverno chegar. Quanto mais alimentos cultivarmos, mais colheremos, e melhor comeremos.

– Mas são *vocês* que fazem todo esse trabalho? – questionou Prudência. – Essa é a coisa mais estúpida que já ouvi. Os homens não saem para providenciar comida para o inverno? Isso é o que nossos homens fazem quando precisamos de comida ou provisões. Afinal, é função dos homens providenciar comida para nós. Não o contrário. Então, nós a preparamos.

– Prudência! – Pureza repreendeu em um tom áspero. – Nem toda cultura é igual. – Virando-se para sua amiga, ela encolheu os ombros. – Perdoe minha irmã. Nem sempre ela pensa antes de falar. *Eu* acho maravilhoso que você tenha um trabalho tão importante.

Um grito alto vindo da aldeia assustou o grupo. Prudência e Paciência deram um passo para trás, um lampejo de medo transparecendo em suas expressões. Mas Pocahontas não estava preocupada, apenas curiosa. Passando pelas duas mulheres, ela foi na direção do som.

– Eu sinto muito – Pureza disse num sussurro, caminhando ao lado dela para acompanhá-la. Atrás das duas, Prudência e Paciência seguiam com relutância. – Achei que seria divertido para minhas irmãs. Elas ficam enfurnadas em casa o dia todo reclamando. Pensei que uma caminhada poderia fazer bem a elas.

– Não se desculpe – disse Pocahontas, estendendo a mão e apertando o braço da jovem. – Estou feliz em ver uma amiga. Está tudo bem com você?

Uma pontada de tristeza manifestou-se no rosto geralmente alegre de Pureza.

– Está tudo bem – ela disse, ainda sussurrando. – Só me preocupo por não estarmos prontos para o inverno que vem por aí. Não como vocês estão.

A jovem tinha motivos para se preocupar. Pocahontas vira o assentamento inglês e ainda estava muito longe de estar preparado para o inverno. Mas ela não externou tal constatação. Ela sabia que isso só faria Pureza preocupar-se ainda mais. Em vez disso, Pocahontas diminuiu o passo para que as irmãs pudessem alcançá-las. Elas estavam levantando a barra de seus vestidos compridos enquanto caminhavam delicadamente na ponta dos pés pelo chão.

– Vocês não têm pedras ou um caminho para pisarem? – Prudência choramingou.

– Tem toda razão – Paciência acrescentou também num tom de lamúria.

Pureza inclinou-se para sussurrar a Pocahontas:

– Não temos belas calçadas também. Minhas irmãs ainda acham que este Novo Mundo deveria se parecer com uma efervescente cidade inglesa.

– E que fedor é este? – Paciência franziu o nariz. – Tem cheiro de madeira molhada.

– É mesmo madeira molhada – respondeu Pocahontas. – Nós coletamos madeira para secar. A madeira molhada não queima tão bem e deixaria nossas casas enfumaçadas. Então, secamos a madeira agora para que esteja pronta para uso quando os dias ficarem mais frios.

Prudência estremeceu.

– Mais frios? – ela repetiu. – Já está muito frio. Eu deveria estar usando o meu xale, mas Pureza estava com tanta pressa de sair que acabei deixando-o em casa. Estou praticamente congelando.

– Lamento ouvir isso – disse Pocahontas. Avistando um cobertor de pele sobre um banco do lado de fora de uma das habitações, ela o ofereceu a Prudência.

A jovem recuou como se a pele pudesse de repente se tornar o animal vivo ao qual pertencera.

– Eu prefiro tremer – disse ela.

Pocahontas deu de ombros. Ela havia tentado.

Prosseguindo, finalmente chegaram à origem do grito. Viera do local onde estavam levantando a nova casa. Os olhos de Pureza se iluminaram quando ela viu a estrutura.

– Puxa vida! – encantou-se. – Olhem só para isso! É como o esqueleto de uma casa!

– Sim – Pocahontas deu uma risada. – Não está nem perto de terminar, mas nós estamos trabalhando duro.

– Vocês? – Paciência interveio. – Não me diga que também constroem suas casas, assim como fazem a colheita. – Ela balançou a cabeça. – Vocês certamente são um povo estranho.

Pocahontas inclinou a cabeça.

– Estranho? – ela repetiu. – Isso não é estranho. Esta é a nossa tradição. Construímos nossas casas. Por que não faríamos isso? Afinal, elas pertencem a nós.

Para seu choque, tanto Paciência como Prudência pareciam horrorizadas.

– O que você quer dizer com "pertencem a nós"? Certamente quer dizer que elas são de seus maridos – disse Paciência, falando por si e pela irmã.

Pureza lançou à irmã um olhar de censura antes de se virar para o local da moradia em construção.

– Acho isso notável – elogiou. – Não podemos decidir coisa alguma em nossos lares, exceto como decorá-los. E o que é aquilo ali? – perguntou, apontando para um buraco redondo no meio da estrutura.

– É onde ficará a fogueira – explicou Pocahontas. – Para a madeira que recolhemos. Haverá esteiras para dormir próximas a ela, e podemos cozinhar sobre o fogo também. Nós secamos parte da carne que os homens caçaram durante os meses de verão e a adicionamos aos nossos vegetais. Também defumamos parte dela para comermos pura. – Pocahontas se lembrou do que Prudência dissera sobre seus homens caçando. – É difícil encontrar animais no inverno. Assim como nós, eles se protegem e se escondem para se aquecerem. Alguns até dormem durante todo a estação. Embora não tenhamos esse luxo. – Pocahontas acompanhou a última frase com um sorriso, na esperança de provocar outro nos rostos de Prudência e Paciência.

Mas Prudência apenas fez uma careta.

– Bem, acho que já vimos o bastante, Pureza – disse ela. – Eu gostaria de voltar para casa agora... Onde fazemos coisas que uma mulher *deveria* fazer. Não brincar de construir casas e colher plantações. – Girando nos calcanhares, ela começou a ir embora. Mas seus passos foram retardados por seu longo vestido e ela acabou cambaleando mais do que saindo em disparada. Paciência saiu atrás dela.

Com um pedido de desculpas no olhar para Pocahontas, Pureza se virou para seguir suas irmãs.

– Obrigada – ela disse por cima do ombro. – Eu adorei ver tudo isso. Espero poder voltar em breve... de preferência, sozinha da próxima vez. – E com um leve sorriso, Pureza também se foi.

Observando-as partirem, Pocahontas franziu a testa. Tinha consciência de que este era um novo mundo para as mulheres inglesas. Só queria que elas fossem um pouco mais abertas às diferenças.

Algumas semanas depois, Pocahontas parou em frente à casa comunal concluída. Ela sorriu ao ver as mulheres da aldeia reunidas ao redor, ajudando o novo casal a encher a habitação com peles e esteiras. Tinha sido um trabalho árduo, mas elas haviam terminado a habitação e realizado a colheita – e bem a tempo, ao que parecia. Olhando para o alto, viu que as nuvens estavam carregadas e cinzentas. Uma tempestade estava se aproximando.

Como se sentisse seus pensamentos, um único floco de neve caiu do céu. Um momento depois, caiu outro, em seguida outro e então mais um. Quase que instantaneamente, o céu foi tomado de branco. Não se tratava apenas de uma tempestade; este era o pior tipo de tempestade – uma nevasca de início do inverno. Qualquer pessoa presa do lado de fora ou pega desprevenida corria o risco de sofrer queimaduras de frio, ou algo pior.

Seguindo o exemplo dos demais, Pocahontas se pôs a caminho de sua própria casa comunal. Instalando-se ao lado do fogo quente, Pocahontas ouviu o pai e vários outros anciãos da tribo falarem sobre o que a antecipação da tempestade poderia significar. Ela captou as palavras "inglês", "sinal" e "perigo", entre outras, e soltou um suspiro de desânimo. Esperava que este inverno fosse fácil para todos eles. Ajustar-se à chegada dos ingleses já era bastante difícil. Adicionar uma longa temporada de tempestades serviria apenas para aumentar as tensões latentes.

A tempestade seguia furiosa lá fora, mas, dentro de sua casa comunal, Pocahontas se sentia segura e aquecida. Eles estavam preparados, até mesmo para a tempestade que chegara mais cedo. E embora soubesse que isso significaria mais trabalho quando a borrasca passasse, em seu íntimo, ela apreciava tais condições climáticas. O frio unia as pessoas e, apesar dos perigos do lado de fora, Pocahontas ouvia o burburinho caloroso de uma boa conversa dentro da habitação e das outras ao redor.

Ela estava prestes a se acomodar para trabalhar em uma esteira de presente para a nova família quando a entrada de sua própria habitação abriu-se com violência, trazendo consigo um monte de neve. Um dos jovens de sua tribo estava parado diante da abertura, seus cabelos escuros cobertos de branco. Havia uma figura atrás dele e, quando ele entrou, a figura tomou forma, revelando Pureza.

Pocahontas levantou-se de um salto e correu para a amiga. Pureza estava tremendo sob uma capa, suas faces claras vermelhas de frio.

– Pocahontas! – ela gemeu. – Você tem que nos ajudar! O telhado da nossa casa não estava pronto para esta tempestade. Ele desabou completamente, e minha família está congelando. – Ela os indicou com um gesto de cabeça. – Eles estão aqui comigo, está tudo bem?

– Só preciso pedir ao meu pai – disse Pocahontas. Virando-se, foi até onde seu pai estava sentado. Seu rosto estava sério, como se ele já soubesse a pergunta que a filha iria fazer. Ela rapidamente lhe contou o que havia acontecido. Por um momento, o Chefe Powhatan hesitou. Pocahontas mal respirava, na expectativa da resposta. Ela sabia que estava pedindo muito. Compartilhar a comida e o fogo drenaria seus próprios recursos. Mas seu pai lhe ensinara a avaliar o certo e o errado. E virar as costas para a família de Pureza agora seria errado. Finalmente, ele assentiu.

Dando um abraço rápido em seu pai, Pocahontas se virou e caminhou até Pureza.

– Sua família é bem-vinda em nossa casa até a tempestade passar – disse ela.

– Oh, obrigada, Pocahontas! – Pureza disse, agarrando suas mãos e apertando-as com força. – Obrigada. – Depois de voltar para o lado de fora, curvando-se para passar pela entrada, ela voltou instantes depois com Paciência, Prudência e um casal mais velho que, a julgar pelas expressões austeras como as de Paciência e Prudência, eram seus pais.

– Bem-vindos – recebeu-os Pocahontas. – Por favor, aqueçam-se perto do fogo. Eu vou pegar um pouco de comida para vocês. Vocês devem estar famintos.

Paciência, com a carranca sempre presente em seu rosto, assentiu.

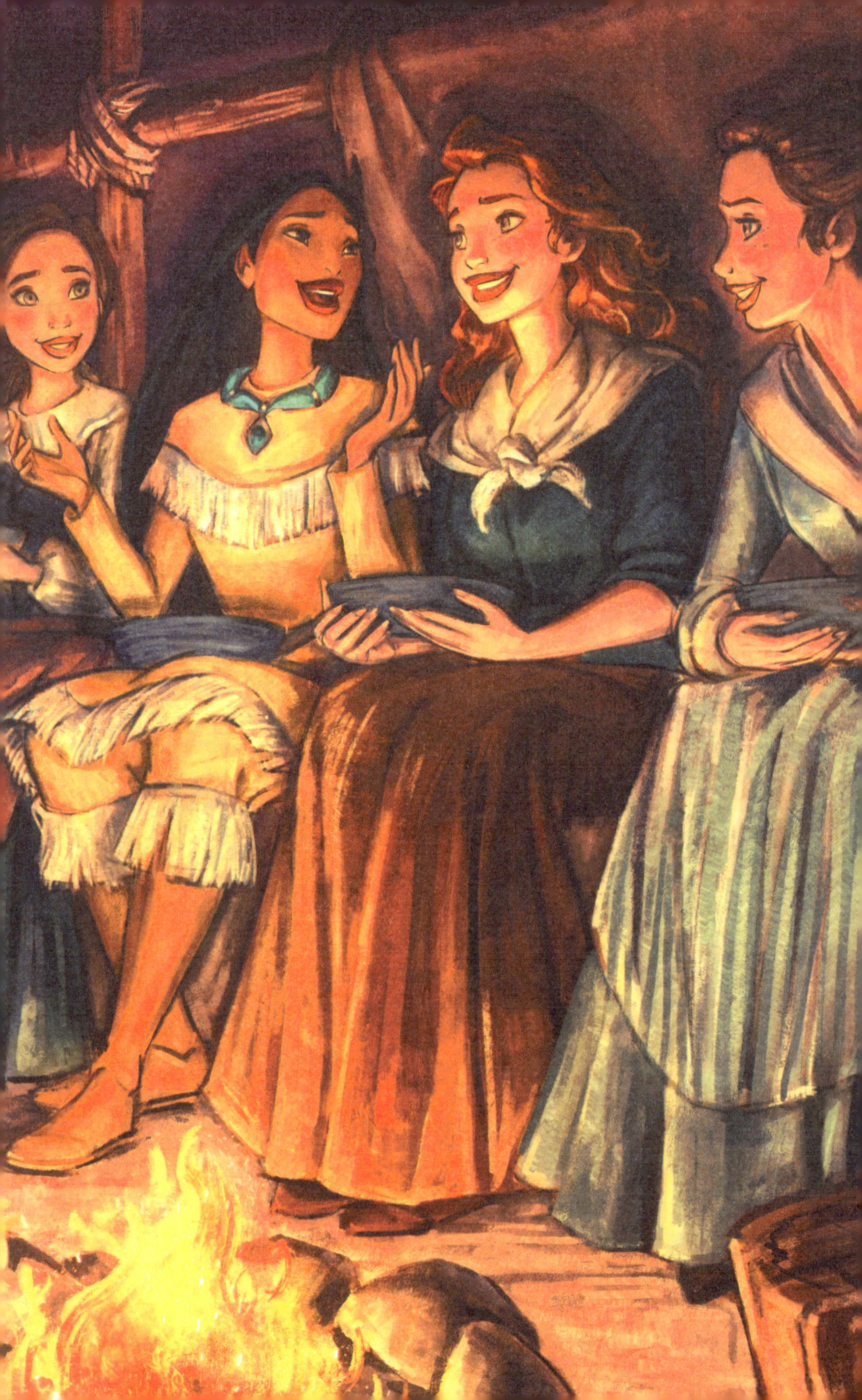

– Não vamos incomodá-los por muito tempo. Podemos ver que vocês já estão com falta de espaço aqui. – Ela gesticulou para os vários membros da tribo que estavam reunidos na casa comunal do chefe.

– Paciência! Já chega! – Pureza ralhou, com expressão severa. – Seja grata pela hospitalidade que Pocahontas e sua família estão nos oferecendo. Agora, sente-se. E fique quieta.

Pocahontas sorriu com orgulho. Pureza era uma força mais poderosa do que qualquer tempestade. Ela observou enquanto a família de sua amiga caminhava lentamente para o centro da habitação e se aproximava do fogo. A princípio, os membros da tribo ficaram em silêncio, esperando para ver o que aconteceria a seguir. Mas, à medida que os minutos passavam, a casa comunal foi ficando mais acolhedora – tanto pelo calor do fogo quanto em relação às emoções de seus ocupantes.

Sentada ao lado de Pureza, Pocahontas riu quando várias das crianças mais novas da aldeia tentaram brincar com Paciência e Prudência.

– Acho que elas não percebem que minhas irmãs nunca se divertiram, mesmo quando eram crianças – sussurrou Pureza.

– Fique olhando – Pocahontas sussurrou de volta. – Aposto que as crianças conseguirão colocá-las na brincadeira já, já.

Enquanto a tempestade continuava a soprar lá fora, Pocahontas e várias das outras mulheres trouxeram comida de seus estoques. Elas a distribuíram e, devido à boa colheita, não faltou para ninguém.

– Isto é delicioso – exclamou a mãe de Pureza após o primeiro bocado de milho cozido com abóbora. – Não podemos deixar de pegar a receita com você, Pocahontas.

– Não acredito que tenhamos receitas como você está acostumada, Senhora Williams – Pocahontas disse delicadamente.

– Mas eu ficaria feliz em mostrar algum dia como nós a preparamos, se você quiser.

– Por favor – respondeu a Senhora Williams. – Você é bem-vinda em nossa casa a qualquer hora. Afinal, foi tão gentil em abrir a sua para nós.

Assentindo, Pocahontas voltou-se para a sua refeição. Entretanto, sentindo-se observada, ergueu a vista. Prudência e Paciência estavam paradas diante dela. Para sua surpresa, as duas pareciam bastante... envergonhadas.

– Nós só queríamos dizer... – Prudência começou.

– ... que lamentamos por termos agido de forma tão rude... – Paciência acrescentou.

– ... na semana passada – Prudência terminou. – Estávamos erradas em julgá-la. Pureza estava certa. Você é forte e tem muito conhecimento sobre este lugar. Nós não o compreendemos de todo. Ainda não. – Ela fez uma pausa e ouviu enquanto o vento uivava lá fora. – Eu me pergunto se, hã...

– Acho que o que ela quer dizer – interrompeu-a Pureza, juntando-se às irmãs –, é que, talvez, você poderia fazer a gentileza de nos ensinar um pouco. Para o próximo inverno, claro. Como cultivar, talvez? – Pureza olhou para os pratos de comida cheios, apesar da tempestade forte lá fora.

Prudência concordou com a cabeça. Um leve sorriso se formou em seu rosto. Isso fez Prudência parecer anos mais jovem, e Pocahontas finalmente percebeu uma certa semelhança familiar com Pureza.

– Sim. Quando a primavera chegar, quem sabe você possa nos mostrar como plantar também. As... como foi que as chamou?

– Três irmãs – respondeu Pocahontas. – Sim, claro. E, até lá, vamos compartilhar nossa comida e nosso fogo. – Ela fez uma pausa e olhou ao redor da casa comunal, cheia de pessoas tão diferentes, mas reunidas pelas mesmas necessidades. Tudo havia mudado em sua aldeia com a chegada da nova estação. Mas era uma mudança para melhor. – Como as Três Irmãs – acrescentou Pocahontas –,

nós somos,
e sempre seremos,
MAIS FORTES
quando CRESCEMOS
juntos.

Que habilidade VOCÊ pode ENSINAR a um amigo?

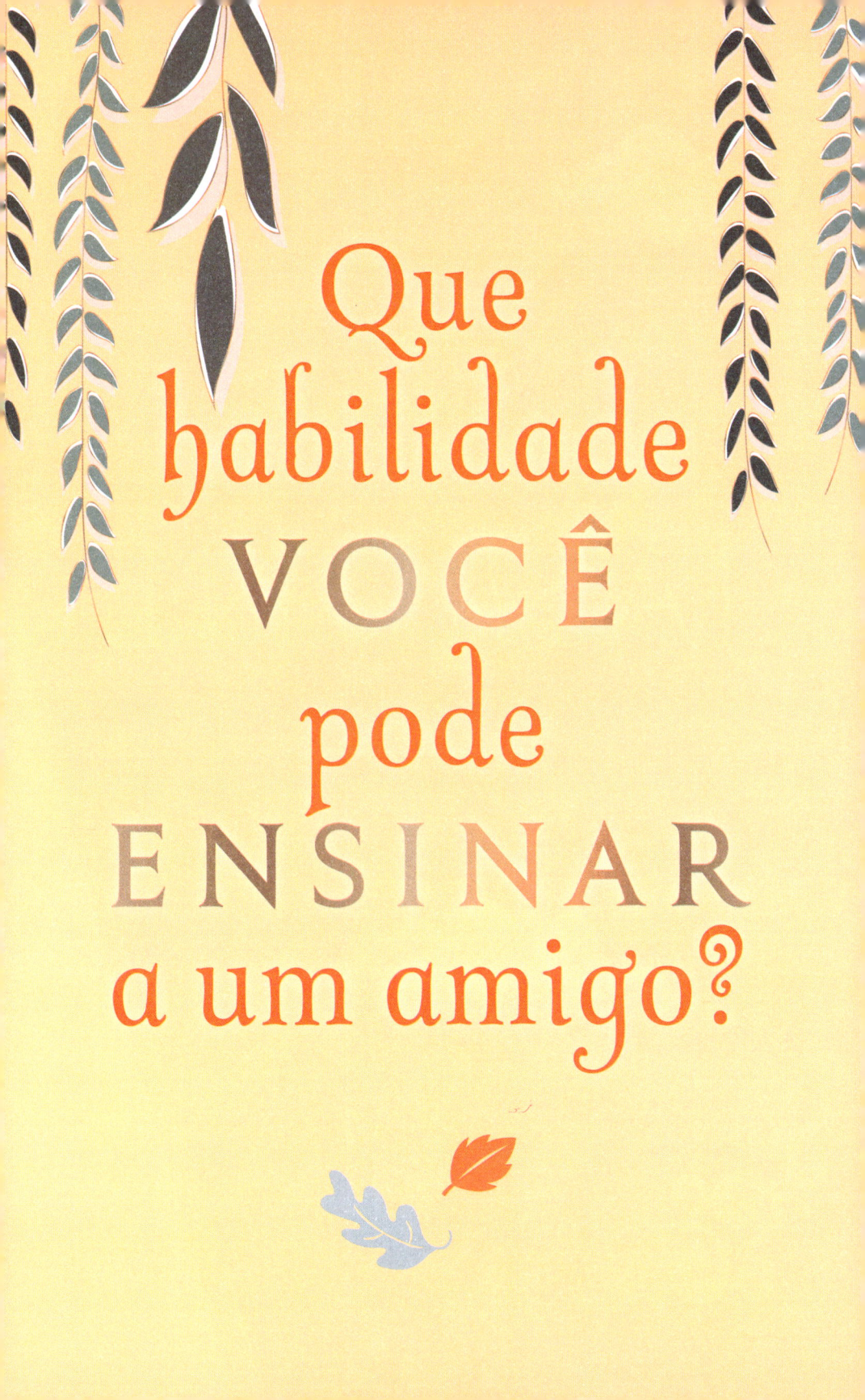

JASMINE

Jasmine é a princesa de Agrabah. Ela é incrivelmente independente e forte. Não tem medo de falar o que pensa, não importa quem esteja enfrentando, e nunca hesitará em defender o que é certo, especialmente pelo bem dos outros. Jasmine é extremamente compassiva e preocupada com seu reino, sua família e seus amigos.

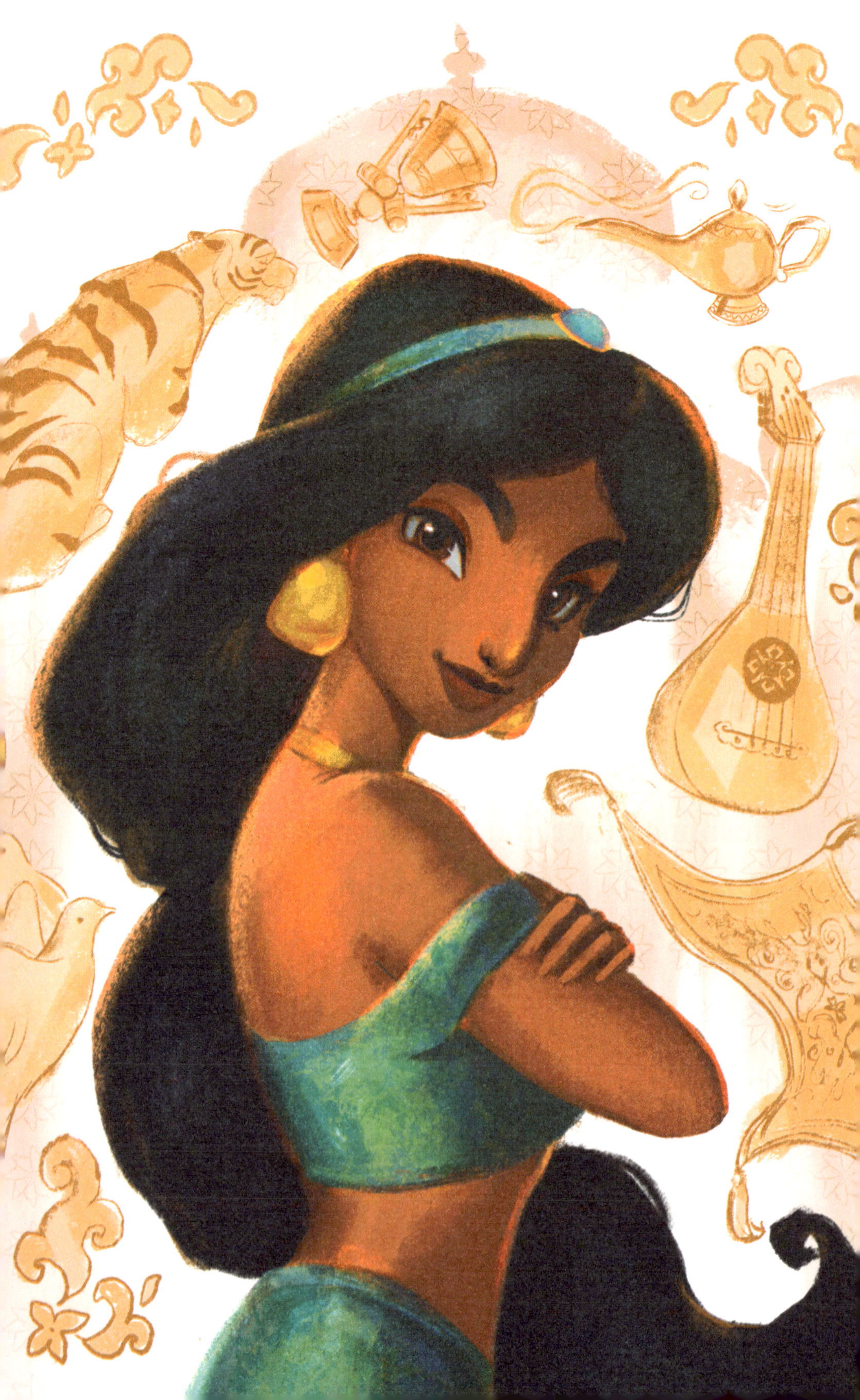

POLO DAS PRINCESAS
ESCRITO POR KITTY RICHARDS
ILUSTRADO POR NABI H. ALI

Certo dia, durante o café da manhã, Jasmine recebeu uma carta do Clube de Polo das Princesas.

– Finalmente chegou! – ela exclamou.

O pai de Jasmine, o Sultão, observava com entusiasmo, enquanto Rajah, seu leal tigre, cheirava a bandeja que apoiava a carta. Aladdin e seu macaco, Abu, esticaram o pescoço em expectativa. Até o Gênio ficou em silêncio enquanto esperava que Jasmine compartilhasse as novidades. Ela rasgou o envelope e leu:

Cara princesa Jasmine,
Parabéns! Você foi selecionada para ser
uma capitã de equipe do Clube de Polo das Princesas.
Por favor, apresente-se no Campo de Qamar
amanhã de manhã para encontrar seu time:
as Conquistadoras Reais.

Gratos,
Equipe do Clube de Polo das Princesas

Jasmine explicou que os Jogos de Polo das Princesas aconteciam apenas uma vez por ano. Princesas de reinos de todo o mundo vinham competir. Este ano, os jogos seriam realizados em Agrabah, e Jasmine queria nada mais nada menos do que

JASMINE É...
ANIMADA
COMPASSIVA
GENEROSA
SEGURA DE SI
MENTE ABERTA
INCLUSIVA

SONHO DE JASMINE:
Explorar um mundo totalmente novo

MOMENTO HEROICO:
Lutou contra Jafar para salvar sua família

COMPANHEIRO DE AVENTURAS:
Rajah

FRASE FAMOSA:
"Não posso continuar aqui sem poder viver a minha vida."

ganhar o troféu de ouro do Clube de Polo das Princesas, assim como sua mãe havia feito muitos anos antes.

– Que emocionante! – Aladdin exultou. Abu guinchou, concordando.

O gênio acenou com a cabeça.

– Mal posso esperar para torcer por você! – Com uma nuvem de faíscas azuis, ele se transformou em uma líder de torcida com um megafone e pompons. – Vai, Jasmine!

O sultão sorriu de alegria.

– Gostaria que sua mãe estivesse aqui para ver você seguindo os passos dela – disse à filha.

– Eu também – Jasmine respondeu. Polo era um esporte que Jasmine apreciava desde que era pequena. Ela amava jogar ao ar livre, sentindo a força de seu cavalo enquanto galopavam pelo campo, e aquela sensação mágica de conexão com suas companheiras de equipe. Mas, acima de tudo, amava que o polo fosse algo que a conectava com sua mãe, que tinha predileção pelo esporte e dera a Jasmine seu primeiro taco.

Pedindo licença para se retirar da mesa do café da manhã, Jasmine agarrou a carta com força e se dirigiu a um lugar que adorava visitar. O ruído suave de seus passos era o único som no grande corredor de mármore. Jasmine parou em frente a uma tapeçaria gigante na parede. Nela, havia a imagem tecida do time de polo de sua mãe. As quatro companheiras comemoravam alegremente ao subirem no pódio da vitória. A mãe de Jasmine estava na frente e no centro, segurando orgulhosamente um troféu dourado.

– Eu me esforçarei ao máximo para ganhar o troféu, mamãe – Jasmine sussurrou. – Vou ganhá-lo por você.

Na manhã seguinte, o sol quente castigava o reino de Agrabah. Jasmine se arrumou depressa para o dia que teria pela frente, parando apenas para ver se o Tapete Mágico voaria com ela para o campo. Com um redemoinho no ar e um agitar de suas borlas, o tapete estava pronto!

– Tchau, pai! Vejo vocês mais tarde, pessoal! – Jasmine gritou enquanto pulava no tapete. – Desejem-me sorte!

A dupla voou para fora da varanda e para longe dos jardins do palácio em direção ao Campo de Qamar. O estômago de Jasmine estava agitado como um bando de pombas.

Ela entrou no campo e postou-se ao lado de três outras jovens. Todas elas se apresentaram. Então, uma mulher mais velha se aproximou, seus passos elegantes e fortes, e parou diante das princesas. Jasmine teve a impressão de que a mulher lhe era familiar, mas não conseguia identificar onde exatamente já vira aquele rosto.

– Bem-vindas, capitãs! – saudou a mulher. – Sou a presidente do Clube de Polo das Princesas. Logo mais, eu as apresentarei às suas equipes. Cabe a vocês treiná-las bem. No fim da nossa temporada, uma última partida determinará a vencedora do troféu de ouro.

– Serei eu – afirmou a princesa Farah, cruzando os braços sobre o peito de forma confiante. – Eu sempre ganho, não importa o que aconteça.

Bem, você acaba de encontrar alguém à sua altura, Farah, pensou Jasmine.

A presidente anunciou cada uma das equipes. Primeiro, havia as Monarcas Majestosas. Três princesas em trajes combinando, na cor magenta, chegaram cavalgando, empertigadas em suas selas. As Super Sultanas surgiram em seguida. Elas eram igualmente impressionantes, vestidas de verde. Assim como as Ases Espetaculares, que usavam uniformes cor de laranja e tinham um olhar feroz.

O coração de Jasmine disparou de expectativa. Sua equipe era a próxima. Ela mal podia esperar para conhecer as mulheres que conduziria à vitória!

– E, por último, mas não menos importante – anunciou a presidente –, as princesas Kamali, Amira e Zayna: as Conquistadoras Reais!

Jasmine sorriu, mas então seu sorriso vacilou quando suas companheiras de equipe apareceram.

A princesa Farah zombou.

– Estão mais para *Perdedoras* Reais.

As três princesas da equipe de Jasmine não cavalgaram exatamente para o campo, mas ficaram vagando como se não tivessem ideia de para onde estavam indo. A princesa Kamali estava agarrada ao pescoço de seu cavalo como se sua vida dependesse disso, com um pavor visível de cair. A princesa

Amira estava com o nariz enterrado em um livro, sem prestar atenção enquanto seu cavalo se dirigia para um trecho de grama particularmente suculento e começava a pastar. E a princesa Zayna havia saltado de seu cavalo e estava plantando bananeira e dando estrelas pelo campo.

Enquanto Farah ria, Jasmine endireitou os ombros. Não estava pronta para desistir de suas companheiras de equipe. Faria o que fosse necessário para deixá-las preparadas para a competição.

As equipes se dispersaram pelo campo para começar a praticar, e Jasmine distribuiu tacos para suas companheiras. Kamali mal soltou o pescoço do cavalo por tempo suficiente para apanhar o seu. Amira enfiou o dela debaixo do cotovelo enquanto avidamente virava a página de seu livro. Enquanto isso, Zayna girava seu taco como se fosse um bastão de ginástica.

Jasmine mordeu o lábio e decidiu que a melhor maneira de treinar sua equipe seria discipliná-las com rigor, para o próprio bem delas.

Ela limpou a garganta e gritou as ordens:

– Kamali, sente-se direito! Não há nada a temer. – Dirigiu-se às demais companheiras de equipe: – Guarde o livro, Amira. Você acha que está na biblioteca? E, Zayna, volte para sua sela, agora!

As princesas a encararam. Então, Zayna começou a chorar no meio de uma bananeira.

Antes que Jasmine tivesse a chance de mudar sua abordagem, o cavalo que Amira estava montando esbarrou distraidamente no cavalo de Kamali, assustando-o. O cavalo empinou! Se Kamali já estava com medo antes, agora então estava apavorada. O cavalo saiu correndo com Kamali agarrada à sua crina. Os dois foram direto para Zayna, que ainda estava de ponta-cabeça. Ela saltou fora do caminho bem a tempo, as lágrimas momentaneamente esquecidas.

Jasmine não conseguia acreditar no que via; nada estava saindo como o planejado. Sua equipe nem sabia como segurar os tacos! Pior ainda, elas não demonstravam qualquer interesse em vencer a competição. As esperanças de Jasmine de conquistar o troféu de ouro estavam indo por água abaixo.

– O treino acabou – Jasmine anunciou com um suspiro. – Voltem amanhã, prontas para jogar.

Completamente desanimada, Jasmine foi falar com a presidente, que estava sentada na arquibancada.

– Tem que haver algum engano – implorou. – Minhas companheiras de equipe não têm ideia do que estão fazendo!

A presidente balançou a cabeça e sorriu de forma calorosa.

– As equipes foram escolhidas especificamente de acordo com os pontos fortes de cada capitã. Você consegue, princesa Jasmine.

Quando Jasmine voltou para casa, o Gênio tentou animá-la. Ele esticou seu rosto intensamente azul no formato de uma cara de pato.

– Por que esse bico? – ele perguntou.

Mas Jasmine nem mesmo esboçou um sorriso.

– Como foi o seu primeiro treino? – quis saber Aladdin naquela noite.

– Não muito bem – disse ela. – Nunca vou ganhar aquele troféu.

– Dê o seu melhor, simplesmente – disse Aladdin. Jasmine esperava que seu melhor fosse bom o suficiente.

No dia seguinte, Jasmine chegou ao campo munida de paciência. Ela convidou suas companheiras de equipe a amarrar seus cavalos e sentar ao lado dela na grama.

– Acho que precisamos COMEÇAR DO ZERO!

– ela explicou. – Polo é um jogo e os jogos são divertidos. Vamos começar aprendendo o básico. Por exemplo, como montar um cavalo, como segurar um taco de polo e como acertar uma bola. Parece um bom plano?

As princesas se entreolharam e então assentiram para Jasmine.

– Ótimo – Jasmine disse com um sorriso radiante. – Vamos começar.

Passo a passo, ela ensinou seu time a jogar polo. Mostrou às companheiras como rebater a bola para o gol e como impedir que o time adversário esbarrasse em seus cavalos ou enganchasse seus tacos. Logo, Kamali, Amira e Zayna estavam começando a pegar o jeito. Ainda havia alguns contratempos, como quando Zayna tentou pular de seu cavalo para o de Kamali ou quando o cavalo de Amira começou a comer páginas de seu livro. Mas, desta vez, a equipe caiu na risada em vez de se debulhar em lágrimas.

A cada dia de treino, a equipe de Jasmine ia melhorando no polo – e Jasmine se tornou uma capitã de equipe ainda mais hábil. Ela inicialmente pensara que ser capitã de equipe significava dizer às suas companheiras o que fazer. Mas aprendeu que funcionava melhor ser solidária e encontrar maneiras de aumentar a confiança de cada colega de equipe.

Conforme o torneio se aproximava, Jasmine decidiu que seu time estava pronto para tentar um novo tipo de prática.

– Hoje vamos disputar um jogo *diferente*! – Jasmine anunciou às princesas. Ela configurou um padrão de bolas em

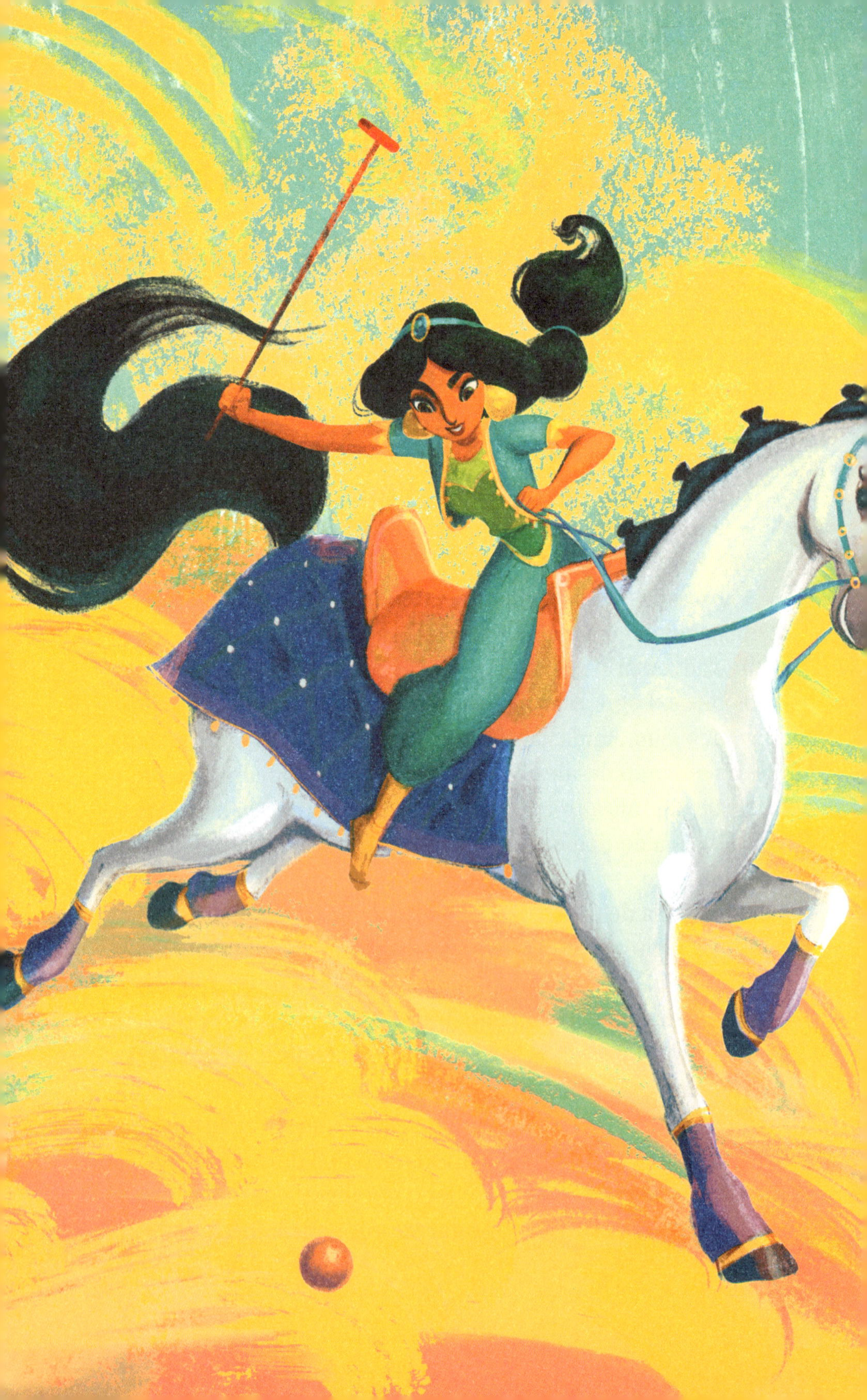

zigue-zague ao redor do campo. – Vamos ver quem consegue acertar mais bolas!

Kamali, Amira e Zayna correram pelo campo. Jasmine viu que Kamali estava tão determinada a não cair de seu cavalo que esbarraria nas outras jogadoras para impedi-las de esbarrar nela!

Amira acabou se revelando uma rebatedora incrível – contanto que ela fingisse que era uma heroína de um de seus livros.

E quando Zayna percebeu que seu cavalo era tão enérgico quanto ela, os dois formaram uma bela dupla. Eles sempre chegavam primeiro na bola!

– Ei, olhem só pra mim! – Kamali gritou. – Estou jogando polo!

– Somos duas! – retrucou Amira.

– Três! – gritou Zayna.

Jasmine não pôde deixar de sorrir. Sua equipe podia não ter muito talento, mas elas estavam aprendendo as regras. E o melhor de tudo: estavam se divertindo ao fazer isso.

Por fim, a competição chegou e o jogo de verdade teve início. Elas ganharam algumas partidas, perderam outras. No entanto, a cada jogo, Jasmine encorajava suas companheiras de equipe a usar seus pontos fortes para darem o melhor de si. Não demorou para que ganhassem partidas suficientes para garantir um lugar nas finais contra as Monarcas Majestosas!

– Ótimo trabalho, equipe – Jasmine parabenizou enquanto as princesas conduziam seus cavalos para o estábulo, acariciando orgulhosamente suas crinas. – Vamos para casa descansar um pouco. Amanhã é o grande jogo!

Enquanto todas deixavam o campo, Jasmine ficou atrás de sua equipe e de algumas jogadoras das Monarcas Majestosas, que haviam terminado seu jogo ao mesmo tempo que as Conquistadoras Reais.

– Os jogos de hoje foram divertidos, mas estou trocando as pernas de exaustão – disse Amira, bocejando.

– Pelo menos você pode aproveitar sua vitória – disse uma jogadora das Monarcas. – Farah é tão cruel. Ela está sempre gritando para cavalgarmos mais rápido e nos empenharmos mais no jogo. Nada do que fazemos é bom o suficiente.

Outra jogadora das Monarcas se juntou à conversa.

– Talvez Farah precise pegar seu livro emprestado, Amira – disse ela, apontando para o título da obra: *Como vencer em equipe*. – A capitã do nosso time não conhece a definição de *equipe*. Eu só quero que o jogo de amanhã acabe logo.

Jasmine ouviu atentamente, seus olhos arregalados. Ela gostaria de poder fazer algo para garantir que todas aproveitassem a partida de polo.

Naquela noite, antes de dormir, Jasmine contemplou a tapeçaria de polo de sua mãe para dar sorte. Esperava deixar sua família orgulhosa no jogo do dia seguinte – mas, mais do que isso, ela queria deixar sua equipe orgulhosa.

No dia seguinte, a cidade de Agrabah parecia zumbir de empolgação. Quando Jasmine chegou ao campo, percebeu que as arquibancadas estavam apinhadas de familiares e amigos. Jasmine avistou sua própria família reunida e já aplaudindo. O sultão estava sentado em cima de Rajah para ter uma visão melhor, batendo palmas quando cada cavalo e jogadora entravam em campo. O Gênio havia se multiplicado em uma banda marcial completa, com direito a uniformes e instrumentos.

E Aladdin e Abu torciam tão alto que Jasmine podia ouvi-los do outro lado do campo!

No momento em que Jasmine estava reunindo sua equipe para um rápido discurso motivacional, a princesa Farah cruzou o caminho delas em seu cavalo.

– Ora, ora, se não são a gata assustada, a rata de biblioteca e a perereca saltitante – zombou Farah. – Preparem-se para perder! – ela gritou enquanto galopava pelo campo.

As bochechas de Jasmine arderam de raiva, mas ela ignorou o sentimento para se concentrar em sua equipe. As princesas se agruparam em uma roda, momentos antes do primeiro *chukker*, ou período de jogo.

– Farah não sabe que são justamente as características das quais ela zomba que tornam cada uma de vocês especiais – disse Jasmine.

– Nunca me dei conta de como amo cavalgar – disse Kamali, fazendo uma carícia carinhosa entre as orelhas de seu cavalo. – Mal posso esperar para impedir Farah de marcar!

Amira sorriu.

– E eu adoro imaginar que sou uma condutora de biga egípcia enquanto jogo. Talvez eu marque meu primeiro gol hoje!

– E não há nada que eu aprecie mais do que disparar pelo campo – disse Zayna, com os olhos brilhando. – Oh, espero que ganhemos a competição.

Jasmine sorriu.

– Eu também. Agora vamos lá nos divertir!

O jogo começou. Zayna roubou a bola de Farah logo de saída, dando às Conquistadoras Reais a primeira posse de bola.

No segundo *chukker*, Kamali impediu Farah de marcar não uma, nem duas, mas três vezes!

Amira marcou dois gols sozinha no terceiro *chukker*. Um deles do outro lado do campo!

Então, a bola foi direto na direção de Farah e Jasmine. Ambas correram atrás dela. Jasmine cavalgou ao lado de Farah e habilmente a empurrou para fora do caminho. Jasmine dirigiu-se para o gol, pronta para marcar. Mas, então, ela viu Zayna. Jasmine tocou a bola para ela. O rosto de Zayna se iluminou e ela mirou, golpeou e acertou uma retumbante tacada! Jasmine observou com deleite enquanto a bola quicava em direção ao gol... mas Farah a interceptou.

As Monarcas Majestosas estavam em formação perfeita para fazer um contra-ataque. As companheiras de equipe de Farah gritaram para ela passar a bola. Mas ela as ignorou, correu pelo campo e marcou um gol sozinha. Farah ergueu o taco no ar em triunfo.

– É assim que se faz! – gritou para suas companheiras de equipe.

– Fominha – uma das Monarcas resmungou baixinho.

Após o quarto *chukker*, as capitãs reuniram suas equipes.

– Ótimo trabalho, Conquistadoras Reais! – exclamou Jasmine.

– O placar está empatado – observou Amira. – Nós poderíamos mesmo vencer!

As outras Conquistadoras Reais deram gritinhos de empolgação. Mas quando Jasmine espiou as Monarcas Majestosas por cima de sua equipe agrupada, pôde notar a postura de desânimo das jogadoras enquanto Farah gesticulava freneticamente para o gol. Jasmine reparara que Farah nunca passava a bola para suas companheiras de equipe e ficou triste por elas. E isso lhe deu uma ideia.

Voltou a atenção para a própria equipe.

– Equipe, estou tão orgulhosa de vocês – celebrou Jasmine. – Amira, você não apenas fez seu primeiro gol, mas o segundo também! Zayna, você perseguiu velozmente a bola desde o início e nos garantiu a primeira posse de bola. E, Kamali, nunca vi

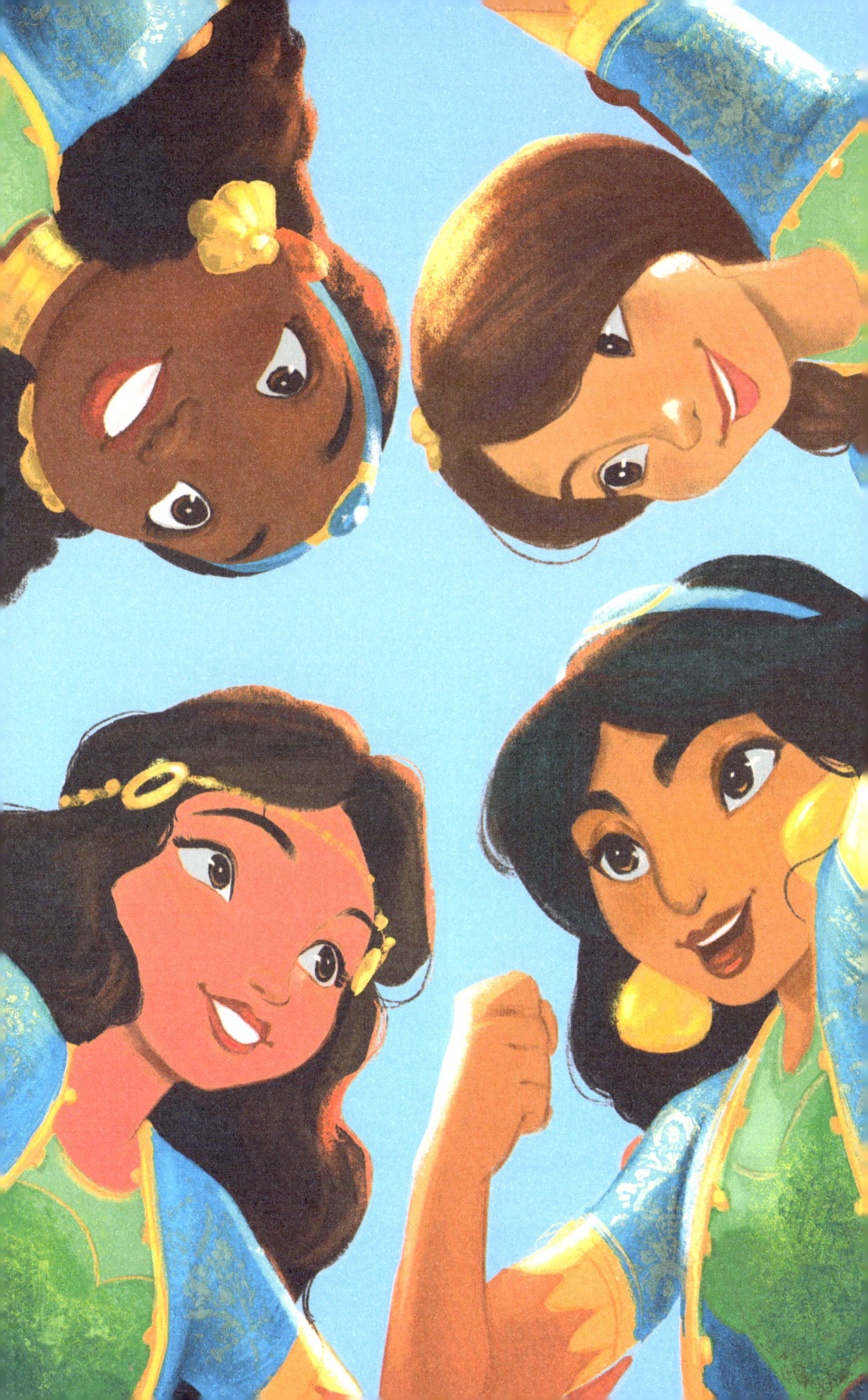

ninguém impedir tantas vezes o outro time de marcar! – Ela fez uma pausa e respirou fundo. – Mas não tenho certeza de que a outra equipe está se divertindo tanto quanto nós.

Jasmine aproximou suas companheiras ainda mais e contou-lhes sua ideia. Ela queria dar à outra equipe uma chance de jogar e se divertir. As outras mulheres concordaram imediatamente!

Quando as Conquistadoras Reais retornaram ao campo para o *chukker* final, Jasmine obteve a primeira posse de bola. Ela poderia ter corrido pelo campo para fazer o gol da vitória, mas passou a bola – não para uma jogadora de seu time, mas direto para uma das Monarcas! Kamali e Amira, a par do plano, impediram Farah de interceptar o passe e Zayna incentivou as Monarcas por todo o campo.

No último *chukker*, cada jogadora das Monarcas marcou um gol! Quando o sino final tocou, as Monarcas tinham vencido.

Embora tivessem perdido a competição, Jasmine estava com o coração transbordando de alegria. Fora um jogo difícil, mas, acima de tudo, divertido. Ela ficou satisfeita que todas, em ambos os times, tiveram a chance de jogar e deixar seus talentos brilharem. Isso era mais importante do que vencer.

Na cerimônia de premiação, Farah e sua equipe subiram ao pódio.

– Parabéns – disse a presidente. – As medalhas vão para as vencedoras: as Monarcas Majestosas! – Ela deu um passo à frente e pendurou medalhas no pescoço de cada uma das jogadoras.

Jasmine e sua equipe aplaudiram junto com o restante da multidão. Farah sorriu de satisfação ao olhar para a sua medalha, mas seu sorriso sumiu do rosto quando a presidente reteve o troféu de ouro, segurando-o com força.

No momento em que Jasmine e sua equipe se preparavam para deixar o campo, a presidente voltou a falar.

– Há mais um prêmio a ser entregue hoje – anunciou, segurando alto o troféu. – Este ano, o troféu de ouro vai para... a princesa Jasmine!

– Eu... Eu não entendo – Jasmine gaguejou.

– É tradição do Clube de Polo das Princesas entregar o troféu de ouro à jogadora mais honrada, não à equipe vencedora – explicou a presidente. – Jasmine, você mostrou força, bravura e, acima de tudo, gentileza com suas companheiras de equipe e adversárias. Você é uma verdadeira líder... assim como sua mãe.

Jasmine engasgou de emoção.

– Você conheceu minha mãe?

A presidente assentiu.

– Ela era a capitã da *minha* equipe.

Não era de admirar que a presidente lhe parecesse familiar. Ela era uma das mulheres na tapeçaria de sua mãe!

O coração de Jasmine disparou e a multidão rugiu com aplausos. Sua família saiu correndo da arquibancada para parabenizá-la.

– Você foi incrível em campo – disse Aladdin, sorrindo com orgulho.

Rajah se esfregou contra as pernas dela e Abu passou os braços ao redor do troféu reluzente.

O Gênio se transformou em um foguete e decolou, explodindo em fogos de artifício multicoloridos.

– Tal mãe, tal filha – disse a presidente ao pai de Jasmine.

– Eu disse a você – respondeu ele, abraçando a filha. – E eu nunca estive tão orgulhoso.

De qual vitória você tem MAIS ORGULHO?

AURORA

Quando a princesa Aurora nasceu, a maligna fada Malévola lançou uma maldição sobre ela. Para proteger a jovem princesa, o Rei Estevão e a Rainha a enviaram para a floresta para ser criada pelas três fadas boas, Flora, Fauna e Primavera. Depois que Aurora e o príncipe Phillip quebraram a maldição derrotando Malévola, eles foram morar no castelo. Mas Aurora ainda chama a cabana das fadas de sua segunda casa e a visita com frequência.

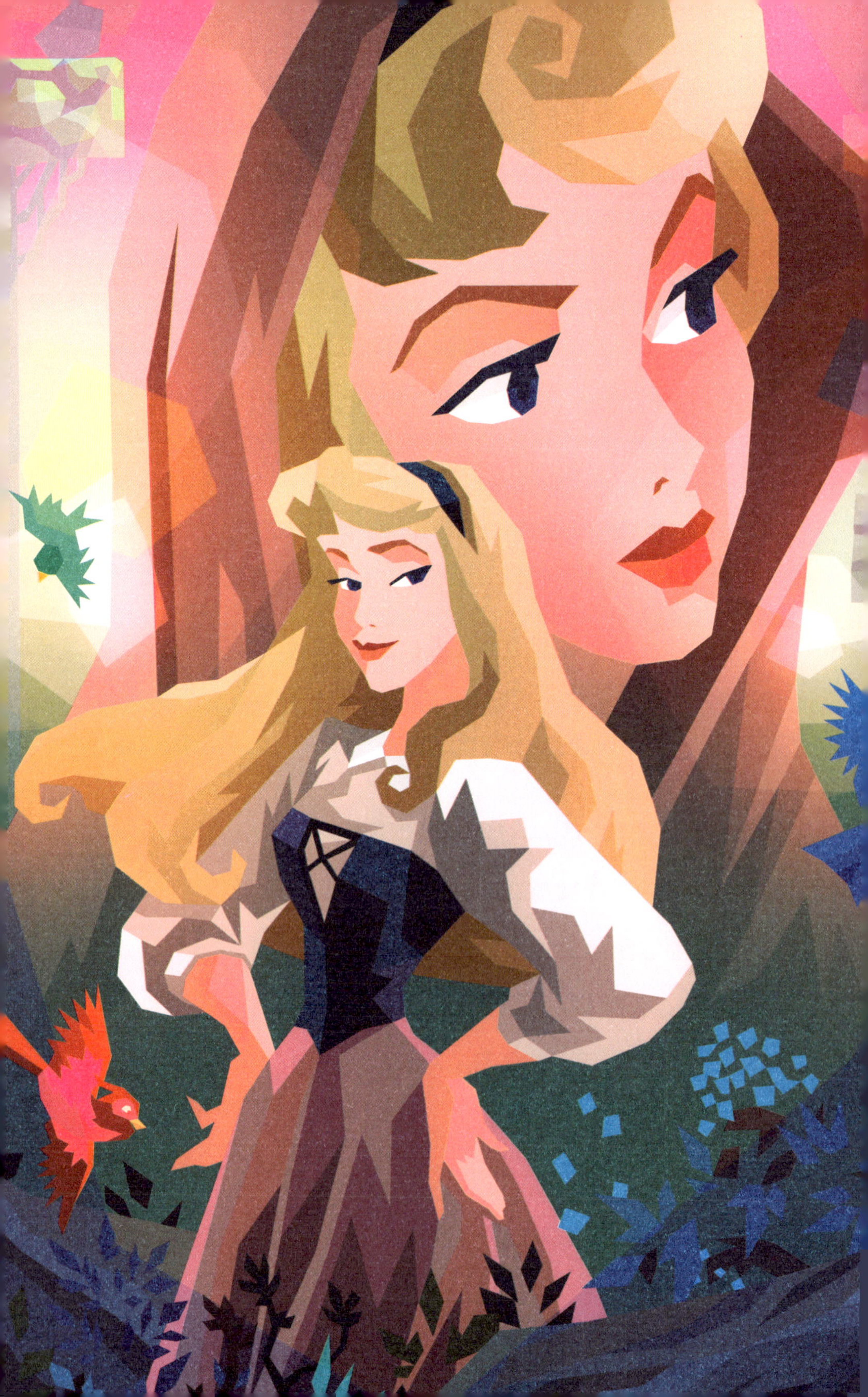

AS VARINHAS PERDIDAS
ESCRITO POR ERIN FALLIGANT
ILUSTRADO POR LIAM BRAZIER

— Olá? – A princesa Aurora bateu com força na porta da cabana com telhado de palha. Ela havia trilhado todo o caminho desde o castelo a fim de visitar as três boas fadas, mas estava batendo há vários minutos. Será que estavam em casa?

A porta da frente de repente se abriu. Quando Flora irrompeu lá de dentro, seu chapéu vermelho escorregou para o lado sobre suas madeixas grisalhas.

– Graças a Deus você está aqui! – choramingou.

Aurora pousou uma mão reconfortante sobre o ombro da fada.

– Flora, o que há de errado? Aconteceu alguma coisa?

Primavera passou por Flora.

– Alguém roubou nossas varinhas – anunciou, seu rosto redondo vermelho de raiva. – Quando as encontrarmos, vou transformar o ladrão em um sapo velho com verrugas!

– Ora, acalme-se, Primavera – disse Fauna, chegando logo atrás. – Tenho certeza de que as varinhas não foram roubadas. – Mas sua testa estava enrugada de preocupação.

Flora andava de um lado para o outro no caminho de paralelepípedos.

– Procuramos em todos os lugares! O que faremos sem nossa magia?

Primavera ofegou ao constatar:

– Como nos protegeremos do mal?

AURORA É...
AMOROSA
ALEGRE
AFÁVEL
AMISTOSA
GRACIOSA
SONHADORA
ESPERANÇOSA

SONHO DE AURORA:
Ser livre para explorar as possibilidades da vida

MOMENTO HEROICO:
Nunca desistiu de sua crença de que os sonhos realmente se tornam realidade

COMPANHEIRAS DE AVENTURAS:
Flora, Fauna e Primavera

FRASE FAMOSA:
"Quando se sonha muitas vezes com a mesma coisa, essa coisa acaba acontecendo."

– Ou como espalharemos felicidade? – acrescentou Fauna.

– Como vamos voar? – indagou Primavera, abrindo os braços. – Ou fazer faxina? Ou mesmo cozinhar?

Fauna se animou:

– Talvez eu possa cozinhar – sugeriu.

Primavera suspirou.

– Acho que acabei de perder o apetite.

– Não se preocupem – tranquilizou Aurora, reunindo as fadas ao seu redor. – Vou ajudá-las a procurar suas varinhas e não precisaremos de magia para encontrá-las. Vocês viveram muitos anos sem magia, quando estavam me protegendo de...

Malévola. Aurora mal podia dizer o nome da fada do mal que a amaldiçoara muito tempo atrás. Para proteger Aurora, as boas fadas a esconderam naquela mesma cabana e a criaram por dezesseis anos. Durante todo esse tempo, juraram não usar sua magia, para evitar chamar a atenção para seu paradeiro.

Os olhos castanhos de Fauna ficaram marejados.

– Eu me lembro, querida. Foram tempos felizes.

– Foram sim – respondeu Aurora, com o coração apertado. – Fazíamos todo tipo de coisa sem magia, não é? Por isso, sei que se todas trabalharmos juntas agora, podemos encontrar suas varinhas.

Flora já estava trabalhando em um plano.

– Precisamos refazer nossos passos! – ela anunciou. – Quando foi a última vez que usamos nossas varinhas?

O rosto de Fauna se iluminou.

– Usei a minha para fazer uma xícara de chá depois do nosso piquenique, lembra?

– Sim, e usei a minha para dobrar a toalha de piquenique – completou Primavera. – Estávamos sentadas em nosso lugar favorito perto do riacho! – Ela correu em direção ao bosque, erguendo a barra da sua saia azul enquanto corria.

Aurora deu o braço a Flora.

– Boa ideia – disse para sua amiga fada.

Quando chegaram ao riacho, Primavera e Fauna já estavam procurando nas margens gramadas.

– Hmm... nós nos sentamos bem aqui, não foi? – disse Primavera.

Aurora se pôs de joelhos para ajudá-las a procurar. Nesse momento, um esquilo passou em disparada, arrastando um galho longo e estreito. Mas quando Aurora ergueu a vista, viu que não era um galho. Ela abriu a boca, surpresa, e apontou.

– Olhem!

– Minha varinha! – gritou Primavera. – Pare, seu ladrão! – Ela perseguiu o esquilo em direção ao riacho.

Quando o esquilo saltou da margem gramada, Primavera saltou também. Quando o esquilo pulou em uma pedra plana no meio do riacho, Primavera fez a mesma coisa. Mas quando o esquilo saltou para o outro lado, ele largou a varinha. Primavera se lançou para ela e...

Catabum! Tchibum! E caiu na água fria.

Quando a fada se levantou, estava ensopada.

– Onde está minha varinha? – gritou, girando em círculos. – Lá está!

A varinha estava flutuando rio abaixo, apanhada pela correnteza. Enquanto Primavera chapinhava atrás dela, Aurora correu ao longo da margem. Saltou na água que lhe batia na altura dos tornozelos, tentando alcançar a varinha enquanto ela passava. Mas a corrente era muito rápida! A varinha oscilou em uma curva e depois em outra antes de desaparecer. Aurora ajudou Primavera, toda encharcada, a subir para a margem antes de ela própria sair do riacho.

Primavera gaguejou enquanto torcia sua capa molhada.

– Aquele esquilo i-irritante! Ora bolas, eu deveria...

– Ora, não se aflija – interveio Aurora –, tenho certeza de que o esquilo teve uma boa razão para pegar sua varinha.

– Sim – disse Fauna. – Talvez o esquilo precisasse da sua varinha para alguma coisa.

– Talvez... para construir um ninho? – sugeriu Flora, olhando para os galhos de uma árvore próxima.

Aurora seguiu seu olhar e avistou alguns galhos saindo de um buraco na árvore.

– Aí está! – ela disse. – Muito bem, Flora! Aposto que suas varinhas estão naquele ninho.

Primavera correu em direção à árvore, pisou em um toco próximo e tirou o chapéu antes de enfiar a cabeça na cavidade da árvore.

– Boas notícias, Fauna – declarou numa voz abafada. – Estou vendo a sua varinha!

– É sério? – Fauna perguntou. – Oh, deixe-me ver!

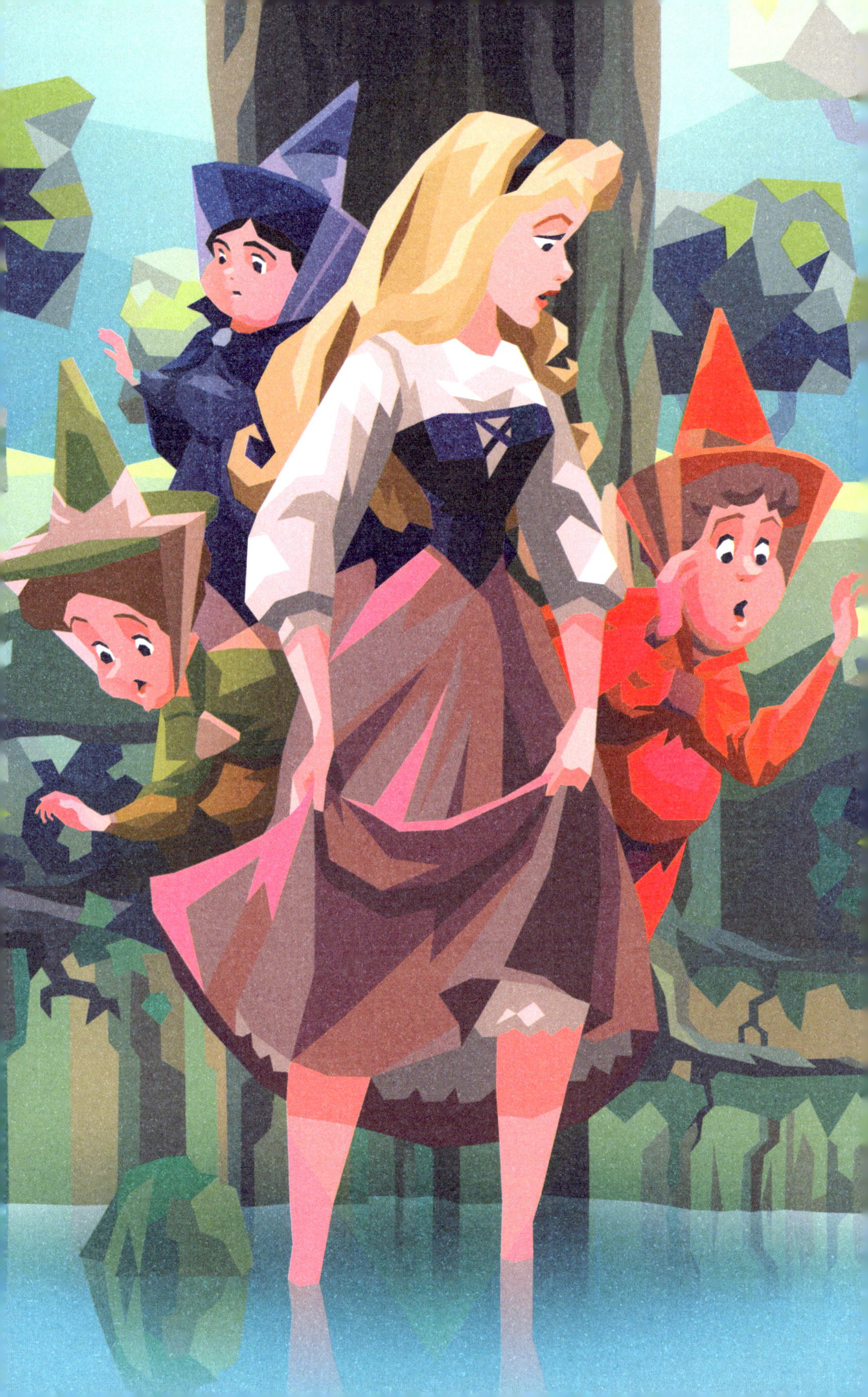

Ela subiu no toco ao lado de Primavera, mas havia espaço suficiente para cada fada se equilibrar em apenas um pé.

Fauna espiou dentro do buraco na árvore.

– É ela mesmo! – confirmou a fada, estendendo a mão para dentro.

Nesse momento, o esquilo desceu pelo tronco da árvore. Empoleirou-se em um galho acima de Fauna e Primavera e tagarelou como se as repreendesse.

– Fauna – Primavera sussurrou, cutucando a outra fada –, se apresse.

– Estou quase conseguindo – disse Fauna. – Só um pouco mais...

O esquilo continuou sua tagarelice zangada, correndo mais para perto até estar quase cara a cara com Primavera.

– Oh! – Primavera gritou. Quando se inclinou para trás, seu calcanhar começou a escorregar do toco.

– Peguei! – Fauna declarou, puxando sua varinha para fora do buraco.

No mesmo instante, Primavera se debateu, perdendo o equilíbrio, e agarrou a capa de Fauna enquanto desabava.

Baque! As duas fadas caíram estateladas no chão.

– Oh, não! – gemeu Fauna. Ela ergueu sua varinha, que estava dobrada em dois lugares. Quando tentou lançar um feitiço para consertá-la, a varinha estalou e fumegou.

– Sinto muito, Fauna – disse Aurora, compadecida.

O esquilo tagarelou mais uma vez com as fadas e sentou-se diante do buraco na árvore como se quisesse impedi-las de vasculhá-lo novamente.

Primavera bufou.

– Não entendo por que aquele esquilo ficou tão chateado.

– Talvez não devêssemos ter tocado em seu ninho – aventou Fauna com um suspiro. Ela tentou endireitar sua varinha, mas não adiantou.

– Fauna está certa – disse Aurora com brandura. – Não gostaríamos de ter alguém mexendo em nossas casas, não é?

Flora balançou a cabeça.

– Não, suponho que não.

Aurora ajudou as fadas a se levantarem e tirou algumas folhas e galhos do cabelo de Fauna. Mas, quando ela desembaraçou o último galho, percebeu que não se tratava de um galho – era a terceira varinha!

– Deve ter ficado presa no cabelo de Fauna enquanto ela tentava puxar sua própria varinha do ninho! – deu-se conta Aurora, estendendo a varinha para Flora.

Antes que Flora pudesse pegá-la, o esquilo desceu correndo pelo tronco da árvore, agarrou a varinha e saltou para o chão da floresta. Depois, desapareceu em um matagal.

– Sigam aquele esquilo! – ordenou Primavera. Ela avançou através dos arbustos.

– Não assuste o esquilo! – gritou Fauna, seguindo logo atrás.

Aurora e as fadas correram atrás do animalzinho. Mas os arbustos eram densos, e o esquilo poderia passar por baixo e através deles muito rapidamente. Não demorou muito e elas só conseguiam seguir o som do esquilo correndo sobre galhos e folhas secas. E, então, só havia silêncio.

– Perdemos o esquilo – constatou Flora com um suspiro. – Vamos precisar de um novo plano. – Ela removeu algumas folhas de sua capa e sentou-se em um tronco.

Primavera se deixou cair ao lado dela, tremendo em suas roupas ainda molhadas.

– Você está encharcada, Primavera! Deixe-me preparar uma xícara de chá quente para você – ofereceu Fauna. Ela ergueu a varinha para lançar um feitiço. – Oh, céus. Esqueci. – Ela encarou a varinha quebrada e suspirou.

– Não percam a ESPERANÇA!

– Aurora tentou animar as amigas. Mas, quando viu o sol baixando no horizonte, sua própria esperança se desvaneceu. Como elas encontrariam o esquilo após o anoitecer?

Uh! Uh!, escutaram o pio familiar da coruja.

Aurora saltou e cobriu o coração com a mão.

– Oh, Coruja, você me assustou! – Ela olhou para sua amiga emplumada. – Por acaso você viu um esquilo carregando um galho muito, digamos, *incomum*?

A coruja retribuiu o olhar de Aurora com seus olhos redondos e sábios. *Uh?*

Primavera levantou-se e colocou as mãos nos quadris.

– Um ladrão irritante, isso é o que ele é!

Como que em resposta, a coruja bateu as asas e alçou voo. *Uh! Uh!*

– Acho que ela quer que a sigamos! – propôs Aurora.

A princesa e as fadas rastrearam a coruja pela floresta, contornando as árvores e escalando troncos – adentrando a mata cada vez mais fundo. Quando a noite começou a cair, sombras cruzaram seu caminho.

Aurora observou a floresta escura, procurando o esquilo. À medida que o vento aumentava, os galhos rangiam e gemiam. Arrepios formigaram em sua pele.

– Espero que estejamos indo no caminho certo – sussurrou. – A coruja sabe onde estamos. Não é, Coruja?

A coruja voou baixo, como se quisesse tranquilizá-las de que estavam no caminho certo. Porém, quando a trilha se estreitou,

Primavera parou e deu um passo para trás. Ela pronunciou uma única palavra:

– Espinhos!

– Onde? – perguntou Aurora.

Como em resposta, as nuvens se separaram no céu noturno. O luar brilhou, misterioso, sobre um emaranhado de galhos retorcidos cobertos de espinhos pontiagudos.

Flora respirou fundo.

– Isso parece obra de...

Uh?, piou a coruja acima delas.

– Malévola! – Primavera cuspiu o nome com desprezo.

O coração de Aurora disparou. Já tinha ouvido falar do emaranhado de espinhos – uma armadilha que Malévola havia conjurado para o Príncipe Phillip. A fada malvada tentara impedir o príncipe de alcançar Aurora e quebrar a maldição.

Enquanto Aurora contemplava o espinheiro, os ferrões pareciam retorcer-se e emaranhar-se diante de seus olhos.

– Mas aquela maldição foi quebrada – sussurrou. – Aqueles espinhos queimaram em uma labareda de fogo. Não é?

Fauna deu uns tapinhas tranquilizadores na mão de Aurora.

– Isso mesmo, querida. – Seus olhos, entretanto, voltaram-se para Flora. – Eles *queimaram* todos, não foi?

Flora não parecia tão certa.

– Acho que é melhor evitarmos o espinheiro – aconselhou a fada. – Pode ser que a magia maligna de Malévola ainda permaneça nesses espinhos. Eles podem ser venenosos... ou conter uma maldição própria.

Aurora sentiu um arrepio percorrer sua espinha. Quando uma nuvem pairou sobre a lua, os espinhos adquiriram um brilho esverdeado. Será que Flora estava certa? Aqueles galhos espinhosos estavam cheios da magia de Malévola? Ela estremeceu e se afastou. Então, ouviu algo.

Guincho! Chuck-chuck-chuck. Guincho!

Aurora virou-se e vasculhou atentamente o espinheiro. Seguiu o som em direção aos galhos retorcidos no topo, onde avistou um esquilo trêmulo. A varinha em sua boca estremecia e balançava.

– É o nosso esquilo! – Aurora gritou.

– Com a varinha de Flora! – disse Primavera. Ela se lançou em direção aos arbustos espinhosos, mas Flora agarrou sua capa por trás.

– Não podemos entrar aí! – advertiu Flora. – Você conhece as regras da magia. Fadas boas nunca podem colocar os pés onde existe magia maligna.

– Mas o esquilo parece encurralado! – argumentou Fauna. – E se ele caiu sob o feitiço maligno de Malévola? Temos que ajudar o pobrezinho.

– E devemos pegar a varinha de Flora – observou Primavera. – E se não fizermos isso e outra pessoa *fizer*? Alguém tão malvado quanto Malévola?

Aurora estremeceu com tal pensamento. Quando o silêncio reinou na floresta, ela respirou fundo. E, de repente, ela soube o que tinha de fazer.

– Você não pode entrar – disse a Primavera. – Nem você – dirigiu-se a Fauna. – Vocês ouviram o que Flora falou. Mas talvez *eu* possa.

– Não! – todas as três fadas clamaram ao mesmo tempo.

A bondade delas deu a Aurora a coragem de que precisava.

– Sim – rebateu com firmeza. – Vocês me salvaram da maldição de Malévola uma vez. Agora é a minha vez de salvá-las... de evitar que a magia de vocês caia em mãos erradas.

– Mas e se os espinhos forem uma armadilha? – perguntou Fauna, a voz tensa de preocupação.

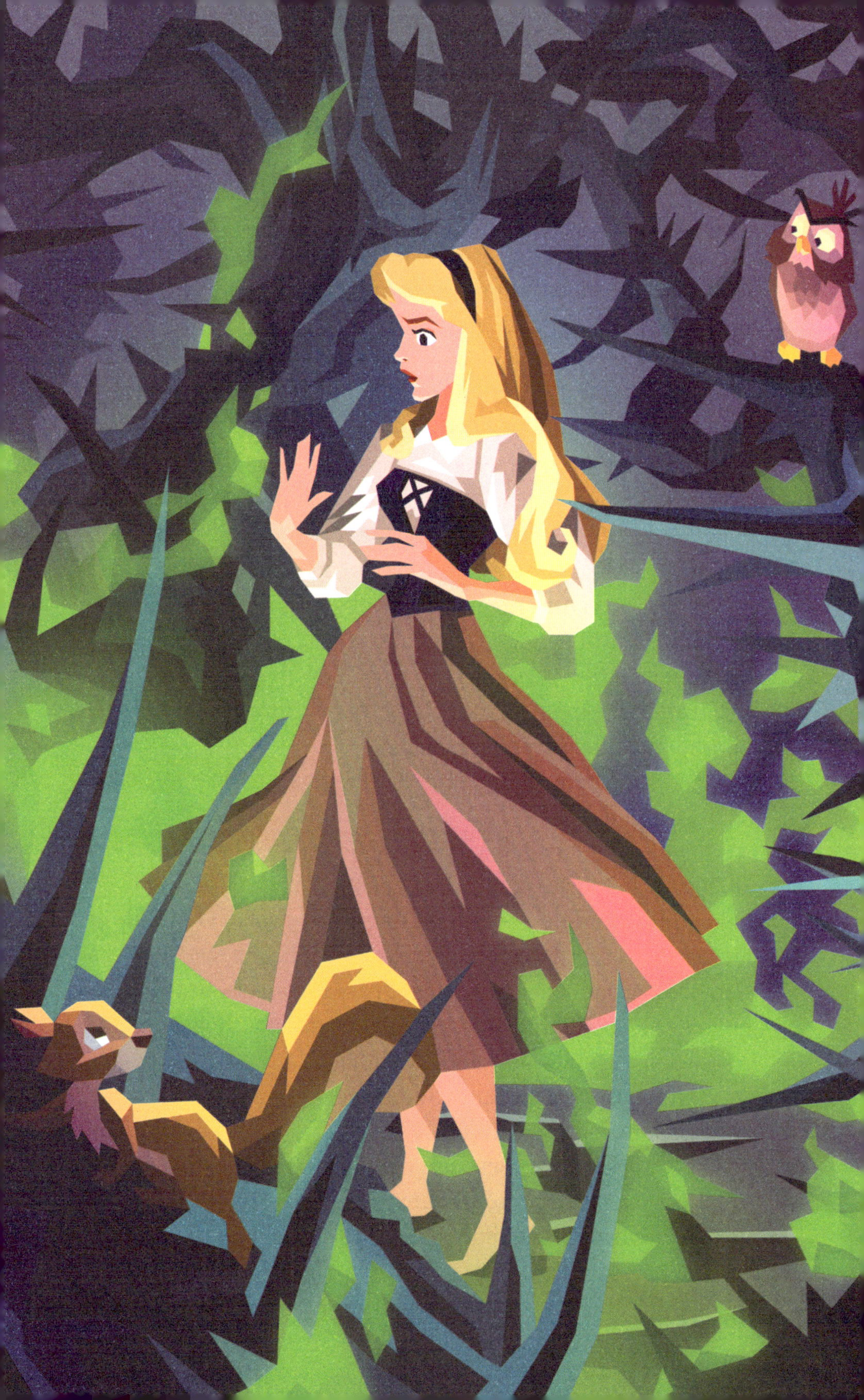

Aurora engoliu em seco e se voltou para os galhos emaranhados. Uma névoa verde girava ao redor deles, como se a chamasse para a frente.

Guincho! Guincho!, o esquilo gritou novamente.

Aurora cerrou os dentes. *O esquilo precisa da minha ajuda*, encorajou-se. *E as fadas boas também.*

– Ficarei bem – assegurou, esperando que fosse verdade.

Com muito cuidado, ela abriu caminho por entre os arbustos espinhosos. Quando penetrou a neblina verde, sentiu um forte torpor caindo sobre si. Suas pernas ficaram pesadas e suas pálpebras começaram a fechar.

Fique acordada!, disse a si mesma. *Continue!*

Espinhos afiados se enredaram em seu cabelo e rasgaram seu vestido, mas Aurora manteve os olhos fixos à frente. A cada passo que dava, os galhos espinhosos pareciam se enroscar mais apertado em torno dela.

Quando finalmente alcançou o esquilo, Aurora soltou a respiração. A criatura tremia no galho.

– Está tudo bem – disse Aurora com uma voz suave. – Estou aqui para ajudá-lo.

Quando ela estendeu a mão para o esquilo, ele rastejou em sua direção. Mas espinhos de repente brotaram de todos os lados, impedindo o esquilo de dar outro passo. O bichinho tentou atravessar os espinhos, mas a varinha em sua boca era muito longa para que conseguisse passar com ela. Então, o esquilo a soltou. A varinha escorregou de sua boca e despencou ruidosamente entre os galhos espinhosos.

O ânimo de Aurora também despencou. Ela ofegou. Seria capaz de encontrar a varinha?

O esquilo desceu correndo pelo braço de Aurora, acomodando-se em seu ombro, e Fauna aplaudiu.

– Você salvou o esquilo!

– Mas e a varinha? – desesperou-se Primavera.

Enquanto Aurora se ajoelhava para procurar a varinha, a névoa verde parecia ficar mais densa. Uma súbita onda de sonolência abateu-se sobre ela. Se ao menos pudesse tirar uma soneca... Suas pálpebras se fecharam lentamente.

Chuck-chuck-chuck!, o esquilo tagarelou em seu ouvido, acordando-a.

– Está vendo a varinha? – Flora gritou.

Aurora espiou sonolenta através do espinheiro envolto no brilho esverdeado. A varinha repousava sobre um canteiro de folhas e gravetos. Ela estendeu a mão cuidadosamente por entre os galhos emaranhados, mas a varinha estava muito longe!

– Eu gostaria de poder dobrar os galhos – lamentou-se. – Ou cortá-los.

Quando sua manga ficou presa em um espinho, seu amigo esquilo roeu o galho, libertando-a.

– Oh, que dentes afiados você tem! – elogiou Aurora. – Você pode mastigar mais alguns galhos? Talvez juntos possamos alcançar a varinha.

Chirrp! O esquilo pulou de seu ombro e começou a roer a planta espinhenta. Aurora estendeu o braço por entre os galhos o máximo que pôde.

Finalmente, seus dedos tocaram a ponta da varinha. O esquilo guinchou e correu de volta em sua direção enquanto ela segurava a varinha com firmeza.

De repente, Aurora ouviu o estalar de gravetos e galhos. Os espinhos grossos e nodosos começaram a murchar e a encolher, e a névoa verde tornou-se cinzenta. Agora que a varinha da boa fada estava de volta em mãos confiáveis, o mal que permanecia nos espinhos fora eliminado. Aurora soltou um suspiro de alívio ao se levantar.

Com seu novo amigo empoleirado em seu ombro, ela saiu do matagal e entregou a Flora sua varinha.

– Muito bem, minha querida! – disse Flora. – Obrigada!

– Oh, eu adoro finais felizes! – declarou Fauna, envolvendo Aurora em um abraço apertado.

Até Primavera enxugou os olhos. Então, pigarreou:

– Muito bem, de volta ao trabalho agora. Ainda temos apenas uma varinha. Não três. – Ela apontou para a varinha quebrada de Fauna.

– Oh! – exclamou Flora. – É claro. – Ela gesticulou com a varinha e, com uma chuva de faíscas, consertou a de Fauna. – Encontraremos também a sua, Primavera, assim que chegarmos ao riacho.

– Obrigada! – disse Fauna, admirando sua lustrosa varinha. – Parece novinha. Ora, acho que está até melhor.

Conforme a coruja as conduzia para a borda da floresta, Flora iluminava o caminho com sua varinha enquanto Fauna admirava a versão nova e aprimorada da sua, abraçando-a contra o coração. Primavera tentava avistar o riacho. E Aurora respirava o ar noturno, sentindo-se *muito* desperta.

Quando chegaram ao riacho, Flora emitiu uma trilha brilhante de magia pela água. Ela retornou momentos depois, trazendo consigo um objeto.

– Minha varinha! – gritou Primavera.

O esquilo no ombro de Aurora guinchou e fez menção de apanhar a varinha enquanto ela passava.

– Oh, não, nem pense em fazer isso! – Primavera o repreendeu. Ela agarrou sua varinha bem na hora.

Aurora riu.

– É hora de levar você para casa – disse ao esquilo, erguendo-o em direção ao buraco na árvore. Ele guinchou um meigo adeus antes de entrar em sua toca.

Pelo canto do olho, Aurora viu Primavera lançar um feitiço rápido. Uma rajada de penas macias rodopiou pelo ar, direto para a toca do esquilo.

– Para que servem as penas? – perguntou Fauna.

Primavera deu de ombros.

– Talvez, se sua toca for um pouco mais confortável, aquele esquilo sorrateiro não tente roubar nossas varinhas de novo!

– Primavera – Aurora sussurrou –, admita que você *realmente* se importa com o esquilo.

– Huuuunnf – resmungou a fada. Com um aceno de sua varinha, ela abriu asas e levantou voo, sorrindo de leve.

– Estou tão feliz que encontramos todas as três varinhas! – comentou Fauna ao começarem a descer a trilha.

– Nós encontramos! – concordou Aurora. – E para isso só usamos suas qualidades especiais.

– Nossas qualidades especiais? – perguntou Flora.

– Ora, sim! – disse Aurora. – Flora, você é muito sábia. Você elaborou um plano para encontrar as varinhas. Tudo o que precisavam era refazer seus passos.

As bochechas de Flora ficaram rosadas.

– E, Primavera – Aurora prosseguiu –, você é muito corajosa. Se não tivesse perseguido aquele esquilo, nunca teríamos encontrado a toca dele!

A boca de Primavera se contraiu em um sorriso.

– E, Fauna – disse Aurora –, você é tão gentil. Se não estivesse determinada a ajudar o esquilo, jamais teríamos recuperado a última varinha. Você espalha bondade aonde quer que vá.

Fauna enxugou os olhos.

– Bem, eu tento, querida.

– Então, não percebem? – indagou Aurora. – Não precisamos de magia para encontrar as varinhas. Tudo de que precisamos foi a sabedoria de Flora, a coragem de Primavera e a bondade de Fauna.

Flora voou de volta para Aurora e sorriu.

– Outra pessoa também demonstrou grande sabedoria, coragem e bondade esta noite.

Uh?, questionou a coruja, acima delas.

– Você! – todas as três fadas disseram a Aurora.

As bochechas de Aurora coraram de orgulho e felicidade.

– Bem, eu tive alguma ajuda de meus amigos da floresta. – Ela olhou para a toca do esquilo e acenou para a coruja lá no alto. Por apenas um momento, ela pensou ter visto uma centelha de verde nos arbustos próximos. Mas era apenas um vaga-lume.

A magia maligna de Malévola se foi, ela se lembrou. *Agora estou segura, e as fadas também.*

Aurora se virou para seguir as três boas fadas, que se agitavam e apressavam ao longo da trilha à sua frente, liderando o caminho para casa.

Quais são suas QUALIDADES ESPECIAIS?

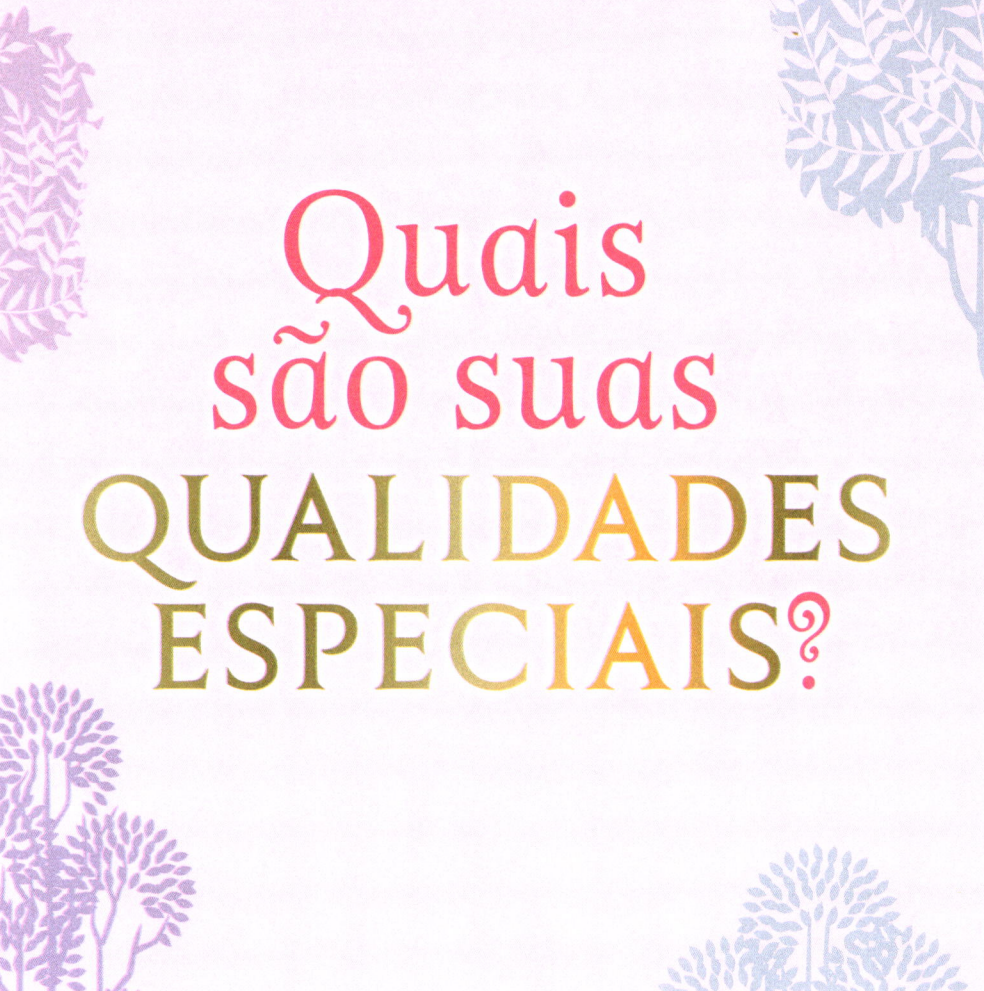

ARIEL

Filha mais nova do Rei Tritão, Ariel adora música, explorar e, acima de tudo, o mundo dos seres humanos. Ariel é intensamente independente. Apesar das ordens de seu pai de nunca ir para a superfície do oceano, a pequena sereia não consegue se conter. O espírito imperturbável e a resiliência de Ariel a levam em uma jornada de autodescoberta, por meio da qual ela se torna uma jovem corajosa que descobre o seu lugar no mundo.

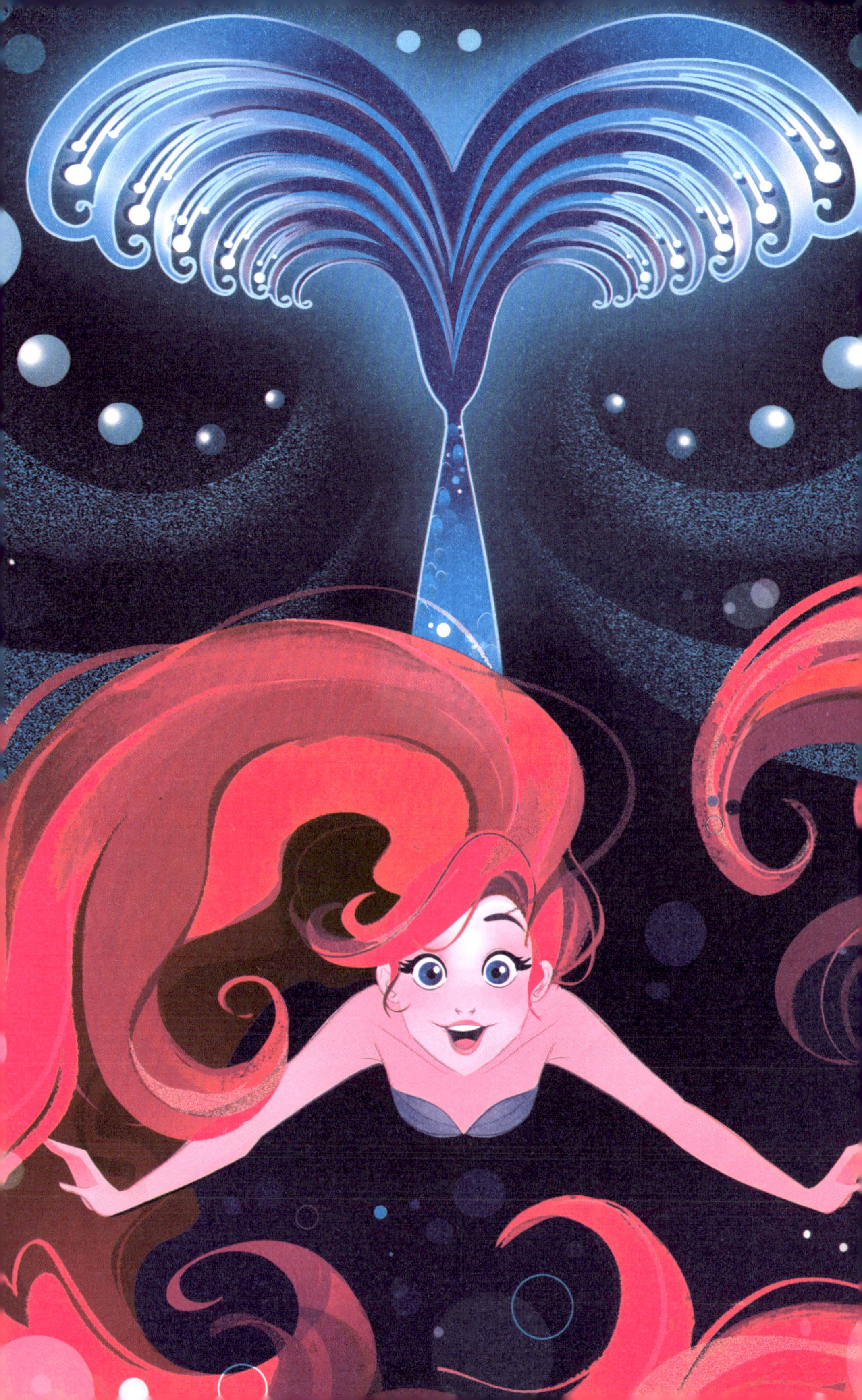

ESPLENDOR DO MAR

ESCRITO POR ERIC GERON
ILUSTRADO POR NICOLETTA BALDARI

Ariel irrompeu por cima da crista de um recife de corais, agitando suas nadadeiras o mais rápido que podia. Estava atrasada para o ensaio do concerto – de novo. Suas irmãs ficariam furiosas – de novo! Ela nadou ainda mais rápido, seus longos cabelos ruivos espalhando-se atrás de si. Embora fosse noite, o palácio brilhava à sua frente, cintilando em dourado como se iluminado pelo sol.

Ela ouviu suas irmãs antes de vê-las. O canto atravessou a água até seus ouvidos. Ela seguiu a melodia harmoniosa até a sala de concertos – uma câmara com grandes arcos e fileiras de bancos. As sereias estavam alinhadas no palco, cada uma de suas caudas de uma cor diferente. Quando a viram, o canto parou abruptamente.

– Olha só quem decidiu aparecer – alfinetou Attina, a irmã mais velha. Ela estreitou os olhos para Ariel. – O que há com você, ultimamente? – As outras irmãs cruzaram os braços, demonstrando aborrecimento.

– Sinto muito, eu... – Ariel fez uma pausa. Não estava disposta a contar a verdade às irmãs: que andava distraída desde a noite anterior, quando salvara um marinheiro humano de se afogar. Ela encolheu os ombros. – Acho que esqueci.

Attina ficou estarrecida.

– Você esqueceu? *De novo*? Vamos torcer para que não esqueça o próprio concerto, também.

Ariel estremeceu, relembrando como simplesmente perdera a última apresentação. Suas irmãs foram humilhadas, e seu

ARIEL É...
IMPETUOSA
CURIOSA
UM ESPÍRITO LIVRE
DETERMINADA
NÃO CONVENCIONAL
OBSTINADA

SONHO DE ARIEL:
Fazer parte do mundo dos humanos

MOMENTO HEROICO:
Salvou um ser humano do afogamento

COMPANHEIRO DE AVENTURAS:
Linguado

FRASE FAMOSA:
"Você já viu alguma coisa tão bonita em toda a sua vida?"

pai lhe deu um severo sermão sobre seu "comportamento descuidado".

– Você precisa chegar *na hora*, querida – Attina continuou.

– Sim – Alana se intrometeu. – Nossa segunda oportunidade é hoje à noite. Você ao menos sabe a sua parte?

– Eu... eu... sim – disse Ariel, mas sua voz trêmula não foi muito convincente.

– Que ótimo. – Attina deu um sorriso sarcástico. – Então, vamos começar do início, irmãs!

As sereias recomeçaram a música. Ariel deixou as notas saírem de sua boca, límpidas como um sino, mas enquanto cantava, suas irmãs ficavam quietas. Elas se aglomeraram à sua volta, carrancudas.

– O que foi? – Ariel soltou uma risada nervosa. – Eu estava... desafinada?

– Ariel, você deveria estar cantando em harmonia com a gente – disse Attina. – Seu solo vem no início da música, o que você saberia se não estivesse sempre pirando nos ensaios.

Ariel entrelaçou os dedos.

– Por favor, Attina – implorou. – Deixe-me tentar de novo.

– Esqueça, Ariel – rebateu Attina. – Não temos tempo. Nosso concerto é em algumas horas.

– Mas talvez se eu apenas cantasse o meu solo... – Ariel começou a dizer.

Attina soltou uma risadinha.

– Então, quer dizer que você pode se atrasar *e* ainda por cima dar palpite sobre o nosso arranjo?

Arista e Aquata riram, enquanto Andrina, Adella e Alana desviaram os olhos.

Ariel lutou contra as lágrimas.

– Está bem. Eu não vou interferir. – E, então, saiu nadando.

– Ariel, não seja tão precipitada – gritou Adella.

– Deixe disso, Ariel!

– Sim! Nós sentimos muito!

Ariel meio que considerou bater a cauda e dar meia-volta – até que ouviu a voz de Attina:

– Lá se vai Ariel agindo como um bebê novamente. Vamos lá, meninas. Nós não precisamos dela.

Com os punhos cerrados ao lado do corpo, Ariel saiu da sala de concertos na velocidade de um torpedo, deixando atrás de si um furioso rastro de bolhas. Estava frustrada consigo mesma por desapontar suas irmãs, mas *sabia* que poderia provar que conseguia trabalhar em equipe – se ao menos elas permitissem.

– Ariel! – Seu melhor amigo, Linguado, um peixe amarelo com listras, nadadeiras e cauda azuis, nadou atrás dela. – Ei, o que há de errado, Ariel?

– São as minhas irmãs. – Ela fungou. – Não querem que eu cante com elas.

Linguado bufou de modo galhofeiro.

– Aposto que elas estão é com inveja da sua bela voz!

Ariel lançou-lhe um leve sorriso.

– Oh, Linguado. Só você mesmo para me fazer rir, mas a verdade é que *eu cheguei* atrasada para o ensaio.

O peixinho suspirou.

– O que podemos fazer para te animar?

Ariel fez uma pausa antes de levantar uma sobrancelha, com jeito brincalhão.

– Siga-me!

– Ai, não – disse Linguado. – Eu conheço esse olhar: é aquele que diz que você está prestes a quebrar as regras. – Ele balançou a cabeça e apontou a barbatana para a sala de concertos. – Ariel, você não acha que deveríamos...

Mas Ariel já nadava sobre os extensos jardins de coral do castelo e estava agora se dirigindo rapidamente para a superfície proibida, na esperança de se distrair com um vislumbre do marinheiro que resgatara na noite anterior.

– Ei! – Linguado gritou atrás dela. – Vá devagar! Estou indo!

À medida que subiam, algo acima deles chamou a atenção de Ariel. A superfície da água estava... *com um brilho arroxeado*?

– O que é *aquilo*? – Ariel perguntou.

Linguado engoliu em seco.

– T-talvez seja melhor não sabermos?

Ariel rompeu a superfície brilhante para o ar fresco da noite e empurrou a franja para trás, maravilhada com a forma como as cristas das ondas refulgiam com as cores do arco-íris. Ela riu e girou, a água cintilando ao seu redor. As correntes que criava agitavam-se com uma luz multicolorida e vibrante, borbulhando numa radiante exibição. Ela mergulhou abaixo da superfície e deslizou pela água, que tremulava ao seu redor como uma capa de bolhas reluzentes.

Ela retornou à superfície.

– Linguado, isso não é fantástico?! – Mas não foi Linguado quem respondeu.

– O povo de Atlântida não deveria visitar a superfície. – Um tritão emergiu da água ao lado dela. Ele tinha cabelos curtos e crespos e um sorriso caloroso. Atrás dele balançavam cinco outros desconhecidos. Cada um tinha uma bolsa vazia pendurada no ombro.

Ariel ficou chocada que outros habitantes do mar além dela estivessem na superfície, mas também ficou feliz em saber que não era a única que ousava nadar de acordo com suas próprias regras.

– E-eu só fiquei curiosa sobre este brilho. – Não estava disposta a admitir para estranhos a frequência com que visitava a superfície. – Vocês também não deveriam estar aqui, não é?

– Não é proibido em Pacífica, de onde viemos – explicou o tritão. Ele apresentou os outros companheiros antes de apontar para si mesmo. – Meu nome é Zeek.

– Eu sou Ariel, e este peixe assustado é Linguado – ela apresentou enquanto seu amigo espiava por trás de seus cabelos.

Linguado acenou timidamente.

– Vocês também... vêm à superfície com frequência? – o peixe perguntou a Zeek. – Vocês não têm medo?

– Vir até a superfície pode ser muito perigoso – admitiu Zeek. – Só subimos aqui quando precisamos de alguma coisa. Meus amigos e eu viemos de longe atrás dessas algas brilhantes. – Ele correu os dedos pela superfície, que reluziu iridescente ao seu toque. – O mar está cintilando hoje à noite por causa delas!

O coração de Ariel transbordou de alegria – ela havia encontrado outros que compartilhavam do mesmo espírito aventureiro que ela!

– Então, é disso que se trata: uma proliferação de algas! – exclamou a sereia, observando um grupo de golfinhos passar, seus corpos brilhando como a luz das estrelas enquanto mergulhavam na água cintilante. – Eu me pergunto por que nunca vi isso antes.

– Brilhão é raro – contou Zeek.

– "Brilhão"? – Ariel perguntou.

– É assim que chamamos – disse Zeek. – Também é conhecido como Esplendor do Mar. – Ele sorriu. Seus companheiros enfiavam punhados de brilhão em suas bolsas.

Ariel apontou as bolsas para Linguado.

– Eu gostaria de ter trazido a *minha* bolsa.

Zeek sorriu.

– Há bastante brilhão para todos.

– Por que vocês estão coletando? – Ariel perguntou. Ela percebeu que os outros habitantes do mar o esfregavam em suas escamas, passando no cabelo e também nos lábios e nas sobrancelhas.

As feições de Zeek reluziram.

– Gostou? – ele perguntou.

Ariel deu uma cambalhota, exultante.

– Oh! Eu adorei! Vocês todos estão radiantes!

– O brilhão nos protege – explicou Zeek. – Na superfície, isso nos ajuda a nos misturar com a luz da lua para que fiquemos camuflados para qualquer predador abaixo de nós. E quando visitamos o fundo do mar, o brilhão faz os predadores pensarem que somos tóxicos para comer.

– *O fundo do mar?* – Ariel repetiu baixinho, admirada. – Eu nunca estive lá.

– Hoje é o seu dia de sorte – disse Zeek. – Estamos prestes a mergulhar lá embaixo para seguir as correntes até o reino seguinte. Teremos o maior prazer em tê-la conosco!

Os olhos de Ariel se arregalaram.

– Vamos!

Linguado nadou até o ouvido de Ariel e sussurrou:

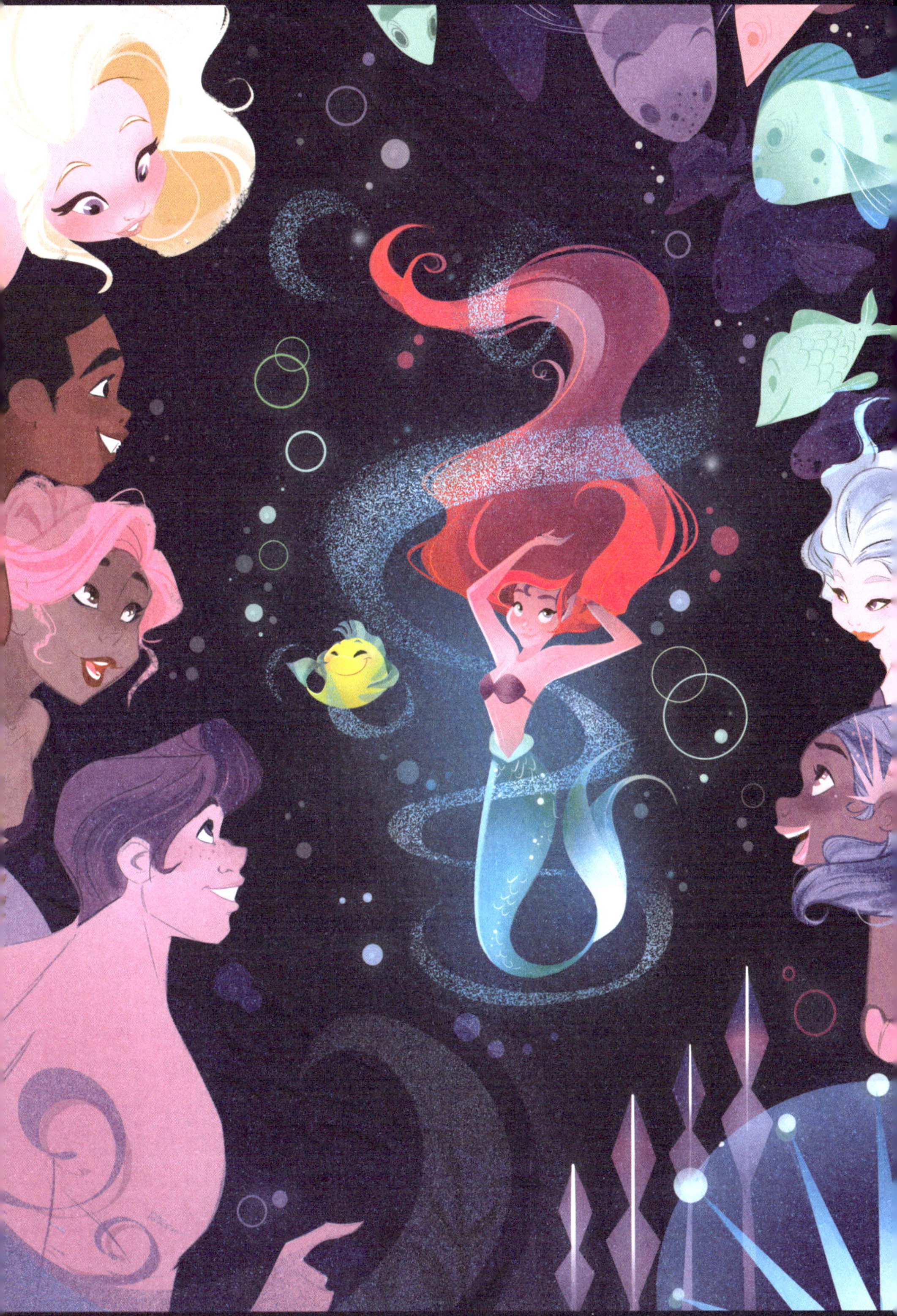

– Não tenho certeza que é uma boa ideia.

Zeek deu uma risadinha.

– Não se preocupe, amiguinho. Não saia de perto de nós e você ficará bem.

Uma das sereias observou as nadadeiras de Ariel e Linguado.

– Mas, primeiro – disse ela –, vocês vão precisar de um pouco de brilhão.

Antes que o peixe pudesse protestar, as amigas sereias de Zeek cercaram Linguado e Ariel, virando-os de um lado para o outro em um redemoinho estonteante de bolhas. Quando as sereias recuaram, Ariel olhou para si mesma e abriu a boca de surpresa.

– É adorável! – A cauda inteira de Ariel estava luminescente e cintilante! Suas unhas reluziam! Até as listras de Linguado estavam mais deslumbrantes do que nunca. Uma vez que seus olhos pararam de girar pela tontura, ele deu uma alegre cambalhotinha na água.

– Agora vocês estão prontos! Vamos! – Zeek mergulhou, seus amigos soltando brados de empolgação enquanto o seguiam.

Ariel abriu um sorriso. Então, com um sentimento de completo desânimo, lembrou-se da briga com as irmãs e desejou que elas fossem tão receptivas a seus caprichos quanto seus novos amigos. Afastando o pensamento, agitou as nadadeiras, inclinou-se e mergulhou atrás deles.

– E-espere por mim! – Linguado gritou atrás dela.

A água foi ficando cada vez mais escura e fria. Antes que Ariel percebesse, estavam no fundo do oceano, uma parte deserta do leito marítimo repleta de corais brancos como ossos e grandes tufos de algas negras. Este não poderia ser o "fundo do mar" do qual falara Zeek. Havia poucos lugares em Atlântida que ela ainda não explorara, incluindo o covil da perversa bruxa do mar, de que tanto ouvira falar, mas Ariel já tinha visitado *esta* parte do oceano muitas vezes. Nada de novo ou notável ali...

Mas, então, ela viu os tritões e as sereias deslizarem para dentro de uma fissura escura que corria ao longo do fundo do oceano. Ela os seguiu, torcendo o corpo para entrar na fenda. Lá dentro, pôde ver que era um fosso que conduzia para baixo.

– Ariel, sem querer soar como um peixe de água doce, m-mas tenho um mau pressentimento sobre isso – disse Linguado.

Todavia, a chance de mergulhar em um lugar novo enchia Ariel de emoção. Ela bateu suas nadadeiras com mais vigor, ansiosa para explorar o desconhecido.

– Vamos, Linguado. Não há nada a temer.

Foi nesse momento que uma enorme e brilhante criatura marinha surgiu da escuridão.

– MONSTRO! – Linguado gritou. – NÓS VAMOS MORRER!

Ariel desviou-se do caminho daquela criatura numa espiral, batendo contra a parede do fosso. Enquanto Linguado se encolhia em seus cabelos, ela ficou sem fôlego ao encarar a horrível besta. Tinha longos tentáculos como uma terrível lula gigante e olhos enormes e brilhantes que os encaravam. A criatura pairou no lugar, impedindo Ariel e Linguado de seguir o restante dos tritões e sereias para dentro do fosso.

– Zeek! Você está bem? – Ariel gritou.

Quando Zeek apareceu lá embaixo, a temível criatura marinha luminescente... *começou a se espalhar*? Seus olhos ameaçadores e tentáculos aterrorizantes pareciam se desfazer em uma onda de pequenos pontos de luz.

Ariel pestanejou, perplexa. Não se tratava de uma criatura assustadora, mas de um bando de pequenos camarões brilhantes. Eles se agruparam para... para *assustá-la*. E funcionara!

– Linguado – disse ela, tirando-o de seu cabelo –, estamos bem!

Zeek gesticulou para Ariel.

– Vamos. Estamos quase lá.

– Q-quer dizer que ainda não chegamos? – Linguado gaguejou.

– Alguém está amarelando – E, com isso, Ariel mergulhou. Linguado a seguiu.

– Ariel, como é mesmo aquele ditado que diz que a curiosidade matou o peixe-gato?

– Linguado, quer relaxar? – ela sussurrou de volta.

Eles nadaram, nadaram e nadaram, descendo cada vez mais fundo. O fosso ficou mais estreito, a água ainda mais fria.

Finalmente, uma corrente despejou Ariel em um reino escuro de corais e peixes luminosos: o fundo do mar.

– Oh, que maravilha! – exclamou, absorvendo tudo. Cada criatura tinha luz própria – desde sepiolas e águas-vivas a peixes-víbora e tubarões-lanterna –, iluminando o espaço escuro como um céu noturno estrelado. Seus olhos seguiram uma vívida estrela-do-mar, depois um irradiante peixe-diabo. Ela cutucou de brincadeira uma água-viva com tentáculos de luzes nas cores do arco-íris e deu uma olhada mais de perto em peixes minúsculos que produziam clarões intermitentes, como um raio. – Você já viu algo tão incrível?

– Humm... – Linguado respondeu, mas seus olhos estavam arregalados de admiração.

Zeek e os demais abriram caminho através de um cardume de peixes reluzentes. Enquanto seguia os outros habitantes do mar, Ariel só conseguia distinguir suas caudas com listras brilhantes, que resplandeciam como néon na escuridão. O mesmo acontecia com Linguado, que ela reconhecia puramente pelo brilho de suas inconfundíveis listras, nadadeiras e cauda. Sua própria cauda estava iluminada como que por mágica, junto com suas unhas e cabelos.

– Então, o que você acha? – Zeek perguntou a Ariel.

– Eu amei! – Ela gesticulou para as criaturas brilhantes que nadavam ao redor deles. – Estão todos cobertos de brilhão, também?

Zeek negou com a cabeça.

– As criaturas aqui embaixo emitem luz própria.

– MONSTRO! – Linguado gritou, disparando atrás de Ariel.

– Linguado, de novo não... – Mas Ariel congelou. Lá, na borda do fosso, apareceu uma fulgurante lula gigante; não um bando de camarões disfarçados para parecer uma, mas uma lula gigante *de verdade*. O bicho abriu a mandíbula em formato de bico e soltou um guincho terrível, fazendo as criaturas se apressarem para se esconder entre os corais. A lula faminta estava indo direto para Ariel e seus amigos!

– E-eu pensei que você tinha dito que o brilhão nos manteria a salvo de predadores! – Linguado chiou.

– Para trás – Zeek ordenou. Ele espalhou brilhão num pedaço de coral e o lançou longe com toda a força.

– A lula irá atrás da isca – um dos seus companheiros explicou. – Funciona sempre!

Ariel prendeu a respiração na expectativa enquanto a lula gigante parava e observava o coral passando.

Mas, então, ela partiu a isca de coral ao meio com seu bico! E continuou na direção deles, guinchando de fome enquanto se aproximava.

– Não funcionou! – Ariel gritou. – O que fazemos agora?

– Cortina de brilhão! – Zeek gritou para seus amigos, que esvaziaram suas bolsas de modo que o brilhão explodiu em uma nuvem de luz. – Isso certamente irá distraí-la. Agora, nadem! – Os tritões e as sereias deram meia-volta com a cauda enquanto a lula monstruosa se perdia na onda de brilhão.

– Acho que deu certo! – Linguado concluiu, enquanto eles seguiam os outros, que dobravam uma esquina.

Eles foram parar dentro de uma caverna. Os tritões e as sereias tatearam ao longo das paredes em busca de uma saída, mas não havia como escapar.

Zeek se virou.

– Não tem saída!

– O que vamos fazer? – Linguado gritou, surtando.

– Eu tenho uma ideia! – Ariel exclamou. – Vamos usar o que temos! – Lembrando-se de como os camarões haviam se agrupado para formar um monstro assustador, ela rapidamente reuniu os tritões e as sereias e os juntou para criar a forma de um grande tubarão brilhante. Suas nadadeiras luminosas formavam seus dentes irregulares.

A lula apareceu na entrada da caverna, assomando na escuridão. Linguado, fazendo o papel de olho do tubarão, choramingou.

– Ariel, eu a-acho que não está funcionando!

A lula espalhou seus enormes tentáculos mortais e abriu seu bico afiado, preparando-se para engoli-los inteiros.

– Agitem suas nadadeiras e não parem! – Ariel instruiu todos os outros. Eles obedeceram, dando a impressão de que o tubarão estava abrindo bem a boca e mastigando com os dentes enormes.

A lula retraiu-se com um guincho – e de repente recuou. Juntos, Ariel e seus amigos a assustaram. Sua brilhante ideia funcionara!

– Isso é que é raciocínio rápido! – um dos tritões elogiou Ariel.

– Você literalmente salvou nossas caudas! – outro concordou.

– Foi um trabalho de equipe! – ela respondeu. Se ao menos suas irmãs estivessem ali para ver como ela havia trabalhado bem junto com outros...

– Você com certeza sabe dar um belo show, Ariel! – Linguado entrou na conversa.

– Oh, não! – Ela ofegou ao se lembrar. – A apresentação com minhas irmãs! Tenho que ir!

Zeek entregou sua bolsa para Ariel.

– Por favor, aceite isso como um presente de despedida.

Ela espiou no interior. Ainda havia sobrado muito brilhão.

– Oh, obrigada, Zeek! Mas... vocês não precisam disso para prosseguir sua viagem pelo fundo do mar?

– A proliferação de algas ainda está lá – respondeu ele. – Sempre podemos conseguir mais. O que importa é podermos retribuir a alguém que nos ajudou.

Ariel sorriu.

– Foi maravilhoso conhecer todos vocês. Espero que nossas correntes se cruzem novamente algum dia! – Enquanto os outros habitantes do mar assentiam animadamente, Ariel e Linguado começaram a nadar de volta para casa.

Toda a água ao redor do palácio estava tomada por conversas animadas. O concerto estava prestes a começar. Ariel encontrou as irmãs se maquiando nos espelhos do camarim.

– Vejam só o que o peixe-gato trouxe. – Attina olhou feio para ela. – Está atrasada de novo.

Arista passou um pente de concha pelo cabelo.

– Pelo menos ela não nos deixou na mão desta vez!

– Ainda não consigo entender o que foi mais importante do que o concerto de ontem – disse Aquata, com um sorriso de desdém.

Ariel pigarreou.

– Eu gostaria... Eu gostaria de dizer algo a todas vocês.

Attina bufou.

– Só quero ver.

– Lamento pelo atraso e por não comparecer – começou a dizer Ariel. – E prometo cantar em harmonia para que todas possamos brilhar juntas como uma equipe... isto é, se vocês me aceitarem de volta.

Attina olhou para suas outras irmãs.

– Sei que cheguei tarde e vou entender se não quiserem que eu me apresente com vocês – continuou Ariel. – Mas mesmo que eu não cante com vocês esta noite, queria lhes dar isso. – Ela abriu a bolsa para mostrar o brilhão.

Attina espiou lá dentro.

– Eca! O que é esse lodo brilhante?

– Brilhão. – Ariel aplicou uma nova camada nos lábios, nas pálpebras e no cabelo. Suas irmãs pairavam ao redor, curiosas. Quando Ariel estalou os dedos, uma enorme nuvem de pequenos camarões entrou na sala, reunindo-se em torno das luzes da penteadeira e mergulhando a sala na escuridão, exatamente como Ariel havia pedido que fizessem.

As irmãs engasgaram de surpresa.

– Ariel, você está brilhando no escuro! – Aquata observou.

– Estou impressionada – admitiu Attina. – Onde você conseguiu esse negócio?

– Não importa, né? – Ariel brincou. – Eu sabia que todas vocês gostariam.

Attina pousou a mão no ombro de Ariel.

– Nós gostamos de *você*. E nós precisamos de *você*. Não é, meninas?

★

Um pouco depois, as filhas de Tritão estavam agachadas dentro de suas conchas sob o palco na lotada sala de concertos.

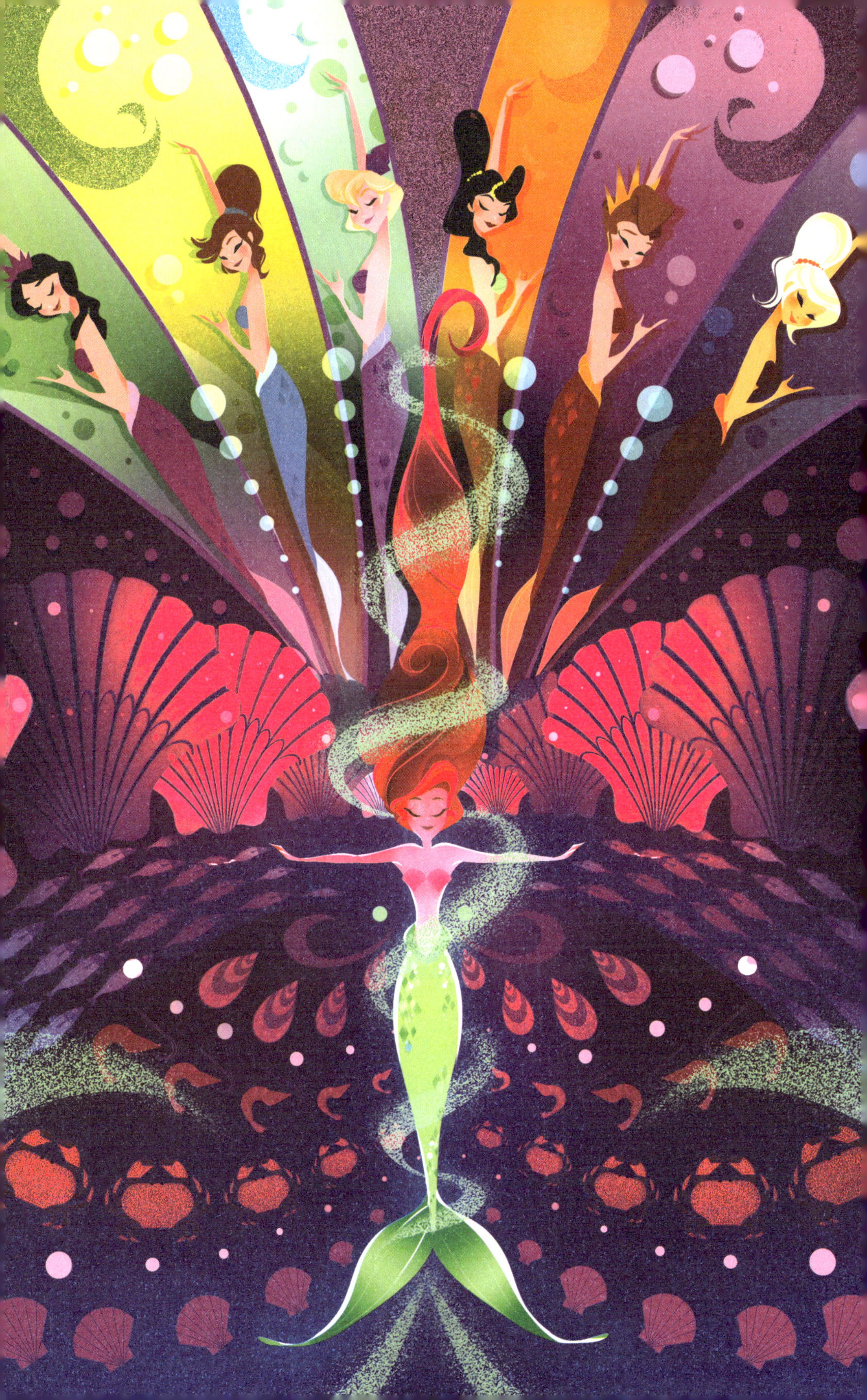

Após a fanfarra do peixe-trombeta, e depois que o caranguejo Sebastião deu início à orquestra, o Rei Tritão gesticulou com seu tridente para que as luzes do palco se apagassem, como Ariel havia pedido.

De repente, a sala de concertos ficou tão escura quanto o próprio mar. Sussurros ondularam da plateia.

A orquestra vibrou de forma empolgante quando as conchas brilhantes subiram ao palco. Uma por uma, cada concha se abriu para revelar as sereias com caudas e cabelos cobertos por listras cintilantes de brilhão. A última a emergir foi Ariel, que refulgia em verde e roxo enquanto deixava suas notas solo borbulharem. Então, Ariel deixou sua voz entrar em harmonia com a das irmãs enquanto nadavam juntas para formar um único e resplandecente arco-íris.

Quando as irmãs atingiram a nota final perfeita, os camarões cintilantes flutuaram na hora certa para iluminar a água ao redor delas como a luz das estrelas. A multidão foi ao delírio, seus aplausos foram os mais altos que as irmãs já haviam recebido.

O concerto correu às mil maravilhas. Foi uma performance que Ariel iria guardar para sempre como sua brilhante estreia musical.

Attina apertou a mão da irmã.

– Ariel, não poderíamos ter brilhado no palco sem você.

– Eu prometo nunca mais decepcioná-las – respondeu Ariel. Resplandecendo de afeto, Ariel puxou suas irmãs para um abraço em grupo. – De agora em diante, nós brilharemos juntas.

Como você AJUDA os outros a BRILHAR?

FROZEN
HISTÓRIAS BÔNUS

ELSA

Elsa nasceu com um dom especial: o poder de criar neve e gelo. Por causa de sua magia, no entanto, ela costumava sentir que não pertencia ao reino de Arendelle, e lutava para entender como usar sua mágica para ajudar os outros. Mas aprendeu a aceitar e amar a si mesma — e seus poderes. Elsa agora vive na Floresta Encantada, junto aos espíritos da terra, do fogo, da água e do vento, como a Rainha da Neve.

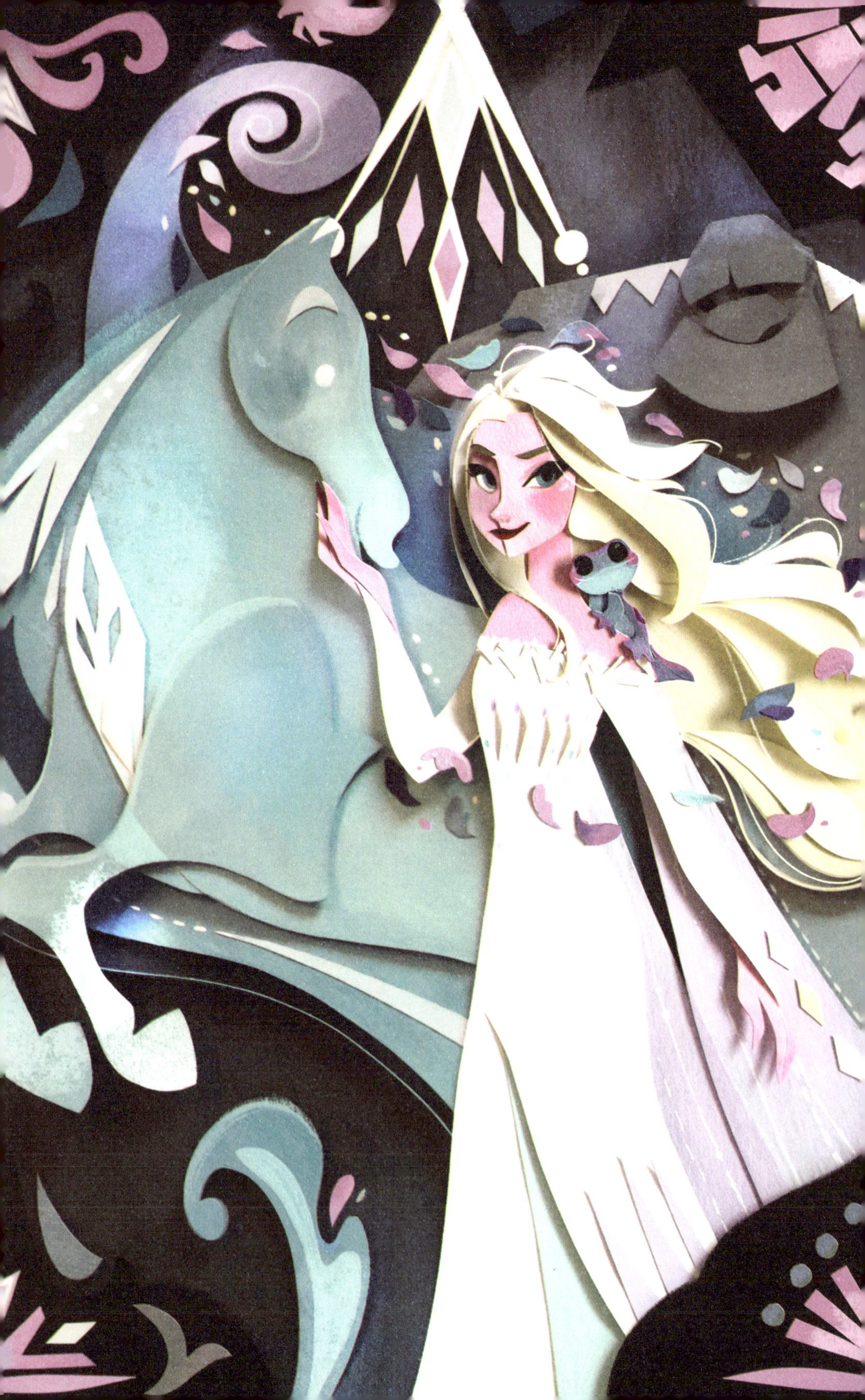

A FLORESTA INFELIZ

ESCRITO POR SUZANNE FRANCIS
ILUSTRADO POR NATHANNA ÉRICA

◆◆◆

Elsa parou no caminho da floresta e fechou os olhos para escutar atentamente. O riacho borbulhava sobre as pedras lisas. Perto dali, as garras de um esquilo faziam clique-clique enquanto ele subia pela casca áspera de uma árvore em busca de uma bolota. Um coro de pássaros cantava ruidosamente. Mas Elsa não ouviu o único barulho que esperava ouvir: Bruni, o Espírito do Fogo.

– Hmmm – suspirou Elsa, abrindo os olhos. – Onde será que Bruni pode estar... Teve sorte, Gale?

O invisível Espírito do Vento rodopiou e envolveu Elsa duas vezes, depois disparou para cima em busca de Bruni. Elsa observou Gale farfalhar gentilmente por entre os galhos arqueados de uma árvore alta. Folhas secas e marrons caíram no chão enquanto o Espírito do Vento zanzava, tentando encontrar o esconderijo de Bruni. Em seguida, soprou sobre um carvalho caído, fazendo os galhos da árvore rangerem e gemerem. Desistindo, Gale voltou ao solo da floresta, formando um pequeno turbilhão de poeira.

– Nem sinal dele, hein? – disse Elsa.

Gale disparou e circulou as mãos de Elsa algumas vezes.

– Boa ideia – ela sussurrou. Então, ergueu a voz para ter certeza de que Bruni podia ouvi-la. – Acho que devemos fazer uma pausa e conjurar um pouco de neve. – Elsa sabia que Bruni não resistia à neve. Ela sorriu e agitou as mãos, invocando sua magia gelada. – Farei uma pequena pilha bem aqui.

ELSA É...
CONFIANTE
CALOROSA
AMÁVEL
PODEROSA
CRIATIVA
PROTETORA

SONHO DE ELSA:
Manter sua família segura

MOMENTO HEROICO:
Salvou o reino de Arendelle de uma enchente

COMPANHEIRO DE AVENTURAS:
Bruni, o Espírito do Fogo

FRASE FAMOSA:
"Eu não tinha a menor ideia do que eu era capaz."

Os grandes olhos do Espírito do Fogo espiaram de seu esconderijo dentro de um tronco oco coberto de musgo. Ele observou Elsa criar um pequeno monte de neve branca e fofa. Após um momento, Bruni irrompeu do tronco e saltou na pilha de neve. Gale chicoteou em volta alegremente.

– Achei você! – Elsa disse com uma risada. Adorava assistir à pequena salamandra de fogo rolar na neve, apreciando visivelmente seu toque fresco. Ela borrifou alguns flocos de neve no ar e Bruni os apanhou com a língua.

Elsa de repente percebeu uma mudança nítida no ar. Ela congelou no lugar quando uma sensação desconfortável agitou-se dentro dela. Olhou para Bruni, que parecia assustado. Dava para ver que o Espírito do Fogo se sentia mal também.

– Algo não está certo – ponderou, baixando a mão até o solo. Bruni correu para a palma de Elsa e ela o ergueu à altura de seu rosto. – O que pode ser? – ela perguntou.

Chamas se acenderam nas costas de Bruni e Elsa rapidamente criou uma pequena pancada de neve, tentando abrandar o fogo e o medo do espírito.

– Não se preocupe. Vamos descobrir – assegurou ela. – Só temos que permanecer calmos.

Gale se revirava ansiosamente, e Elsa sabia que o Espírito do Vento também sentia que algo estava errado.

Nokk surgiu do riacho, aparecendo ao lado deles na forma de um cavalo. O Espírito da Água sacudiu a crina e bateu com os cascos no solo da floresta, pronto para enfrentar o que quer que estivesse causando a perturbação. Elsa encostou a testa em seu focinho e ele pareceu relaxar um pouco. Seu toque transformou o corpo aquoso em gelo, e ela subiu em seu dorso.

– Vamos descobrir o que há de errado – disse aos espíritos.

Gale a seguiu e Bruni se acomodou no braço de Elsa enquanto ela cavalgava Nokk pela floresta. Eles fizeram questão de verificar todas as criaturas enquanto prosseguiam pelo caminho. Falcões voavam lá no alto, castores mastigavam ruidosamente troncos de árvores e algumas renas passaram trotando. Eles ouviam o *tap tap tap* ocasional dos pica-paus batendo na casca das árvores em busca de insetos. Os espíritos pararam em um campo aberto e observaram alguns filhotes de raposa brincando de lutar na grama alta e marrom.

– Todos os animais parecem felizes – constatou Elsa. – Mas algo simplesmente não está certo. – Ela sacudiu os ombros, tentando se livrar da sensação ruim que subia por sua espinha.

Quando o grupo chegou à margem do rio, onde os Gigantes da Terra normalmente dormiam, viram que os espíritos rochosos estavam bem acordados e inquietos. Os gigantes se reviravam, como se estivessem tentando ficar confortáveis, fazendo a terra tremer levemente. Então, eles se levantaram devagar e começaram a bater os pés. Pequenas pedras se soltaram de seus ombros e caíram no rio, espirrando água.

– Nós sentimos também – explicou Elsa, olhando para os Gigantes da Terra. – Vamos descobrir o que está acontecendo. Apenas lembrem-se de manter a calma. Vamos consertar isso juntos.

Elsa sabia que Nokk queria ver como estavam as criaturas no rio e no mar. Ela desceu de suas costas.

– Vá em frente – disse. – E diga-nos se encontrar alguma coisa.

Quando o cavalo desapareceu na água, Elsa olhou para os Gigantes da Terra:

– Daremos um sinal se precisarmos de vocês. Tudo vai ficar bem. – Eles assentiram e se deitaram de lado no rio, virando-se desconfortavelmente.

Bruni sentou-se no ombro de Elsa e Gale soprou no alto enquanto eles abriam caminho pela floresta. Não demorou muito para que o Espírito do Fogo saltasse e corresse para inspecionar um dólmen – uma pequena torre feita de pedras empilhadas – que havia sido erguido à margem do caminho.

– De onde veio isso? – perguntou Elsa. – Talvez seja uma pista.

Bruni correu à frente e farejou outro dólmen. Enquanto seguiam pela floresta, viram outras pequenas obras de arte: havia minúsculas casas feitas de gravetos e folhas, e alguns pequenos desenhos riscados na terra.

Elsa inspecionou os desenhos, seus sentidos intensificados. Ainda se sentia inquieta, mas não mais do que antes.

– São interessantes, mas não creio que estejam causando nosso desconforto, não acham? – Ela sabia que os espíritos concordavam. – Há algo mais acontecendo.

Nesse momento, ouviram um barulho. Alguém estava cantarolando.

Eles seguiram o caminho que contornava uma espessa fileira de carvalhos.

Elsa soltou um suspiro de alívio.

– Olaf! – exclamou, satisfeita em ver o pequeno boneco de neve.

– Oh, oi, Elsa! – disse Olaf. – E olá para você, Bruni! – Ele sorriu quando Bruni saltou em seu braço de graveto, depois correu por ele e subiu em sua cabeça de neve.

– É você quem está deixando as pequenas esculturas naturais ao longo do caminho? – Elsa perguntou.

Olaf confirmou com a cabeça.

– Eu li um livro sobre como fazer arte na natureza e pensei em tentar – explicou ele. – Fiz torres de pedra, traçados com gravetos e desenhos de folhas...

De repente, um esquilo vermelho desceu correndo pela lateral de um carvalho na direção de Olaf, tentando alcançar seu nariz de cenoura. O pequeno boneco de neve se esquivou dele e deu uma risadinha.

– Este é meu novo amigo – apresentou Olaf a Elsa. – Eu o chamo de Agnes.

O esquilo tentou mais uma vez agarrar o nariz de Olaf. Ele balançou a cabeça para a frente e para trás, mantendo a cenoura fora do alcance do esquilo.

– É um jogo que estamos praticando – disse Olaf. – Agnes tenta arrancar o meu nariz e eu viro a cabeça para mantê-lo afastado.

Elsa semicerrou os olhos, pensativa, enquanto observava o esquilo subir de volta na árvore. Ela tinha certeza de que a presença de Olaf na floresta não estava causando sua sensação de desconforto, mas perguntou-se sobre o comportamento do esquilo. Por que ele estava tão determinado a roubar o nariz de Olaf?

– Olaf, você notou algo estranho acontecendo? – ela perguntou. – Há algo criando um desequilíbrio na floresta.

– Acho que não – respondeu Olaf. – O que poderia ser esse *algo*?

– É justamente essa a questão – disse Elsa. – Não sabemos.

– Ooh! – empolgou-se Olaf. – Eu amo um bom mistério. Talvez eu possa ajudar.

– Isso seria ótimo – disse Elsa.

Quando o grupo começou a descer o caminho, Agnes, o esquilo, os perseguiu, pulou no ombro de Olaf e novamente atacou seu nariz de cenoura.

– Outro jogo? – Olaf disse com uma risadinha e virou a cabeça para a esquerda. – Eu ganhei! – O esquilo correu para o outro ombro e Olaf virou para a direita. – Eu ganhei de novo! Estou ficando bom neste jogo.

Depois de alguns minutos, Elsa percebeu que mais esquilos os seguiam pelo caminho.

– Vocês também querem jogar? – Olaf perguntou aos esquilos que agora o cercavam.

– Hum, Olaf? Não tenho certeza se eles estão brincando – Elsa o avisou enquanto os esquilos se aproximavam.

Foi então que eles ouviram vozes à distância. Os esquilos se assustaram e correram para as árvores ao redor para se esconder.

– Ei, pessoal, pra onde vocês estão indo? – Olaf chamou os esquilos.

As vozes ficaram mais altas e Elsa viu um homem e uma mulher na trilha à frente. O homem puxava um pequeno carrinho coberto atrás de si.

Antes que Elsa pudesse dizer qualquer coisa, Bruni e Gale dispararam em direção aos estranhos. As costas de Bruni explodiram em chamas, e Gale açoitou os galhos das árvores, sacudindo as folhas.

– Fogo! – o homem gritou quando as chamas de repente assobiaram ao redor deles.

– São os espíritos mágicos! – gritou a mulher. – Corra!

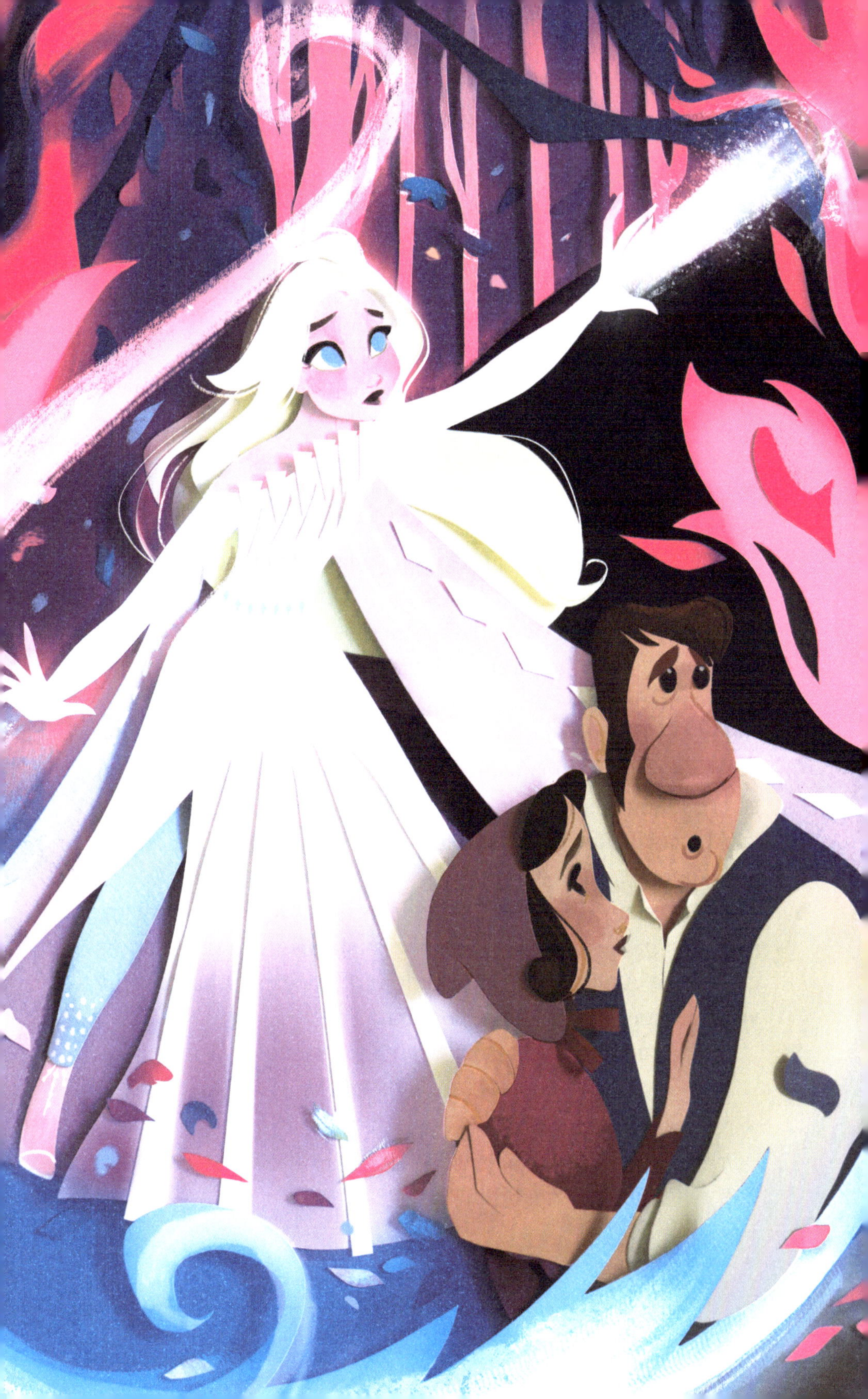

– Bruni, pare! – gritou Elsa. Ela perseguiu o Espírito do Fogo, usando seu poder de gelo para apagar o fogo antes que saísse de controle. Com o canto do olho, Elsa avistou os estranhos correndo e adentrando mais profundamente a floresta. Ambos pareceram apavorados quando Bruni e Gale provocaram um caos ventoso e ardente ao redor deles.

– Por favor, esperem! – Elsa chamou os estranhos. Como eles não pararam, ela agitou os braços para criar uma camada de gelo sob seus pés, desacelerando-os. O homem e a mulher se agarraram em busca de apoio enquanto, assustados e confusos, escorregavam e deslizavam no gelo. O carrinho deslizava junto com eles.

Gale circulou Elsa enquanto ela apagava os últimos incêndios de Bruni.

– Assustá-los não vai ajudar – Elsa sussurrou para os espíritos. – Podemos descobrir tudo se ficarmos calmos. Só precisamos falar com eles.

Os espíritos se retiraram, mas permaneceram em guarda, Gale assumindo a forma de um furioso tornado escuro e Bruni se erguendo nas patas traseiras, todo em chamas.

Aterrorizado, o casal ficou paralisado quando Elsa se aproximou.

– Por favor – disse Elsa, levando as mãos ao coração em um gesto de paz. – Não queríamos assustá-los, mas precisamos conversar. Algo está acontecendo na floresta e achamos que vocês podem saber do que se trata.

Nesse momento, Olaf apareceu, finalmente os alcançando.

– Uau, vocês são tão rápidos – disse ele.

Os estranhos gritaram ao vê-lo.

– Aquilo é um boneco de neve falante? – sussurrou o homem.

– Acho que sim – a mulher respondeu.

– Oh, olá – disse Olaf. – Eu sou Olaf e gosto de abraços quentinhos.

Os estranhos sorriram sem jeito, sem saber como reagir.

– Por que não se sentam? – Elsa ofereceu. Ela moveu os braços e os dois contemplaram, maravilhados, enquanto ela criava um banco de gelo.

Eles se sentaram cautelosamente e a mulher disse:

– Obrigada. Meu nome é Reina. E este é Magnus.

– Olá – Magnus disse, dando um aceno tímido.

Elsa sorriu e apresentou a si mesma, Bruni e Gale.

– Vocês podem nos ajudar a entender por que estão aqui? – ela perguntou.

– Agora que a maldição foi removida, viemos explorar a floresta – explicou Magnus.

Elsa assentiu. Até recentemente, uma névoa impenetrável envolvera a floresta, não permitindo que ninguém entrasse e ninguém saísse por mais de trinta anos.

– Ficamos felizes quando pudemos finalmente entrar e ver tudo isso – Reina continuou. – E é ainda mais bonito do que imaginávamos.

Elsa sorriu novamente.

– Estamos contentes por estarem aqui e aproveitarem a paisagem, mas precisamos descobrir o que deu errado.

Gale soprou pelo carrinho, levantando a tampa. Magnus, desajeitadamente, tentou baixá-la de volta. Elsa olhou para o carrinho com curiosidade.

– Gostamos de colher frutos – explicou Reina com uma risada nervosa. – Então, estávamos apenas coletando algumas bolotas...

Gale arrancou a tampa do carrinho, revelando uma enorme pilha de bolotas. O Espírito do Vento girou ao redor do carrinho vigorosamente. Bruni correu para o topo da pilha de bolotas e encarou Elsa com os olhos arregalados. Imediatamente ela entendeu que haviam descoberto a origem do desequilíbrio que os espíritos vinham sentindo.

– Nós pensamos que essas bolotas poderiam ter um pouco de magia dentro delas – Magnus explicou. – Por esta ser uma floresta encantada e tudo mais.

– Não queríamos causar problemas – acrescentou Reina. – Esperávamos cultivar nossa própria floresta encantada.

Elsa explicou gentilmente que a floresta dependia dos frutos que produzia para se manter equilibrada.

– Se muito for tirado, a vida aqui pode sofrer – ela continuou. – Os esquilos-vermelhos, por exemplo, dependem dessas bolotas para ajudá-los a sobreviver ao inverno. Eles passam o outono inteiro recolhendo-as para que tenham alimento nos meses mais frios. – Elsa olhou para Olaf. – E acho que conhecemos pelo menos alguns esquilos que estavam em uma busca desesperada por comida hoje.

– Agnes estava tentando *comer* o meu nariz? – exclamou Olaf. Ele agarrou sua cenoura para se certificar de que ainda estava lá.

– Vocês podem não perceber, mas a floresta tem sentimentos – Elsa explicou a Magnus e Reina. – Na verdade, ela sente falta das bolotas que vocês pegaram. – Então, virou-se para os espíritos. – Isso é o que estávamos sentindo. Sabíamos que a floresta estava triste.

– Sentimos muito – disse Magnus. Reina concordou com a cabeça.

Olaf pegou uma bolota.

– Mas vocês estavam certos em um ponto – disse ele. – Essas bolinhas *realmente* têm magia.

– Eu sabia! – disse Magnus.

Elsa gesticulou para as folhas farfalhando nos galhos das árvores e disse:

– Tudo na NATUREZA é MÁGICO.

Magnus e Reina pareciam confusos.

– Fato verdadeiro – disse Olaf, erguendo a bolota. – Algo tão pequenininho pode se transformar *nisso*! – Ele apontou para um grande carvalho próximo. – Se isso não é mágica, não sei o que é.

– Disse o boneco de neve falante – observou Reina com um sorriso.

Todos eles olharam para a árvore em toda a sua grandiosidade, admirando-a juntos por um solene momento. O sol de verão fazia o carvalho cintilar com uma luz prateada. Gale gentilmente se enrolou nas folhas e nos galhos, fazendo-os dançar e balançar.

– Encontramos as bolotas em cantos e fendas por toda a floresta – disse Reina. – Se colocarmos todas de volta, isso vai restaurar o equilíbrio? Deixará a floresta feliz de novo?

Elsa confirmou acenando a cabeça.

– Bem – Magnus disse, virando-se para Reina –, podemos refazer nossos passos e devolvê-las todas. Aposto que podemos fazer isso antes de escurecer, se começarmos agora.

– Vamos fazer isso juntos – sugeriu Elsa.

Reina e Magnus lideraram o caminho através da floresta enquanto devolviam punhados de bolotas aos buracos das árvores e pilhas de folhas. Olaf ajudou, segurando protetoramente o nariz enquanto jogava bolotas para esquilos famintos que desciam correndo das árvores.

Quando o grupo chegou à margem do rio, Nokk apareceu, surgindo das águas. Elsa cumprimentou o Espírito da Água e o apresentou a Magnus e Reina. Enquanto acariciava sua crina aquosa, ela percebeu que Nokk estava relaxado e feliz, sabendo que o equilíbrio havia sido restaurado.

O Espírito da Água juntou-se a eles enquanto devolviam mais algumas pilhas de bolotas a locais escondidos ao longo do rio. Quando o carrinho ficou vazio, o sol estava começando a se pôr.

Elsa levou o dedo aos lábios.

– Shhh – disse ela. – Olhem. Os Gigantes da Terra estão acabando de acordar de uma soneca.

Um par de enormes narinas apareceu acima da superfície do rio, expirando ar através da água, fazendo-a ondular. Reina e Magnus observaram, pasmos, quando um dos gigantes abriu os olhos e os encarou diretamente.

Enquanto o Gigante da Terra lentamente saía da água, Gale chicoteava e girava em torno do corpo do gigante. O Gigante da Terra abriu seu punho para revelar três rochas lisas em sua palma.

Bruni saltou para a mão do gigante e depois olhou para o grupo.

Elsa sorriu.

– São para vocês. Presentes da floresta. Com nossa mais profunda gratidão.

– Uau – exclamou Olaf, olhando para as rochas. – São lindas.

– Vá em frente, Olaf – incentivou Elsa. – Você faz as honras. Há uma para cada um dos nossos convidados.

O pequeno boneco de neve pegou as pedras.

– Uma para você – disse ele, entregando uma pedra para Reina. – E uma para você. – Deu outra para Magnus. – E uma para... para quem é esta?

Elsa sorriu.

– Para você, Olaf. Por ajudar a cuidar da floresta.

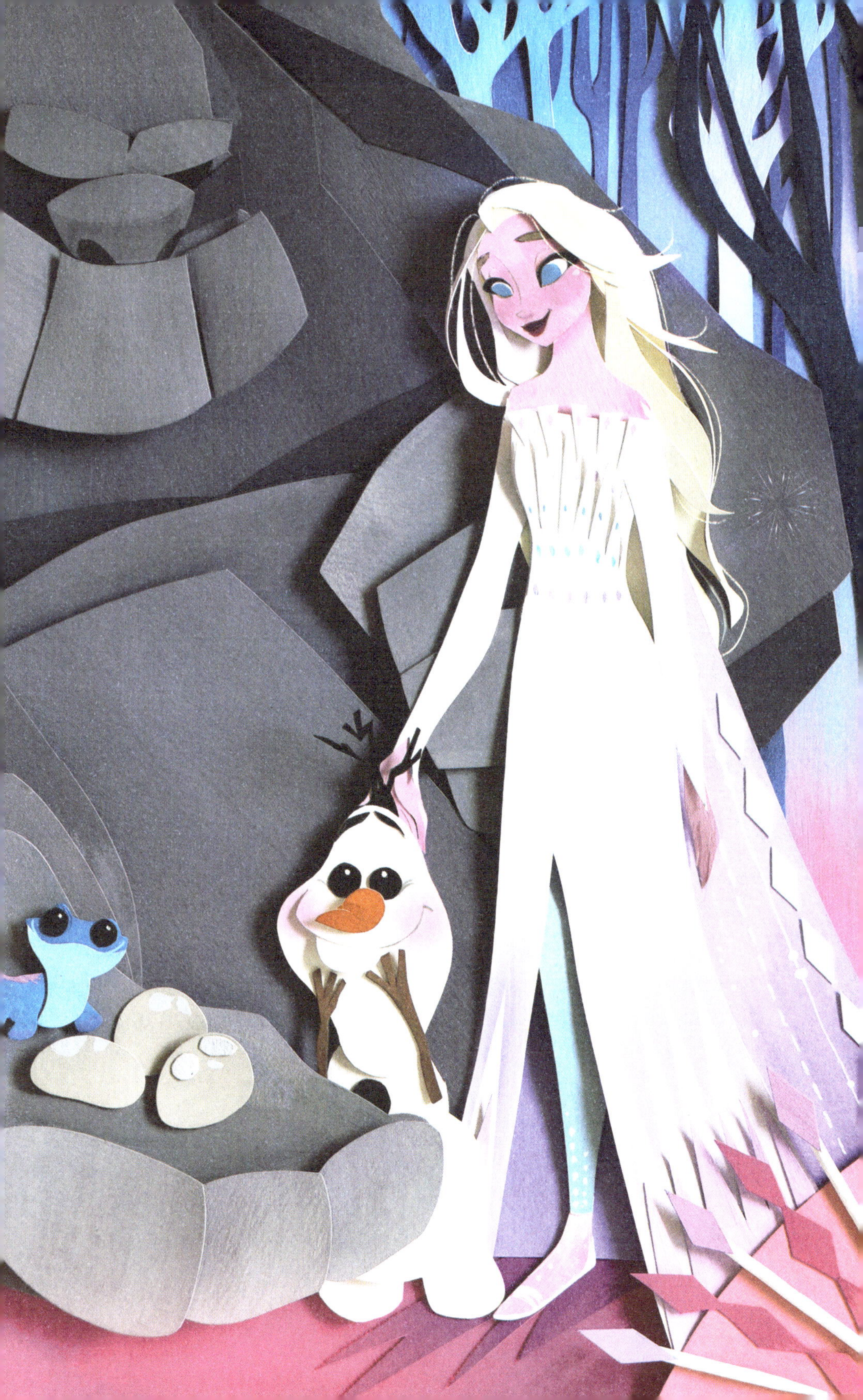

– Eu? – disse Olaf. Elsa confirmou com a cabeça e o pequeno boneco de neve deu uma risadinha de alegria. – Obrigado, obrigado, obrigado! – comemorou. Ele deu um abraço na pedra e então olhou para ela apaixonadamente. – Você não é a pedrinha mais fofa que já existiu?

Antes de se separarem, Reina e Magnus agradeceram Elsa e os espíritos. Eles disseram que visitariam a floresta com frequência e juraram sempre cuidar dela.

– Não vamos trazer nosso carrinho de novo – prometeu Reina.

– De agora em diante, vamos deixar somente pegadas e levar apenas lembranças – garantiu Magnus.

Elsa e os espíritos se despediram de seus novos amigos e os viram retornar pelo caminho da floresta.

– Olhem! Aqui está Agnes! Oi, Agnes! – Olaf disse.

O esquilo se virou e disparou em direção ao pequeno boneco de neve. Olaf se encolheu, tentando esconder o nariz de cenoura. O esquilo se ergueu nas patas traseiras, oferecendo uma bolota perfeita para Olaf.

Elsa sorriu.

– Acho que Agnes está se desculpando.

– Ah, isso é tão meigo! – derreteu-se Olaf. Ele colocou a bolota na boca e tentou mastigar. – Obrigado, Agnes. É delicioso – falou, embora a careta em seu rosto dissesse o contrário.

Elsa seguiu Olaf e os espíritos de volta ao caminho, sentindo-se contente e orgulhosa. Ela e os espíritos haviam deixado a floresta feliz novamente, e tudo estava bem e certo no mundo.

Como suas PAIXÕES INSPIRAM outras pessoas?

ANNA

O maior talento de Anna é sua capacidade de fazer conexões pessoais com todos que conhece. Embora tenha tido uma infância solitária, Anna continuou sendo carinhosa e otimista, ouvindo o coração ao tomar decisões e sendo verdadeira consigo mesma. Seja fazendo amizade com um boneco de neve falante, ou defendendo sua irmã mal-compreendida, ela sempre enxerga o melhor nas outras pessoas. Recém-coroada rainha de Arendelle, Anna está empolgada para servir ao reino que tanto ama.

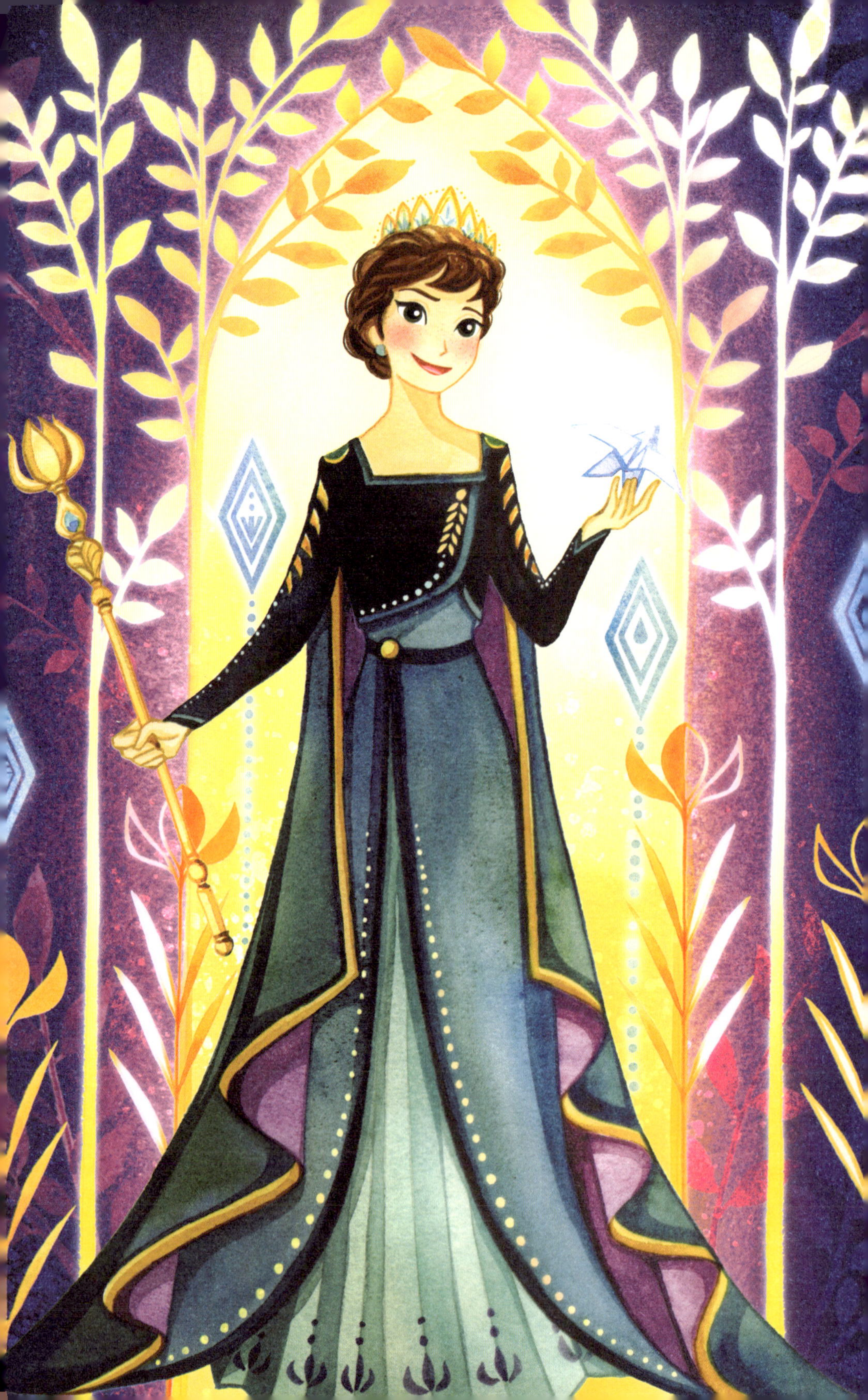

AMORAS PARA UMA RAINHA

ESCRITO POR SUZANNE FRANCIS
ILUSTRADO POR ALINA CHAU

A Rainha Anna de Arendelle empurrou sua bicicleta para fora do castelo e respirou o ar fresco, que tinha cheiro de peônias e grama recém-cortada. O verão havia chegado, e isso estava claro por toda parte. O céu estava limpo e azul, e o sol iluminava o caminho para dias longos e quentes recheados de diversão ao ar livre.

Desde que fora coroada rainha, Anna estivera tão ocupada com seus deveres reais que mal tivera um momento para aproveitar suas atividades favoritas ao ar livre. Mas, hoje, fizera questão de manter sua agenda livre para que Olaf e ela pudessem ir ao mercado juntos.

– Bom dia, Olaf – disse Anna, quando seu amigo boneco de neve se aproximou. – Pronto para o passeio?

Ela deu tapinhas na pequena garupa atrás do seu assento, que havia construído especialmente para ele.

Olaf assentiu.

– Antes de irmos – disse ele –, quero que você conheça alguém especial.

Anna olhou em volta, mas não viu ninguém.

– Quem?

O pequeno boneco de neve levantou as mãos e mostrou uma pedra lisa e cheia de pintinhas.

– Meu animal de estimação! Ele se chama Rocky. – Olaf inclinou-se para a frente e sussurrou: – Achei que uma pedra seria

ANNA É...

ALTO-ASTRAL
AMÁVEL
OTIMISTA
VIGOROSA
EXTROVERTIDA
CARINHOSA
DETERMINADA

SONHO DE ANA:

Estar cercada de amigos e amor

MOMENTO HEROICO:

Escolheu fazer o que era melhor para salvar Arendelle e sua irmã, Elsa

COMPANHEIRO DE AVENTURAS:

Olaf

FRASE FAMOSA:

"Acredito em você. Mais do que em qualquer um ou qualquer coisa."

---

um bom começo para quem nunca teve um animalzinho de estimação antes.

– Que fofo – disse Anna.

Olaf levantou a pedra um pouco mais alto, deixando Anna observá-la de perto. Ele esperou ansiosamente, encarando-a com olhos esbugalhados.

– Quer dizer olá para ele? – perguntou Olaf.

– Hum... – Anna olhou em volta, sentindo-se meio envergonhada de falar com uma pedra. – Prazer em conhecê-lo, Rocky. – Ela deu tapinhas meio sem jeito na pedra, como se estivesse fazendo carinho em um ratinho.

Olaf deu risada e disse:

– Rocky já está fazendo amigos. – E, olhando para a pedra, sussurrou: – Você vai na frente. – Ele se abaixou e pegou um punhado de grama do chão. Então, colocou a grama no cesto da bicicleta, criando um cantinho confortável. – Agora sim – disse, depositando gentilmente a pedra sobre a cama de grama.

Anna sentou-se no selim e apoiou o pé com firmeza na calçada para se equilibrar.

– Certo, Olaf, pode subir – exclamou.

Olaf subiu na garupa, revirando-se no assento de um lado para o outro até ficar confortável.

– Pronto! – anunciou, segurando a cintura de Anna com seus braços de graveto.

Anna começou a pedalar em direção à cidade e, conforme ganhavam mais velocidade, Olaf soltou um longo "Ahhhhhhh", divertindo-se com o som da própria voz oscilando com os solavancos causados pela calçada de pedra. Anna sorriu, lembrando-se de que costumava fazer a mesma coisa quando era uma garotinha. Ela fez coro a Olaf, e os dois entoaram uma canção cheia de "aaahs" vibrantes até chegarem ao mercado.

Anna estacionou a bicicleta e Olaf pulou da garupa, inclinando-se sobre a cesta.

– Voltamos daqui a pouco, Rocky – disse ele. – Enquanto caminhavam pela entrada do mercado, Olaf sussurrou: – Daqui a duas semanas é aniversário do Rocky.

Anna assentiu.

– Sério?

– Isso mesmo – disse o boneco de neve. – E eu quero organizar uma festa-surpresa. Gostaria que você, Kristoff e Sven me ajudassem. Podemos fazer coroas de papel, comidas deliciosas e decorações.

– Isso me parece uma ótima ideia, Olaf. É claro que vou ajudar. Posso fazer *kransekake* se você quiser.

– Sim! – exclamou o boneco de neve. – Nenhuma comemoração estaria completa sem o seu famoso bolo de aros. Vai ser a melhor festa de todas!

Os dois adentraram o mercado, onde muitos aldeões conversavam enquanto faziam compras. Quando viram Anna e Olaf, ficaram em silêncio, viraram-se e se curvaram, cumprimentando a rainha formalmente.

– Bom dia a todos – disse Anna calorosamente.

– Oláááá! – cantarolou Olaf.

Enquanto Anna e Olaf começavam suas compras, as pessoas os cumprimentavam com sorrisos ansiosos e apertos de mão amigáveis. Outros passavam na ponta dos pés para terem um vislumbre dos dois caminhando pelo corredor.

Olaf inclinou-se e sussurrou:

– Por que todos estão nos encarando? Tem alguma coisa no meu rosto? Ou alguma coisa *faltando* no meu rosto? – O pequeno boneco de neve tocou seu nariz de cenoura só para garantir. – Não. Está tudo no lugar. O que está acontecendo?

Anna havia notado aquilo desde que assumira seu lugar como rainha, os aldeões pareciam tratá-la de forma um pouquinho diferente. Em vez de perguntar-lhe sobre o seu dia, faziam reverências respeitosas e se curvavam. Em vez de pedirem uma mãozinha, ofereciam-se para *ajudá-la*.

Anna virou-se para Olaf e disse:

– Por que você não vai buscar as amêndoas? Vamos precisar delas para o *kransenkake*.

– Ah, sim! Eu *vou* buscar as amêndoas – disse Olaf. – Isso é tão empolgante. O planejamento da festa começou! – acrescentou enquanto corria apressado para o próximo corredor.

Quando Anna se aproximou da Sra. Latham, que estava comprando morangos, a mulher parou o que estava fazendo e se curvou.

– Vossa Majestade – reverenciou.

– Olá, Sra. Latham! – respondeu Anna com animação. – Está preparando os ingredientes para sua famosa salada de frutas? Eu adoraria ajudá-la novamente neste verão.

A Sra. Latham agradeceu Anna, mas recusou educadamente.

– Posso fazer sozinha este ano – disse ela. – Seria uma honra levar uma porção para vossa majestade no castelo.

– Ah, é muita gentileza de sua parte – respondeu Anna. – Mas vou passar na sua casa para comer uma tigela bem cheia assim que estiver pronta.

Enquanto Anna continuava suas compras, as pessoas paravam o que estavam fazendo e interrompiam suas conversas para cumprimentá-la e perguntar se a rainha precisava de algo. Ela sentia falta do burburinho animado dos moradores e o barulho dos vendedores anunciando as promoções do dia. Ela queria dizer algo que desviasse a atenção dispensada a ela para outro assunto. Um sorriso astuto tomou conta do seu rosto e ela disse:

– Então... estamos quase na época das amoras. Certo?

As amoras-árticas.

Somente o som da palavra já era suficiente para encher o ar de suspiros e estampar expressões sonhadoras no rosto de todos os arendellianos.

O Festival das Amoras era uma das tradições anuais favoritas de Anna. Todo verão, os moradores do reino realizavam uma incursão pela floresta, levando seus cestos. Juntos, procuravam pelas frutinhas amarelo-douradas, puxando-as gentilmente dos galhos. Os arendellianos passavam o dia inteiro assim, enchendo suas cestas – e suas barrigas – até que a última amora-ártica fosse colhida. Então, todos retornavam para suas casas com as pontas dos dedos manchadas e pegajosas, sentindo-se felizes e cansados. Ao longo dos dias após o evento, os aldeões compartilhavam os quitutes que haviam preparado com as amoras – geleias, tortas, bolos e muito mais! –, trocando pratos e histórias de receitas que foram um sucesso ou um fracasso.

Em um piscar de olhos, todos no mercado começaram a contar suas histórias de amora, sonhando com o doce azedinho da fruta.

– Fiquei sabendo que elas estarão ainda mais doces este ano – comentou um dos aldeões.

– Com toda a chuva que tivemos, teremos amoras aos montes – observou outro. – A floresta ficará coberta.

Enquanto Anna escutava, seu coração se aqueceu. Ela sentiu aquela conexão com os aldeões da qual tinha tanta saudade, e isso a deixou feliz. Mal podia esperar pelos poucos dias que faltavam até o Festival das Amoras, quando poderia aproveitar sua tradição favorita, e pela primeira vez como rainha de Arendelle.

Na manhã do festival, Anna acordou cedo e correu pelo castelo para se preparar. Desceu as escadas, apressada com suas cestas e encontrou Kristoff e sua rena, Sven, do lado de fora.

Kristoff havia prendido a carroça em Sven e eles a aguardavam, prontos para saírem.

– Aí está ela – disse Kristoff, sorrindo para Anna. – Eu sabia que você não iria perder a hora hoje!

Anna abriu um sorriso radiante para ele.

– Eba! Estou tão EMPOLGADA!

– Nós também – disse Olaf, aproximando-se do grupo. – Rocky e eu. – Ele pulou na parte de trás da carroça, carregando cuidadosamente nas mãos de galho a pedra de estimação. – Você não se esqueceu da festa-surpresa do Rocky, não é? – sussurrou para Anna.

– Claro que não! – respondeu Anna, embora, sinceramente, não conseguira pensar em mais nada além do Festival das Amoras desde aquele dia no mercado. – Vamos começar a planejar assim que voltarmos para o castelo.

– Muito bem, Sven – disse Kristoff enquanto Anna e Olaf se acomodavam ao seu lado. – Vamos nessa! – Sven puxou a carroça e os amigos partiram em direção à ponte.

Anna olhou em volta para as ruas vazias.

– Está tudo tão quieto – disse ela. – Estamos adiantados? Será que seremos os primeiros a chegar?

Kristoff encolheu os ombros.

– Não me parece tão cedo assim – observou.

Enquanto prosseguiam, não havia ninguém à vista.

– Cadê todo mundo? – perguntou Anna, suspirando. – Estamos atrasados? Não. Será que foi ontem? Não. O que está acontecendo?

Kristoff riu e disse:

– Respira fundo. Talvez todos tenham ido para lá mais cedo? Não sei, mas em breve vamos descobrir. Não é uma viagem muito longa.

Quando o grupo chegou à floresta, Kristoff parou. Eles pegaram os cestos e desceram da carroça, ansiosos.

– Não estou entendendo... – disse Anna, caminhando na frente. – Nunca é tão silencioso assim... – Anna guiou o grupo por uma trilha estreita e sinuosa. Eles viraram em uma curva que dava em um campo aberto, e ficaram boquiabertos com o que encontraram: todos os aldeões sorriam com orgulho ao lado de uma grande mesa cheia de amoras-árticas e guloseimas preparadas com a frutinha. Havia tortas, doces e potes de geleia embrulhados com lindos laços ao lado de tigelas com creme de amora e jarros com suco da frutinha.

– Surpresa! – gritaram os aldeões.

Olaf segurou sua pedra e sussurrou:

– Acho que não vamos colher amoras hoje, Rocky.

A Sra. Latham se aproximou e presenteou Anna com uma bandeja de tortinhas de amora cobertas de açúcar cintilante.

– Colhemos cada uma das amoras maduras e preparamos todas elas como um presente para nossa amada rainha.

– Queríamos tornar sua primeira temporada de amoras como rainha ainda mais especial! – disse outro aldeão.

– Uma temporada superespecial para nossa rainha superespecial! – gritou outro.

– À Rainha Anna de Arendelle! – celebraram todos.

Anna observou as expressões de orgulho nos rostos dos aldeões.

– Nem sei o que dizer... – Anna começou. – Estou tão emocionada com essa surpresa. Obrigada.

Ela agradeceu novamente a Sra. Latham enquanto pegava uma tortinha da bandeja. Mas enquanto provava a deliciosa primeira mordida, não conseguiu deixar de se sentir um pouco triste. Mesmo assim, manteve o sorriso no rosto enquanto os aldeões continuavam a oferecer as delícias que haviam preparado.

Quando retornaram ao castelo, Kristoff segurou a mão de Anna.

– Eu sei que você estava empolgada para colher as amoras – disse ele.

– A surpresa que eles preparam foi tão carinhosa – começou Anna. – Mas...

– Você perdeu a experiência. E isso é parte da diversão – concluiu Kristoff. – Eu entendo. Gosto muito de partir o gelo no fiorde, e ficaria decepcionado se alguém fizesse isso no meu lugar. – Ele envolveu Anna em um abraço.

Anna se perguntou se estava certa. Era aquilo mesmo que estava sentindo? Tristeza por não ter colhido amoras? Ela não

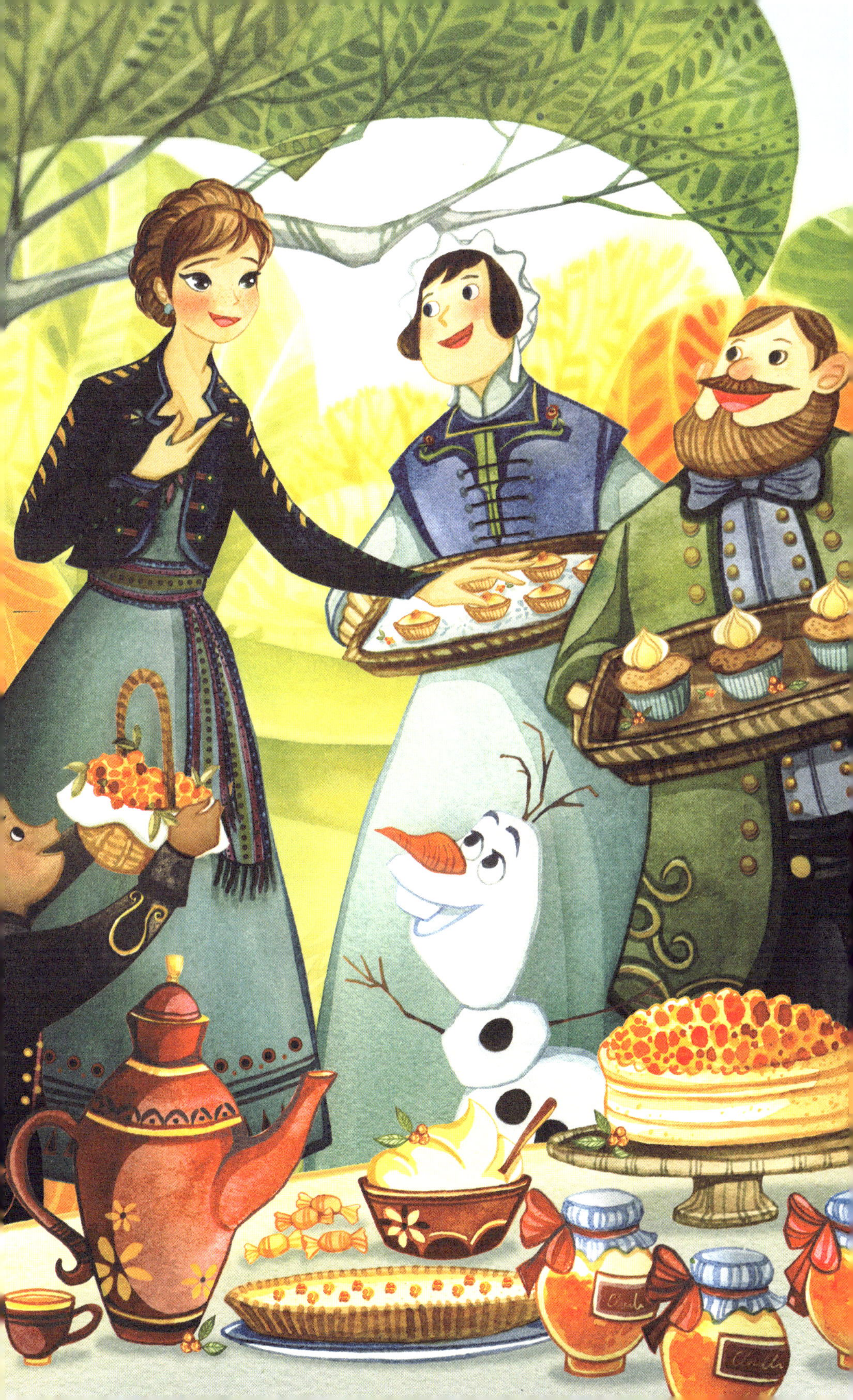

conseguia dizer ao certo. Sentia-se tão grata... mas por que se sentia decepcionada também?

– Eles tiveram as melhores das intenções – acrescentou Kristoff. – E fizeram aquilo porque te amam muito.

Anna sabia que aquilo era verdade.

– Os aldeões vêm me tratando de um jeito diferente, e eu venho tentando consertar isso, mas... – Ela soltou um suspiro. – Bom, acho que não consegui.

– Você vai dar um jeito – respondeu Kristoff. – Você sempre dá.

Anna sorriu, grata pelo encorajamento. Então, finalmente se deu conta:

– Ah, agora vou ter que esperar um ano *inteiro* para colher amoras – lamentou-se.

– Será mesmo? – perguntou Kristoff com um sorriso bobo. Ele colocou a mão no bolso e puxou um pequeno ramo verdejante. Havia uma amora-ártica cor de âmbar, perfeita, pendurada na ponta. – Não sei como eles deixaram essa passar. Só fiquei algumas horas procurando – disse dando risada. – Sei que não é a mesma coisa, mas foi o melhor que consegui fazer. Vá em frente.

– Aahhh, Kristoff – exclamou Anna. Ela puxou a amora do galho e a colocou na boca. – Obrigada – disse, abraçando-o.

Ao longo dos dias que seguiram, Anna estava tão ocupada com seus deveres reais que mal teve um momento para pensar. Quando não estava redigindo decretos ou atendendo a pedidos dos aldeões, ajudava Olaf a preparar a festa-surpresa de aniversário de Rocky. Junto com Kristoff e Sven, eles bolaram ideias para a comemoração, e Olaf escreveu uma lista para se manter organizado. Então, passaram um tempo juntos confeccionando coroas de papel, decorações e confetes. Ela curtiu tanto o planejamento da festa que quase se esqueceu de como se sentira solitária depois do Festival das Amoras.

No entanto, toda vez que deixava o castelo, era lembrada de como sua relação com os aldeões havia mudado desde que se tornara rainha.

Antes de ser coroada, o Sr. Hylton sempre lhe pedia para ajudá-lo a encontrar seu dente falso perdido, mas, recentemente, ela percebeu que sua filha estava sempre seguindo-o por toda parte, para garantir que o dente não caísse de sua boca.

Ela costumava ajudar a Srta. Blodgett com suas entregas de pão. Elas se divertiam tanto, correndo para levarem pão quentinho aos moradores. Mas, nos últimos tempos, a Srta. Blodgett insistia em fazer as entregas sozinha.

E sempre que Anna passava pela escola, nenhum aluno parecia mais precisar dela para ajudá-los.

Por mais que Anna estivesse feliz e honrada por ser rainha, parte dela sentia falta do jeito como as coisas eram antes. Era quase como se os aldeões enxergassem a "Rainha Anna" como uma pessoa diferente: alguém que não era mais apenas "Anna". Temia que seu distanciamento dos aldeões crescesse ainda mais, e sabia que precisava tomar alguma atitude para consertar aquilo.

No dia da festa-surpresa de Rocky, Olaf ajudou Anna a decorar o *kransekake*, jogando cobertura em cada biscoito com formato de aro e os empilhando, até que formassem uma torre perfeita. Depois que Olaf posicionou o último biscoito no topo, os dois levaram o bolo até o salão de jantar, onde Kristoff e Sven os aguardavam. Kristoff carregou o canhão de confete e o grupo pendurou as decorações que haviam preparado. Por

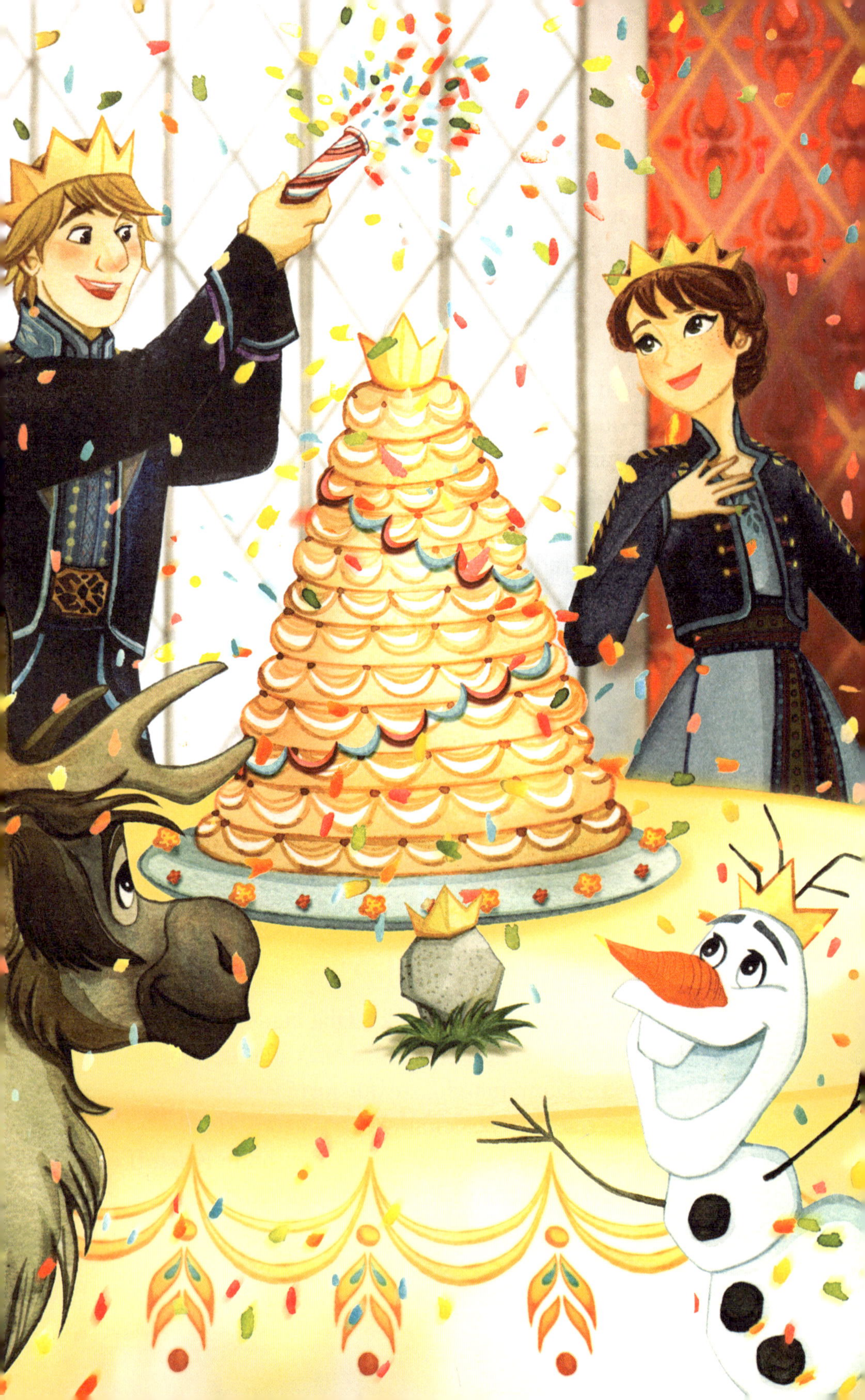

fim, olharam em volta no salão, felizes com a atmosfera festiva que haviam criado juntos.

– Atenção, todo mundo – anunciou Olaf. – Coloquem suas coroas e se escondam. Vou buscar o Rocky.

Anna e Kristoff trocaram um sorriso e se esconderam atrás das cortinas enquanto Sven tentava se espremer debaixo da mesa.

Quando Olaf retornou, o grupo saltou com um grito de "Surpresa!". Kristoff disparou o canhão de confete e pedacinhos de papel colorido explodiram pelo ar.

– Seu trono – disse Olaf, enquanto depositava a pedra em uma pequena cama de grama macia e verdinha que ele havia preparado sobre a mesa. Então, colocou uma pequena coroa no topo da pedra e cantarolou:

– Parabéns pra você, Rocky!

O grupo celebrou, olhando para o convidado de honra sentado imóvel sobre a mesa.

Então, Olaf se virou para os seus amigos e disse:

– Obrigado, gente. Isso foi muito divertido!

Anna e Kristoff se entreolharam, confusos.

– A festa já acabou? – perguntou Kristoff.

– Rocky é apenas uma pedra, lembram? – o pequeno boneco de neve disse dando risada. – A parte realmente divertida foi planejar a festa com vocês. Trabalhar juntos para fazermos tudo isso. – Ele mostrou o salão colorido. – *Essa* foi a melhor parte.

– Foi divertido – concordou Anna. E refletiu sobre as palavras de Olaf por um momento. – Planejar a festa e trabalhar juntos *foi* a parte divertida... não foi? – Ela se virou para Kristoff. – Acho que era disso que eu estava sentindo falta. A diversão de trabalhar *ao lado* dos aldeões. – Ela deu um abraço quentinho em Olaf. – Obrigada, Olaf. Você é o melhor!

No dia seguinte, Anna saiu para conversar com os aldeões. Ela encontrou a Sra. Latham e disse:

– Gostei muito de te ajudar a fazer salada de frutas no verão passado. Podemos fazer novamente este ano?

A Sra. Latham fez uma pausa antes de responder.

– Nada me deixaria mais feliz do que fazer um pouco para vossa majestade hoje e levar até o castelo.

Anna explicou que gostava de estar na companhia da Sra. Latham para prepararem a sobremesa juntas.

– Gosto de passar o tempo com você na cozinha – acrescentou. – Além do mais, sua salada de frutas é sempre deliciosa, mas fica ainda melhor com a sua companhia.

Um sorriso atravessou o rosto da Sra. Latham. Ela e Anna marcaram o horário para prepararem salada de frutas juntas.

Em seguida, Anna encontrou o Sr. Hylton e sua filha. Ela o lembrou de como já haviam se divertido procurando pelo seu dente.

– Era como uma caça ao tesouro, e eu sinto falta de como nós trabalhávamos juntos para resolvermos o mistério! – disse ela.

Prontamente, o Sr. Hylton prometeu chamar Anna da próxima vez que perdesse o dente – e a filha dele prometeu deixar que o dente se perdesse de vez em quando.

Anna foi até a padaria e disse à Srta. Blodgett que sentia falta de correr pela aldeia de manhã, ajudando-a com as entregas de pão.

– Nada é melhor que o cheiro do seu pão fresquinho, e eu amo ver a alegria em seu rosto quando as pessoas dão a primeira mordida.

Anna continuou conversando com diferentes aldeões, explicando como vinha sentindo falta de trabalhar ao lado deles do jeito que fazia antes de se tornar rainha. E nos meses que seguiram, Anna e os moradores se reaproximaram enquanto aproveitavam o trabalho em equipe novamente. Ficou claro para toda Arendelle que Anna queria ser um tipo diferente de rainha: uma que ficava ao lado de seu povo, e não distante.

No verão seguinte, conforme as amoras-árticas amadureciam e o festival se aproximava, Anna sentia uma mudança distinta no ar. No dia do festival, com toda Arendelle reunida na floresta, cada amora suculenta ainda esperava para ser colhida quando Anna chegou com sua cesta.

– Gostaríamos de honrar nossa rainha – anunciou a Sra. Latham. – E convidá-la para colher a primeira amora!

Os aldeões comemoraram.

– E nós esperamos que ela encha esta cesta – disse o Sr. Hylton.

– E que esteja com os dedos manchados de amora no fim do dia! – completou a Srta. Blodgett.

– Muito obrigada! – disse Anna, maravilhada.

Anna aproveitou o restante do dia rindo, conversando, procurando e colhendo amoras ao lado dos moradores de Arendelle. Dava para ver como a distância entre ela e os aldeões havia sido substituída por uma nova união. A "Rainha Anna de Arendelle" ainda era "Anna" – e Arendelle a amava ainda mais assim.

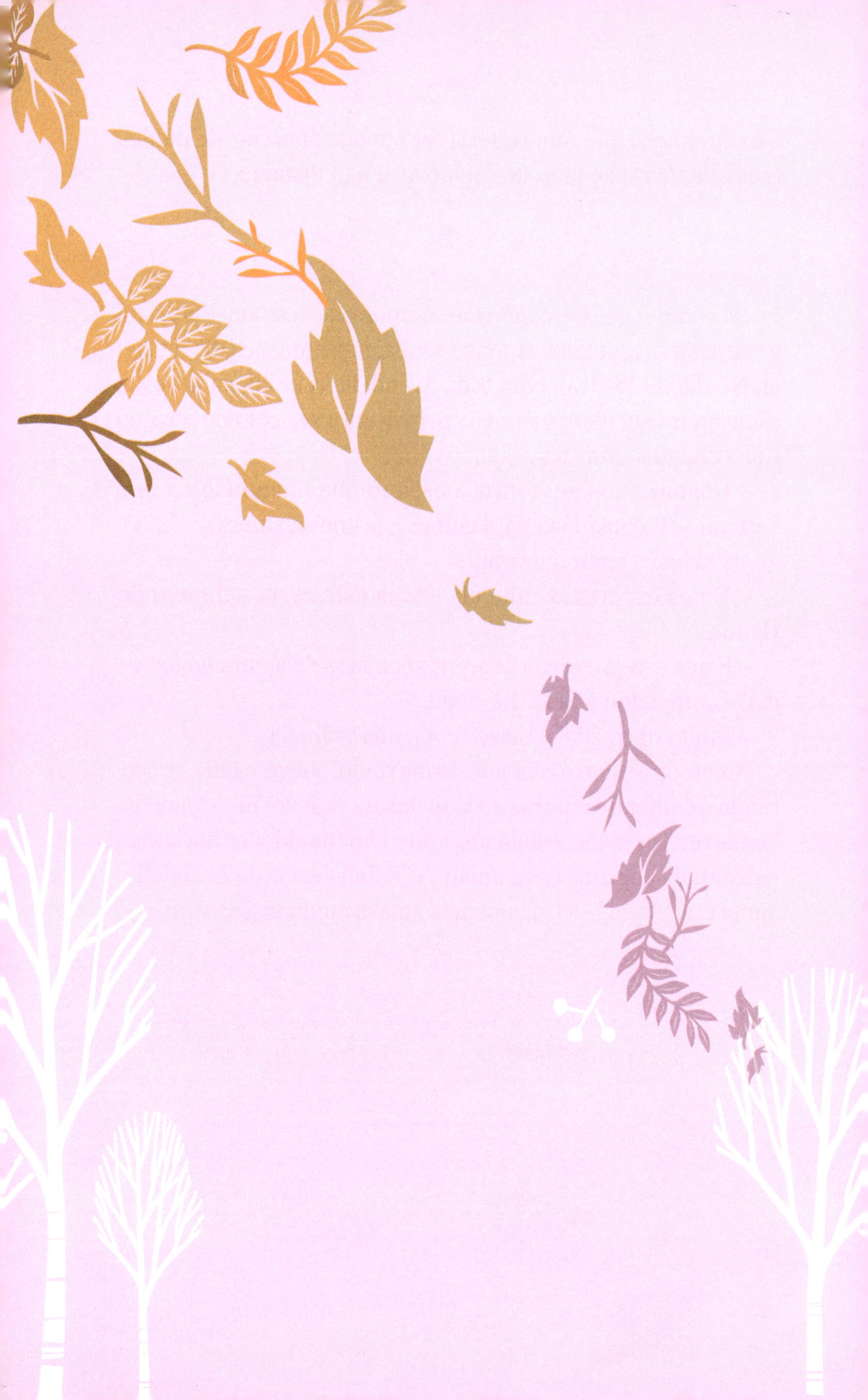

Que tipo de LÍDER VOCÊ será?